OS SONÂMBULOS

Paul Grossman

OS SONÂMBULOS

Tradução de Geni Hirata

Título original
THE SLEEPWALKERS

Esta é uma obra de ficção. Todos os personagens, organizações e acontecimentos retratados são produtos da imaginação do autor, foram usados de forma fictícia.

Copyright © 2010 *by* Paul Grossman.
Todos os direitos reservados.

Direitos para a língua portuguesa reservados
com exclusividade para o Brasil à
EDITORA ROCCO LTDA.
Av. Presidente Wilson, 231 – 8º andar
20030-021 – Rio de Janeiro, RJ
Tel.: (21) 3525-2000 – Fax: (21) 3525-2001
rocco@rocco.com.br
www.rocco.com.br

Printed in Brazil/Impresso no Brasil

preparação de originais
MAIRA PARULA

CIP-Brasil. Catalogação na fonte.
Sindicato Nacional dos Editores de Livros, RJ.

G917s   Grossman, Paul
          Os sonâmbulos / Paul Grossman; tradução de
      Geni Hirata. – Rio de Janeiro: Rocco, 2011.
      14 x 21 cm

      Tradução de: The sleepwalkers
      ISBN 978-85-325-2684-7

       1. Ficção policial. 2. Ficção americana.
      I. Hirata, Geni. II. Título.

11-3644   CDD-813
                             CDU-821.111(73)-3

Sigo o caminho que a Providência indica
com a segurança de um sonâmbulo.

– A. Hitler

Livro um

CIDADE SEM AMANHÃ

1

BERLIM
NOVEMBRO DE 1932

As pernas de Dietrich eram varinhas de condão, instrumentos finos, hipnóticos e mágicos que fascinavam milhões. Infelizmente, Willi não podia mais do que imaginar seus encantos por baixo do terno masculinizado que ela usava nessa tarde na casa de Fritz. Morto de tédio pelo blá-blá-blá político que queimava qualquer conversa hoje em dia, Willi tinha de se esforçar para manter os olhos abertos. Para piorar, a cadeira tubular Bauhaus onde se sentava estava acabando com seu traseiro.

– E para você, Herr Inspektor-Detektiv?

Ele pegou outra taça de champanhe. Apesar de seu cérebro estar longe, aquela comemoração era deprimente. Onde mais estaria Marlene Dietrich senão na festa de inauguração da nova residência de Fritz? Metade de Berlim era amiga do seu velho companheiro de guerra. E todos pareciam ter comparecido para ver a nova mansão no elegante subúrbio de Grunewald. Painéis de vidro longos e lustrosos envolviam uma sala de estar curvilínea, repleta de quadros de Klee e Modigliani. A casa era outra obra magistral de Erich Mendelsohn, arquiteto por excelência da República de Weimar, que se inclinava, agradecendo a efusão de elogios.

– Tão leve. Tão livre. Dietrich tocou em uma resplandecente estátua de Brancusi. – Tão moderna! – Quanto ao resto da cidade, seu rosto se transformou em uma máscara de tragédia: enojava. Nos dois anos desde que estivera ali pela última vez, a grande estrela declarou, o *Luft* notoriamente revigorante havia se tornado realmente podre.

– Como vocês conseguem respirar aqui, eu não posso compreender. – Abriu com um estalo uma cigarreira de ouro, unindo-se aos demais no sofá de seda rústica. – Em tudo que é lugar esse fedor dos camisas-pardas. Parecem uns babuínos na frente das lojas. Sacudindo aquelas malditas canecas para você.

– Porque eles estão irremediavelmente endividados. – O general à sua frente colocou um monóculo de prata no olho. Vestido, mesmo para uma tarde informal, com uniforme completo, o peito repleto de medalhas de bronze, ele possuía, se não a sabedoria, certamente a posição para conferir veracidade a seus fatos. Kurt von Schleicher era ministro da Guerra, comandante do exército e a raposa mais desprezível dos bastidores políticos de Berlim. – Os nazistas estão à beira da derrocada, minha cara. Financeira e outras.

Os olhos de Willi se embaciaram.

– Veja as eleições deste mês – Von Schleicher disse com uma risadinha. – "Hitler no comando da Alemanha!", francamente! O sujeito visitou dez cidades e perdeu vinte por cento de suas cadeiras no Reichstag.

– E ainda é o partido mais forte – relembrou pesarosamente a ex-mulher de Fritz, Sylvie.

– Eles atingiram o apogeu. – O general tirou o monóculo. – Daqui a um ano, eu lhes asseguro, vocês não vão mais se lembrar do nome de Hitler.

Que alívio quando o mordomo de Fritz inclinou-se e sussurrou que havia um telefonema para Herr Inspektor-Detetiv.

– Pode atender na biblioteca, por gentileza, senhor.

– Com licença – Willi desculpou-se, sacudindo as pernas parcialmente dormentes.

Mancando pelo corredor longo e branco, chegou a um aposento fechado por vidro que mais parecia um aquário do que uma biblioteca. Era Gunther chamando da Alex.

– Ela é tão bonita quanto na tela? Sedutora como a *fesche Lola*?

– Por que está telefonando, Gunther?

– Desculpe interromper, chefe. Mas apareceu outro corpo boiando. Uma garota desta vez. Em Spandau, abaixo da cidadela.

A garganta de Willi se contraiu enquanto ele brincava com o fone preto.

– Está bem. Já estou indo.
– Sim, senhor. Vou dizer a eles.
– Oh, e, Gunther?
– Sim, senhor?
– Ela é. Cada centímetro quadrado. Mesmo com calças de homem.
– Eu sabia! Muitíssimo obrigado, chefe.

Recolocando o fone no gancho, Willi ficou ali parado. Corpos em rios raramente eram novidade no caos em que Berlim se transformara nos últimos tempos. Mas ele nunca ouvira falar em um que viesse à tona na Velha Spandau, um vilarejo digno de cartão-postal na saída da cidade. Ainda por cima uma garota.

De volta à sala de estar, fizeram um grande estardalhaço por ele ter de partir tão repentinamente.

– Vai pegar outro bandido? – Sylvie adiantou-se para escoltá-lo à porta, passando o braço pelo dele.

– Você se tornou um verdadeiro astro, hein, Kraus? – Dietrich esquadrinhou-o de alto a baixo, como faria com um belo cavalo de corrida. – Até na América eles conhecem o grande Detektiv que prendeu o monstro Devorador de Criancinhas de Berlim. Você devia ir a Hollywood. Aposto que fariam um filme sobre você.

– Não creio que pudessem encontrar alguém tão maçante que pudesse me representar. – Ele forçou um sorriso.

Com isso, Fritz deu uma risada alta demais, avermelhando a cicatriz longa e irregular de um duelo que cortava sua face.

Willi pegou a nova autoestrada para Spandau. No verão, a Avus era uma pista de corrida, mas no resto do tempo ficava aberta para o tráfego de veículos e geralmente vazia, um dos segredos mais bem guardados de Berlim. Os pinheiros da floresta lançavam uma escuridão sinistra conforme ele aumentava a velocidade. Como os alemães amavam as florestas, ele pensou, engatando uma quarta. Quanto mais profundas e escuras, melhor. Pessoalmente, ele preferia a praia. Sol forte, brilhante. Espaço aberto. Esta estrada, no entanto, era realmente esplêndida. Uma faixa branca cortando a região deserta. Ele estava a uma velocidade muito mais alta do que deveria, depois de tanto champanhe. No entanto, não podia abrir mão da adrenalina, era estimulante demais. Aquele BMW prata era o único luxo que se permitia. Não colecionava obras de arte. Não viajava. Não sustentava mulheres. Ele era chato. O carro, um 320 de seis cilindros, decolou para 100 km/h. Chato o suficiente para ter se transformado no mais famoso inspetor de polícia da Alemanha. O veículo mal parecia se mover a 110, transformando a floresta de pinheiros em um simples borrão escuro. Que idiota Fritz podia ser quando estava bêbado. Willi pisou fundo e disparou como um foguete a mais de 120, parecendo flutuar na estrada.

Entretanto, Willi confiaria sua vida a ele.

Em meia hora, ele reduzia de forma drástica a marcha, passando a se arrastar pelas ruas medievais da Velha Spandau, uma das poucas partes autênticas de Berlim. Ruas estreitas ladeadas por casas parcialmente de madeira levavam à cidadela do século XV, cujas sólidas muralhas ainda se erguiam onde o rio Spree unia-se ao Havel. Enquanto estacionava, pôde ver o sol se pondo sobre as águas cinzentas. Mais abaixo ao longo da margem, avistou vários agentes uniformizados, em sobretudos amarrados com cintos de couro e brilhantes capacetes de visor preto.

– Inspektor – disseram, abrindo espaço, reconhecendo-o de imediato.

Até nas ruas atualmente as pessoas o reconheciam, pedindo um autógrafo. Tirando fotos ao seu lado. O Grande Detetive que prendeu o *Kinderfresser*. Um misto de admiração e inveja o envolveu conforme os policiais se agruparam ao seu redor. Muita gente no departamento não gostava de sua fama. Na verdade, ele também não gostava. Ele gostava era de ser um Detektiv. Fazer cumprir a lei. Sem a lei, os fracos ficavam indefesos.

– Prepare-se para o pior – disse um policial, dirigindo-se a ele.

Willi já vira mais do que o seu quinhão de cadáveres no Comissariado de Homicídios da Kripo – Kriminal Polizei – de Berlim. Corpos mutilados. Corpos decapitados. Corpos cozidos e transformados em salsichas. Mas desta vez seu coração congelou. Mesmo em uma cidade como a Berlim de Weimar, ensandecida por anos de guerra, derrota, revolução, hiperinflação e agora a Grande Depressão, quase um milhão de desempregados, o governo paralisado, o lugar inteiro de pernas para o ar com depravação... maníacos sexuais, assassinos seriais, brutamontes de camisas vermelhas e pardas em guerra pelo controle das ruas... uma cidade que chegara ao fim, sem amanhã, oscilando à beira da... insanidade... guerra civil... ditadura... um retrato do horror.

Virada para cima, à beira d'água, uma mulher estava aninhada como a Ofélia de Hamlet no meio da lama e de plantas aquáticas. Uma garota. Uma bela jovem de uns vinte e cinco anos. Sua pele de alabastro estava inchada, mas não a ponto de apagar suas feições. Jovem. Saudável. Vívida. Mesmo na morte. Seus olhos embaciados estavam arregalados, pareciam lagoas quentes e escuras do Adriático, refletindo o frio pôr do sol alemão. Um sorriso de tranquilidade, até mesmo de triunfo, atravessava seus lábios. Quando se inclinou mais para perto, Willi sentiu uma alavanca há muito emperrada em seu coração mover-se abruptamente, e foi dominado por uma necessidade urgente de esticar-se e tomar a pobre menina nos braços. Ao redor de seus ombros, como uma toga, uma espécie de bata de algodão fino, cinza, parcialmente rasgada, revelava seus seios grandes e redondos, os mamilos já enegrecendo. Ele notou no mesmo instante que os cabelos escuros eram curtos demais... como se sua cabeça tivesse sido raspada há não muito tempo.

O que realmente o abalou, entretanto, como um golpe de martelo, foram as pernas. Esticadas à sua frente como se ela estivesse tirando um cochilo, pareciam desfiguradas de modo quase sobrenatural. Ele agachou-se na direção da claridade cor de laranja da água, prendendo a respiração por causa do insuportável mau cheiro. Os pés estavam normais, mas dos joelhos para baixo, até os tornozelos, a estrutura óssea parecia estar... virada para trás. Como se alguém tivesse pegado um alicate gigante e girado a fíbula ao contrário.

– Como uma sereia, hein? – Schmidt disse com um sorriso afetado.

– É assim que a estamos chamando, senhor. – Outro policial deixou claro que a piada não era de Schmidt. – *Fräulein Wassernixe*.

– Não importa. Já mandaram chamar o patologista?

– *Jawohl*, Herr Inspektor-Detektiv. – Schmidt bateu continência.

– Deve chegar a qualquer momento.

– Nunca vi nada igual – o dr. Ernst Hoffnung declarou minutos mais tarde, depois que Schmidt e os outros haviam erguido a pobre garota para colocá-la na parte de trás da ambulância.

Willi observou o patologista fazer um rápido exame do corpo.

– Marcas de sutura – Hoffnung disse sem hesitar. – Alguém andou mexendo nestas pernas. É fora do normal. Parece-me que... bem, nem quero dizer. Terei que abrir e olhar. – Os dedos enluvados de Hoffnung pressionaram e apalparam o corpo de cima a baixo, terminando com uma rápida inspeção na boca. – Ainda não estou certo da causa da morte, mas uma coisa posso lhe dizer. É quase certo que ela não é alemã.

Willi havia trabalhado com Hoffnung o número de vezes suficientes para não subestimar sua capacidade, mas aquilo era mágica.

– O que o faz pensar assim?

– Todos os dentes sisos removidos. Nem uma em mil jovens alemãs poderia pagar por isso.

– Algum palpite de onde ela seja?

– O único lugar onde rotineiramente trabalham nos dentes assim é nos Estados Unidos.

Willi olhou por cima da ampla e cinza vastidão de água onde os dois rios convergiam. A chuva chegava do oeste, formando um lençol prateado conforme se movia pela densa rede de ilhas e enseadas na margem oposta. Em algum lugar lá na frente, ruminou consigo mesmo, sentindo uma dezena de olhos sobre ele, aquela jovem dera o último suspiro.

– Quem você disse que chamou a polícia? – Ele virou-se para Schmidt.

– Chama-se Frau Geschlecht. Mora naquela casa lá. Kroneburg Strasse, 17.

Ele entregou um relatório a Willi. A letra estava tremida. Ou seriam os olhos de Willi?

Incapaz de ler o manuscrito, ele olhou para o outro lado da rua.

A casa mais parecia um complexo, vários prédios antigos por trás de um muro alto e branco. Apertando os olhos, ele conseguiu ver um letreiro acima da porta de entrada: INSTITUTO PARA A VIDA MODERNA. Uma série repentina de estrondos inundou seu crânio. Trovoada. As primeiras gotas de chuva. Consultando o relógio, viu que já passava das seis. E às sete ele tinha um compromisso para jantar que não podia perder. Teria de voltar ali pela manhã.

A chuva o alcançou e, quando ele chegou à Kurfürstendamm, a Ku-damm como os berlinenses a chamavam – o Grande Caminho Branco de Berlim –, o veloz e pequeno BMW ficou irremediavelmente preso no trânsito. Quando ele era criança, veículos automotores eram uma raridade, até mesmo na Ku-damm. Agora, apesar dos sinais de trânsito, considerando-se os automóveis, caminhões, bondes, motocicletas e ônibus de dois andares, era mais rápido percorrer a grande avenida a pé do que de carro. Nos prédios, todas as decorações em argamassa, as volutas, conchas e rosas do passado, haviam sido removidas e dado lugar a estruturas funcionais de aço e vidro. Milhares de letreiros luminosos brilhavam das fachadas reluzentes, os azuis e vermelhos desfocando-se sob a chuva, sangrando pelas poças, hipnotizando-o enquanto ele avançava lentamente, passando por calçadas cheias de gente que saía dos cinemas, enchia os cafés, rondava pelas vitrinas resplandecentes das lojas de departamentos. Multidões. Néon. Barulho. Berlim seguia em frente. Apesar de tudo. Sua garganta sempre apertava quando ele passava pela Joachimstaler Platz, onde Vicki fora morta. Um caminhão subiu o meio-fio certa manhã e avançou pela vidraça de um restaurante onde ela estava sentada. Um estilhaço de vidro cortara sua carótida. Depois de dois anos, a dor arrefecera apenas um pouco. Somente a lembrança de Stefan e Erich a alguns quarteirões dali o animava.

Ele estava uma meia hora atrasado quando entrou no Café Strauss, um restaurante colossal na Tauentzien Strasse com aparentemente centenas de garçons de luvas brancas. No entanto, mesmo do outro lado do apinhado salão de jantar, os garotos o avistaram e começaram a gritar:

– *Vati! Vati!* Aqui!

Willi pôde ver a avó materna, Frau Gottman, de chapéu preto e casaco adornado de pele, franzindo a testa para eles por tanta exibição, chamando atenção para si mesmos como pigmeus. E depois para ele... por estar atrasado. Stefan, oito, e Erich, dez, no entanto, que nunca se deixavam reprimir pelas regras de etiqueta, saltaram das cadeiras, os guardanapos ainda presos nos colarinhos, e se atiraram em seus braços.

Depois da morte de Vicki, ele e os Gottman concordaram que provavelmente seria mais saudável se os meninos fossem morar com eles em Dahlem. Tinham uma grande residência com amplos jardins e a irmã mais nova de Vicki, Ava, podia cuidar deles enquanto terminava a faculdade. Por um milagre, o arranjo funcionara. Os meninos vicejavam. E a autora do milagre era Ava. Como resplandecia com a felicidade dos garotos, Willi viu ao abraçá-los. Ele sempre achara que ela se parecia com Vicki, ainda que fosse uma versão ligeiramente mais prática. Mas seu amor pelas crianças aumentava ainda mais a semelhança.

Quando Willi sentou-se entre os meninos, seus bracinhos engatados no seu, Frau Gottman ajeitou o chapéu preto de penas. Uma grande beleza, outrora uma atriz dos palcos vienenses, ela possuía um hábil repertório de sutis recursos emocionais.

– Você sabe, é claro, que o jantar era às sete.

A culpa era um dos melhores.

Em geral, o jantar de domingo era em sua casa, e de vez em quando ele se atrasava. Era um longo trajeto de carro da cidade. Eles o perdoavam. Mas hoje os Gottman tinham levado os meninos à cidade, para ver o Portão de Ishtar. Ora, para Frau Gottman, não havia motivo plausível para a impontualidade de Willi, já que ele morava a alguns minutos a pé do restaurante.

– Se quer saber – ele disse, mais secamente do que pretendia –, foi uma emergência no trabalho. Encontraram o corpo de uma jovem no Havel.

Os olhos de sua sogra se arregalaram. Como ele podia dizer isso diante das crianças! Mas não eram os filhos dele que ficavam perturbados com seu trabalho, Willi sabia. Quando ela começou a mexer nervosamente em suas pérolas, ele estendeu o braço por cima da mesa e apertou sua mão, recebendo um leve sorriso em troca. Afinal, ambos haviam perdido Vicki. E ambos viviam em uma Alemanha que piorava a cada semana para pessoas como eles.

Para os Gottman, e os judeus mais germânicos – seus próprios pais, se tivessem vivido o suficiente –, era incompreensível que ele tivesse se tornado um Detektiv. Séculos de opressão fizeram das carreiras na repressão da criminalidade e manutenção da ordem pública um anátema. A polícia era o inimigo. O instrumento dos tiranos. Se ele realmente estava tão interessado na lei, por que não se tornara advogado? Mas, não, ele se tornara um policial. Aliás, um policial famoso. E para um homem afeito aos aspectos práticos como Max Gottman, fundador da Gottman Lingerie, o que importava era o sucesso, e não as suscetibilidades burguesas.

– Ora, Bettie – lançou um olhar severo à sua mulher –, só a polícia está mantendo a estabilidade neste país. Willi serve à república, não ao czar. – Voltou-se para Willi com um ar preocupado. – Como você está, meu filho? Como foi aquela gripe terrível que você teve?

Depois de os meninos recitarem um rol de realizações na escola — Erich, a nota mais alta em uma prova de geografia, Stefan, a participação no festival de inverno em sua escola primária —, Willi perguntou a Ava como estava indo a faculdade.

— Willi. Não me diga que você esqueceu. Eu me formei. Há um ano e meio.

Ele ficou vermelho.

— Sim, é claro. Que burrice a minha. — Examinou o prato como se houvesse alguma coisa escrita ali. — E o que anda fazendo agora? Além de criar os meninos de forma tão esplêndida, quero dizer.

Às vezes, ele realmente tinha dificuldade em olhar para Ava, tão parecida ela era com sua falecida esposa. A mesma pele aveludada. Os mesmos olhos castanhos. Aquela curva longa e elegante do pescoço.

— Já lhe contei uma dezena de vezes. Eu tenho um emprego de meio-expediente.

— Sim. Desculpe. Fazendo o que mesmo?

— Sou repórter, Willi. Envio relatos sobre o que acontece na universidade para um dos grandes jornais do grupo Ullstein.

— É fascinante. Conhece meu velho companheiro de guerra, Fritz...

— Sim, conheço, seu tolo. É para Fritz que eu trabalho.

Ele notou o sorriso perplexo e irônico de Ava. *Como você vive em seu próprio mundinho,* parecia dizer.

Vicki tinha uma aura natural de glamour à sua volta. Dez vezes por dia, Willi olhara para ela e pensara que deviam colocar aquela pose em um cartaz na Potsdamer Platz. Sua postura era tão perfeita, tão plena de graça inconsciente. O lugar de Ava, ele sempre achara, era mais atrás da câmera do que à frente. Não que fosse menos bonita, apenas provida de uma elegância diferente: a do talento artístico e de um intelecto perspicaz. Ficava satisfeito em saber que ela continuava escrevendo. O que ela fazia trabalhando com Fritz era outra questão.

— Bem, então... como *vão* as coisas na universidade?

O castanho de seus olhos escureceu rapidamente.

– Decididamente terríveis. Um ano atrás, eu não teria acreditado. Todo o corpo discente passou para o lado dos nazistas. Os professores antinazistas estão sendo boicotados. Professores e alunos judeus recebem correspondência ofensiva dizendo-lhes para irem embora. Não é diferente nos colégios. Erich ainda não se queixou disso, mas sou eu que o apanho na *Volksschule*. Toda semana mais alunos aparecem com uniformes da Juventude Hitlerista. Não sei por quanto tempo mais as coisas continuarão toleráveis para ele lá.

Willi sentiu-se como um homem em um transatlântico que repentinamente vê os pés imersos em água.

– Mas... o que está sugerindo, Ava?

– Não sei. – Ela ergueu uma das sobrancelhas, do mesmo modo que Vicki costumava fazer. – Talvez tenhamos que enviá-lo de volta à escola judaica com Stefan.

– Erich. – Willi olhou para o filho mais velho. – Você está tendo problemas na *Volksschule* por ser judeu?

Erich ficou branco. Parecia prestes a dizer alguma coisa, mas parou. Ele não era uma criança reticente com as palavras.

Para Willi, aquilo dizia mais do que o suficiente.

– Consegue terminar o semestre? – ele perguntou, alarmado. – Faltam apenas, o que... mais duas semanas?

Erich sacudiu a cabeça.

– Não é tão ruim assim, *Vati*. De verdade.

– Então, durante o recesso, avaliaremos a situação e tomaremos as medidas necessárias. Que tal?

Erich assentiu.

Willi notou que ele limpou rapidamente as lágrimas.

Após o prato principal, o avô mandou os meninos irem dar uma olhada no balcão de sobremesas.

– Não tenham pressa. Examinem cada uma cuidadosamente antes de escolher – instruiu Max, sabendo que havia dezenas de tortas de creme e sofisticados bolos em camadas na vitrine do balcão.

Assim que se afastaram, o sorriso jovial desapareceu de seu rosto.

– Willi, ouça-me. – Sua voz se reduziu a um sussurro trêmulo. – Sei que você não está envolvido em política, que é apenas um Inspektor-Detektiv da polícia. Mas você é funcionário do governo e sei que tem amigos. Então, estou lhe pedindo, na verdade estou lhe suplicando, se você tiver a mais leve informação do que está para acontecer... prometa que me dirá, sim? É que todo o nosso dinheiro está empregado nos negócios. Se alguma coisa vier a acontecer, bem... estou pensando nos meninos. No futuro deles. Se chegou a hora de pular fora, eu quero saber, antes que seja tarde demais.

– Pular fora? O que quer dizer?

– Vender a empresa. Liquidar os bens. Transferi-los para o exterior.

– Por que você haveria de fazer isso? – A garganta de Willi se contraiu. – Todos estão no mesmo barco. Inglaterra, França, até mesmo os Estados Unidos, todos têm o mesmo número de desempregados.

– Mas eles não têm nazistas. – Os olhos de Max se arregalaram. – E se, que Deus nos livre, esses maníacos conseguirem tomar o poder? O que prometem fazer! Como alguém pode fazer escolhas racionais em uma atmosfera como esta, sem saber o que o amanhã poderá trazer?

Willi respeitava muito seu sogro, mas uma raiva tão grande explodiu dentro dele que teve vontade de agarrá-lo pelas lapelas e sacudi-lo até ele recuperar o bom-senso. Pular fora? Do que ele estava falando? O medo teria suplantando toda a lógica? Eles ainda tinham uma Constituição, não é? Um exército. Leis. Max teria tão pouca fé na Alemanha, em seus compatriotas alemães, que pensou em vender tudo para um bando de criminosos? Homens como Willi combateram, sangraram e morreram na Grande Guerra, ganharam uma Cruz de Ferro por bravura no front para que homens como Max pudessem fazer as malas e fugir?

2

Alexanderplatz – ou Alex – era o grande centro do tráfego de Berlim, uma praça esparramada, cruzada de linhas de bonde, apinhada de automóveis, bicicletas e pedestres, e emoldurada por dois dos maiores templos de consumo de massa da cidade: as lojas de departamentos Wertheim e Tietz. Sob tudo isso, ficava a nova estação U-Bahn, um ponto de interseção das linhas de metrô mais movimentadas, e acima a estação de trem S-Bahn, uma ferrovia elevada que enviava trens de alta velocidade a todos os cantos da metrópole. A Alex era também onde ficava o prédio grande e velho da Superintendência da Polícia, ocupando toda uma esquina do lado sudeste da praça, um monstro de seis andares coberto de fuligem, erguido nos anos 1880 e com várias cúpulas semelhantes às de uma igreja. Com o casaco e o chapéu já na mão, Willi passou pela Entrada Seis exatamente às oito horas da manhã.

Como Inspektor-Detektiv, ele era chefe de uma das numerosas unidades do Comissariado de Homicídios, com três Detektivs e uma equipe de quinze pessoas sob seu comando. Como único judeu no Comissariado, praticamente em todo o prédio, achava imprescindível manter um ar de autoritária distância com todos eles, exceto a secretária, Ruta, e o novato, Gunther – os quais ele tratava mais como família do que subalternos.

– Quais as novidades, Ruta? – perguntou à sensual avó de seis, que apesar das novas saias mais compridas conseguia mostrar a maior parte de suas pernas. No passado, ela alegava, fora dançarina no Conservatório.

— Tudo tranquilo no front ocidental, chefe — respondeu, girando a manivela do minúsculo moedor de café de madeira. Toda manhã ela fazia um delicioso café fresco no pequeno fogão a gás que os Inspektor-Detektivs recebiam. Quando ela estava de bom humor, eles ainda tinham direito a *Brötchen* quente, do Café Rippa, no andar térreo. — Nenhuma vítima desde a Sereia.

De algum modo, ela sempre sabia das coisas praticamente antes de acontecerem.

— Oh, e ligaram da patologia. O dr. Hoffnung quer que o senhor dê uma passada lá assim que puder.

— Excelente. Gunther está?

— Ainda não.

— Mande-o à sala de Hoffnung assim que ele chegar.

O patologista, fumando cachimbo e vestindo um guarda-pó branco, olhava fixamente pela janela quando Willi chegou. Assim que Hoffnung se virou, Willi sobressaltou-se com a sombria inquietação em seus olhos.

— Vi uma coisa extraordinária. — Indicou uma cadeira a Willi. — Se você tivesse me dito isso ontem, eu não teria acreditado que fosse possível. Mas lá está. — Hoffnung reacendeu o cachimbo.

Willi viu que a mão do legista tremia. E muito.

— Vamos começar pela parte externa. — A fumaça pareceu relaxar Hoffnung. — Aquela bata cinza que a jovem estava usando é padrão nos manicômios públicos da Prússia. Numerosos arranhões no couro cabeludo indicam que sua cabeça na verdade foi raspada, uma prática comum em várias dessas instituições. Fora isso, não havia ferimentos importantes internos ou externos. Ela estava viva quando entrou naquela água. E não se afogou. Conseguiu flutuar por quinze ou vinte minutos antes de sucumbir à hipotermia. Seis, talvez sete horas antes de nós a tirarmos de lá. Eu diria que ela era uma jovem muito determinada. Sem dúvida, queria viver.

— As pernas, doutor...

— Bem, como eu disse. Nunca pensei que tal coisa fosse possível. Em ambos os casos, a fíbula, o osso que vai do joelho ao tornozelo, foi cirurgicamente removida e reimplantada na direção oposta, inserida no lugar com técnicas muito avançadas que desconheço por completo. Durante anos, os médicos têm conjeturado sobre a possibilidade de transplantes ósseos, mas, até onde eu saiba, nunca nenhum foi realizado com sucesso. Até agora.

– Transplante ósseo? – Willi, que achava que já tinha ouvido de tudo, estava chocado. – Mas... por quê?

– Não sei. Para ver se podia ser feito, imagino. Só estou relatando o que eu vi.

– Há quanto tempo esse transplante deve ter ocorrido?

– Seis meses, no máximo. Os enxertos estavam completamente sarados. As pernas, absolutamente saudáveis, exceto, é claro, que ela nunca poderia caminhar com elas. Mancar, talvez. Com muletas.

– Mancar. – Willi tentava entender. – Quer dizer que a cirurgia a deixou aleijada?

– Sim. – O médico baixou os olhos. – É exatamente isso que estou dizendo.

Willi sentiu a garganta apertar.

– A jovem era saudável antes? Suas pernas eram saudáveis? E ela... serviu de cobaia a uma experiência? Foi deliberadamente incapacitada?

Hoffnung olhou pela janela.

– Quase não dá para acreditar, eu sei. Nós todos presumimos que os médicos sejam os guardiões da vida. Implicitamente confiáveis. Até mesmo as civilizações antigas reverenciavam os médicos. Mas aqui, hoje, na Berlim de 1932, temos um cirurgião que parece não ter nenhum escrúpulo em usar um ser humano como cobaia.

Ele se voltou para Willi com uma consternação horrorizada.

– Inspektor, quem quer que tenha feito isso era um gênio. Um louco. Mas com um talento excepcional. Sem dúvida, um dos maiores cirurgiões ortopédicos vivos.

Ao fechar a porta da patologia, Willi deu de cara com Gunther. Pelo menos trinta centímetros mais alto, embora talvez com metade do peso de Willi, aquele imponente varapau com um longo nariz prussiano e um sorriso virulentamente que contagiava viera para Willi diretamente das melhores fileiras da Academia de Polícia de Charlottenburg. Um rude caipira do norte, toda Berlim lhe parecia um conto de fadas. Bem, ele enfiava os pés pelas mãos de vez em quando, o que não era fácil, pois usava sapatos tamanho 46. Mas era inteligente. Eficiente. Obstinado como um aríete. E completamente fascinado por Willi. Eles se davam muito bem. Willi pretendera levar o rapaz a Spandau, mas o relatório da autópsia mudara isso.

– Gunther...
– Sim! Bom-dia, senhor!
– Com relação ao caso de ontem... preciso de uma informação.
– *Jawohl.* – Gunther sorriu, com um bloco de anotações imediatamente na mão.
– Quero o nome de todos os melhores cirurgiões ortopédicos da Alemanha, especialmente da área de Berlim.
– Cirurgiões ortopédicos. Entendi.
– O nome de cada americana e canadense desaparecida em Berlim no último ano.
– Sim, senhor.
– Quero que você verifique em cada manicômio do Estado da Prússia se alguma paciente entre as idades de vinte e três e vinte e seis anos desapareceu no último ano. E descubra qual dessas instituições raspa a cabeça dos pacientes.
– Raspa a cabeça. Sim. O que mais, senhor?
– Quero que descubra o que puder sobre transplantes ósseos. Veja quais médicos escreveram sobre isso, deram palestras, qualquer coisa.
– Transplantes ósseos. Sim, senhor. O que mais, senhor?
– Isso é tudo. Não. Espere. É melhor ir até a sala de Hoffnung. Diga-lhe que eu quero que você veja a garota.
– Ir à sala de Hoffnung. Ver garota. – Gunther continuava anotando.
– Olhe atentamente para ela, rapaz. Ouça o que o médico lhe disser. E pergunte a si mesmo, Gunther, pergunte a si mesmo, que tipo de mundo é este em que vivemos?

Willi voltou sozinho em um carro da polícia sem identificação ao local onde a Sereia viera à tona. Primeira parada: Kroneberg Strasse, 17. O Instituto para a Vida Moderna. Atravessando um portão de ferro de aparência medieval, ele aproximou-se da casa grande, de estuque branco, e apertou a campainha. Após algum tempo, passos lentos e pesados se aproximaram. Quando a escura porta de carvalho finalmente se abriu, ele ficou aliviado por não ter levado Gunther com ele.

Diante dele estava uma mulher nua, de pelo menos setenta anos, bronzeada dos pés à cabeça como uma torrada queimada, os seios caídos.

– *Guten Morgen* – ela disse, com um brilho inquiridor nos olhos. – Em que posso servi-lo?

– Eu... eu gostaria de falar com Frau Geschlecht, se possível.

– Frau Geschlecht está na ginástica agora. Só vai terminar às dez e meia. Eu posso ajudá-lo? Sou Fräulein Meyer.

– Sim. Muito prazer, Fräulein.

– Pode entrar, é claro. Todos são bem-vindos aqui, independentemente de raça, renda, idade ou condição física.

– Muito bem.

– Mas terá que tirar todas as suas roupas. Bobos que ficam chocados e se recusam a se despir não são permitidos. – Ela sorriu.

Willi ouviu um tipo estranho de tambor vindo de dentro da casa.

– Não vim aqui para ficar chocado, Fräulein, posso lhe garantir.

Ele lhe mostrou o distintivo da Kripo.

Seu rosto, ainda que não seu corpo, registrou o espanto apropriado.

– Oh! Nossa! Sim. Então, entre, por favor. Frau Geschl-e-e-echt! – gritou em falsete para dentro de uma sala aberta.

Willi seguiu-a sem esperar convite, depois ficou paralisado diante da visão.

Em uma sala grande, com assoalho de madeira e absolutamente nenhuma mobília, uma dúzia de mulheres muito idosas, os cabelos presos em apertadas tranças "Gretchen", dançavam completamente nuas, atirando braços e pernas para todos os lados como ninfas em uma fonte mágica, enquanto um homem nu que devia ter noventa anos mantinha o ritmo em um pequeno tambor.

– Beleza! Saúde! Movimento! – entoavam.

– Frau Geschlecht! – Fräulein Meyer gritou em tom estridente acima de todo o barulho. – Há um homem da Kripo aqui para vê-la, pelo amor de Deus. Um Inspektor-Detektiv!

O tambor parou. As dançarinas voltaram-se simultaneamente. Uma das mulheres deu um passo à frente com um queixo flácido orgulhosa e graciosamente empinado enquanto andava.

Por revistas como *Berliner Illustrierte,* Willi estava familiarizado com o movimento nudista que varria a Alemanha. Todo mundo, desde os burgueses moderados aos socialistas fanáticos por comida natural, parecia ter se unido ao culto do corpo nu. Ginástica curativa, hidroterapia, lavagem intestinal, adoração do sol, dietas de iogurte, terapias com ondas eletromagnéticas eram consideradas capazes de proporcionar um elevado estado de tranquilidade, saúde e beleza. Uma nova consciência de que o corpo nu irradiava perfeição. Era como se toda a nação germânica, Willi pensou, desesperada para se livrar do passado, tentasse começar de novo – do zero. E os alemães, o que quer que fossem ou deixassem de ser, levavam ao extremo o que tinham de fazer.

Por mais dramática que sua entrada pudesse ter sido, Frau Geschlecht tinha poucas informações a oferecer que já não estivessem no relatório da polícia. Ela estava no solário do terceiro andar em uma posição de ioga, ela reiterou, tão despreocupada com sua falta de roupas quanto Adão ou Eva, quando viu pela janela o que parecia outro corpo nu. A princípio achou que pudesse ser alguém do instituto que fora dar um mergulho matinal. Mas quanto mais tempo se mantinha na mesma posição, mais claro se tornava que o corpo não estava se movendo. Depois que ela ligou para a polícia de Spandau, Schmidt e os outros chegaram. Ela indicou o lugar na margem e isso era tudo.

– A senhora foi de grande ajuda. – Willi sorriu e guardou o bloco de notas.

– Por favor, volte novamente. – Ela ofereceu a mão para que ele a beijasse. – Temos palestras de introdução todas as quartas e os domingos às sete horas.

Ele deixou o paraíso do nudismo com pouco mais do que imagens desagradáveis para tirar da mente.

Lá fora, o sol atravessara as nuvens da manhã. A torre alta e redonda da cidadela erguia-se contra a cidade medieval. Mais à direita, ele podia ver a estação S-Bahn e, do outro lado da estação, um restaurante com uma cervejaria ao ar livre. Talvez eu devesse dar uma olhada, ele pensou. Mas acima da porta da taverna ele notou a bandeira vermelha com o círculo branco estampado com a agressiva suástica negra. Diziam que o próprio Hitler desenhara o estandarte. E Spandau, Willi lembrou, era um bastião nazista.

Ele virou-se para o rio. Um barco de passeio longo e branco se esforçava para cruzar as correntes fortes e cinzentas. Entendeu. Claro. O barco fazia a mesma rota que a Sereia fizera, na direção contrária. Desceu os degraus até o píer e perguntou quando o próximo barco sairia.

– Mas onde deseja ir, *mein Herr*? Temos *dois* barcos – foi avisado em tom bastante ríspido. – Como diz bem ali na placa: a rota do norte ou a do sul. Para Wannsee, ou o Palácio de Oranienburg. Dez marcos cada um.

Ele consultou o relógio. Teria de ser para Oranienburg, ao meio-dia. Mas antes de investir três horas em um trajeto de barco, ele sabia que devia ligar para o trabalho.

Ao lado de uma banca de jornais, havia uma cabine amarela de telefone público.

– O Kommissar Horthstaler disse para o senhor ligar para ele imediatamente, com urgência. – A própria tensão na voz de Ruta revelava a ansiedade.

– Com urgência. Ah, bem, sim. Então, faça o favor de passar a ligação para o Kommissar, sim?

Através da porta aberta da cabine telefônica, Willi notou as manchetes matutinas: **O Governo Desmorona! Von Papen Forçado a Renunciar!**

— Kommissar Horthstaler, aqui é Kraus.

— Kraus, você deve ir imediatamente ao palácio presidencial.

— *Jawohl*, Herr Kommissar. — Willi ficou estupefato. — Posso perguntar por quê?

— O Velho quer vê-lo.

— Me ver?

— O gabinete de Von Hindenburg foi categórico. Você deve ir lá imediatamente.

— *Jawohl*. Mas... por que o presidente iria querer me ver?

— Como é que eu vou saber? Talvez queira nomeá-lo chanceler.

Se não tivesse acabado de ler as manchetes dos jornais, Willi poderia ter achado aquilo engraçado.

3

Quase universalmente chamado de o Velho, o general Paul von Hindenburg não era apenas presidente, mas o pai simbólico da Alemanha. Com um metro e noventa e oito de altura, cento e treze quilos, o peito largo e redondo como um grande barril e o enorme bigode de uma morsa, esse personagem verdadeiramente gigante, com oitenta e cinco anos agora, conduzira a Alemanha imperial a suas maiores vitórias na Guerra Mundial. Ele se mantivera como uma figura intransigente da unidade nacional durante os sombrios anos pós-guerra da Revolução Vermelha, da Contrarrevolução, do golpe de Wolfgang Kapp, do *Putsch* da Cervejaria, da Grande Inflação e da luta sanguinária entre a extrema esquerda e a extrema direita. Não havia nenhuma razão no mundo que Willi pudesse imaginar para o sujeito querer vê-lo.

Aguardando para ser chamado ao gabinete do Velho na Wilhelm Strasse, Willi sentiu um confuso redemoinho no peito. Por um lado, era preciso respeitar o homem que conseguia manter a Alemanha unida. Por outro, Willi sabia, Hindenburg havia propagado a ideia inteiramente falsa da "facada pelas costas" de novembro de 1918, que havia alimentado um rancor tão intenso. De acordo com esse mito, o exército alemão nunca fora derrotado na Grande Guerra, mas fora forçado a se retirar em 1918 por causa da Revolução Comunista em casa. De fato, o povo alemão, sujeito à mais rígida censura, não fazia a menor ideia de que havia perdido a guerra. Acharam simplesmente que haviam chegado a um armistício, um acordo com os Aliados. Somente quando os termos desse armistício foram revelados, descobriram que não só haviam perdido como eram culpados de terem iniciado a guerra – e responsáveis em ressarcir os inimigos pelos danos causados.

A Facada pelas Costas fazia sentido para eles.

Mas Willi estivera lá, entre as tropas de choque avançadas, na grande ofensiva da primavera de 1918, quando um milhão de soldados alemães deixou as trincheiras e lançou-se avante para um golpe de misericórdia. Ele estava lá, no interior da França, mais longe do que jamais fora, a apenas alguns quilômetros de Paris, quando ficou claro que o exército havia ido longe demais. Que haviam se adiantado demais e deixado as linhas de suprimentos muito para trás. Que o ataque fora precipitado. E que agora haviam se tornado vulneráveis ao contra-ataque. E foi exatamente o que aconteceu. Dois terços de um milhão de jovens americanos uniram-se aos ingleses e franceses, e os exaustos alemães não conseguiram aguentar. Dizer que o exército alemão nunca perdera uma batalha na Grande Guerra era uma mentira. O exército alemão fora completamente derrotado na França no outono de 1918. Willi estava lá.

Ele saltou como uma marionete quando seu nome foi chamado. O presidente iria vê-lo agora. Von Hindenburg estava sentado atrás de uma ornamentada escrivaninha dourada do tamanho de uma mesa de bilhar, a cabeça baixa. Willi ficou relutante em anunciar sua presença, especialmente quando percebeu que o presidente do Reich não estava rezando, mas dormia profundamente, roncando. Sem saber o que fazer, bateu os calcanhares o mais alto possível, limpou a garganta e disse:

– Senhor presidente!

Felizmente, as pálpebras adejaram e o Velho abriu os olhos.

– Inspektor Kraus.

– *Ja, ja*, Kraus. – O presidente cofiou o enorme bigode, olhando por cima do ombro como se buscasse um conselho. – Bem, o que era mesmo que eu queria de você? *Ach, ja!* Rei Boris. Que *Schweinerei*. – O Velho abraçou a volumosa barriga. – A filha do rei da Bulgária desapareceu, Kraus. Do Hotel Adlon, imagine só! Você tem que encontrá-la imediatamente.

– Mas, Excelência, devo lembrá-lo que sirvo ao Comissariado de Homicídios. Temos um excelente Departamento de Desaparecidos cheio de especialistas em...

– *Kvatch!* – Os olhos azuis do Velho se estreitaram. – Aqueles *Idioten* não conseguiriam encontrar um elefante na Pariser Platz. Não, precisamos de você, Kraus. Você! Nosso Inspektor mais famoso. O rei Boris é meu amigo. Amigo da Alemanha. A Alemanha dá valor às suas relações com a Bulgária, de quem compra muitas matérias-primas imprescindíveis. Estou me fazendo compreender? Quero assegurar ao rei Boris que nosso melhor homem está trabalhando para encontrar sua filha. E você é o nosso melhor homem. Assim me disseram.

– *Jawohl, mein* presidente.

– Meu assistente lhe dará todas as informações relevantes. Você encontrará a princesa búlgara desaparecida e fará com que ela seja devolvida em segurança aos braços do aflito pai.

Willi bateu os calcanhares e retirou-se para a sala do assistente.

– Princesa Magdelena Eugenia. – Ele se viu em uma antessala com um homem reumático, de olhos avermelhados, tão velho quanto seu chefe. – A foto dela.

Willi não estava nada feliz com aquilo. Nada mesmo. Por que logo agora ele estava sendo chamado a brincar de Emil e os Detetives, com o mais hediondo dos assassinos à solta? O médico do caso da Sereia parecia-lhe ainda mais perverso do que o Devorador de Criancinhas, que era um psicopata. Que uma doença desse tipo contagiasse um médico que de propósito aleijaria uma jovem saudável era algo de uma ordem inteiramente nova. Algo que Willi mal conseguia imaginar, muito menos ter certeza de como resolver.

A desaparecida princesa búlgara, entretanto, chamou sua atenção. A foto fora tirada em uma praia, e Magdelena Eugenia, uma jovem esbelta, atlética, de vinte e três ou vinte e quatro anos, exibia as pernas em um maiô. Não era de uma beleza extraordinária, mas mostrava grande vivacidade com os olhos escuros e um sorriso largo e brilhante. As pernas eram dignas da reverência afetada pelo rapaz na foto, fingindo curvar-se diante dela.

– Este é o marido dela, Konstantin Kaparov – disse o assistente através do catarro no peito. – Foi ele quem comunicou o desaparecimento da princesa, ontem de manhã.
– E onde eu encontro esse Herr Kaparov? Ainda no Adlon?
– *Nein*, creio que vá encontrá-lo hoje na Corrida de Seis Dias.
Willi olhou para o assistente.
– A mulher dele está desaparecida e ele está assistindo a uma corrida de bicicletas?
– *Nein* – gorgolejou o idoso senhor como se estivesse se afogando. – Ele não está *assistindo*. Ele está *participando* da corrida.

Como era praticamente depois da esquina, Willi resolveu parar no Adlon primeiro, o mais ilustre hotel da cidade na avenida mais majestosa, a Unter den Linden. Famosos, de Charlie Chaplin aos Rothschild, eram hóspedes frequentes. E Hans, o *concièrge*, era um velho colega.
O saguão de carpete vermelho cintilava sob os candelabros.
– Sim, sim, uma terrível fatalidade. – Hans sacudiu a cabeça ao falar da princesa desaparecida. – Todo o pessoal está muito abalado. Mas você sabe, é claro, que ela não desapareceu do quarto, Willi. Ela saiu sozinha. Logo depois da meia-noite.
– Alguém falou com ela?
– Sim, creio que sim. Rudy. O porteiro da noite. Infelizmente, ele está de folga. Eu poderia trazê-lo aqui, talvez em duas horas. Ele mora ao norte de Berlim.
– Faça-o em três horas. – Willi bateu no ombro de Hans. – Estou indo à Corrida de Seis Dias.
– *Ach so*. – Hans compreendeu instantaneamente.
A maneira mais rápida de chegar ao Sportpalast era de bonde. Willi pegou o apinhado 12. Por cima do oscilante mar de ombros acolchoados e grandes chapéus de feltro, ele mal pôde deixar de ler a manchete vespertina: **Quem Governará?**

Agarrado a uma tira de couro, ele olhou para o *Berlin am Mittag* por cima do ombro de alguém. Era bastante ruim que metade do que os jornais publicavam fosse puro lixo, sabia por experiência própria. Mas a imprensa havia positivamente viciado os alemães a viver em crise perpétua. Em Berlim, que tinha mais jornais diários do que qualquer outra cidade do mundo, metade da população vivia da dose de adrenalina fornecida pelas manchetes de horror da manhã, final da manhã, começo da tarde, final da tarde, começo da noite e tarde da noite.

– O que diabos acha que está fazendo, judeu? – Todas as cabeças no bonde se voltaram para ele. Willi procurou ver quem o homem de traços acentuados e chapéu-coco preto à sua frente estava acusando, então compreendeu. – Tire o seu nariz judeu imundo do meu jornal!

Willi ficou perplexo. Ele nem sequer pensava em si mesmo como judeu, a não ser nas datas sagradas judaicas. Mas seus olhos escuros, os cabelos escuros e cacheados alardeavam sua condição tão claramente quanto um cartaz luminoso na Ku-damm. Os alemães estavam ficando cada dia mais agressivos em rompantes antissemitas. Daqui a pouco iam querer colocar os judeus de volta em chapéus de burro amarelos, como na Idade das Trevas. Tudo que esse maluco tinha de fazer era acusá-lo de tentar roubar sua carteira e haveria um problema real. Se ele não fosse quem era. Ele mostrou o distintivo da Kripo. A mudança de expressão do sujeito quase valeu o insulto.

– Oh, desculpe-me, Herr Inspektor-Detektiv. – O sujeito tirou o chapéu e ficou segurando-o com mão trêmula. – Eu não sabia que era o senhor. Não falei por mal. Perdoe minha estupidez. Todos já ouvimos falar do grande Inspektor Kraus, que capturou o *Kinderfresser*!

Tão tipicamente alemão atormentar os mais fracos e rastejar diante dos poderosos.

Willi ficou olhando-o fixamente até o sujeito se sentir tão constrangido que colocou o chapéu e desceu do bonde às pressas.

O Sportpalast de Berlim, um estádio semelhante a um templo, construído em 1910, era a maior arena coberta da cidade, sede de lutas de boxe profissional, grandes comícios políticos e a incrivelmente popular Corrida de Bicicleta de Seis Dias. Iniciada em 1920, essa dura maratona reunia equipes de ciclistas em uma corrida contínua por valiosos prêmios. Apenas um corredor de cada equipe tinha de estar na pista, para que o segundo pudesse comer, dormir ou tomar banho, enquanto o parceiro pontuava ganhando voltas na competição ou com velozes arrancadas de rebentar as bolas a cada três horas.

Willi foi admitido pelo portão da frente com uma rápida exibição do distintivo da Kripo e logo foi atingido por uma onda de umidade. Dentro, cones de luz branca e brilhante dos refletores conduziram-no para a arena. Todo o lugar sacudia-se como se houvesse um terremoto, o ar explodindo com o rugido de milhares de pessoas, as arquibancadas retumbando com as batidas dos pés. Doze ciclistas paralelamente inclinados ao solo pedalavam loucamente pela pista de madeira que circundava o chão da arena, tentando se adiantar, alguns centímetros, meio metro, voando, passando pelos espectadores como uma mancha colorida.

— Lá vão eles, girando, girando e girando! — trombeteavam os altofalantes. — Quanto tempo eles conseguem aguentar, *meine Damen und Herren*? Quanto tempo?

Logo Willi ficou sabendo que Konstantin Kaparov, o nº 8, estava na pista naquele exato momento. Entretanto, felizmente, poucos minutos depois Kaparov se retiraria deixando o companheiro de equipe assumir. Willi chegara bem a tempo.

Dia de sorte, pensou ele.

Até ele ver Kaparov sair da pista cambaleando após seis horas de corrida.

Os olhos do pobre rapaz se reviravam para trás. Uma turma enrolou seu corpo cambaleante em uma toalha e o conduziu a uma área de descanso. O sujeito parecia à beira da morte. Willi concedeu-lhe alguns minutos para que ele ao menos pudesse recuperar um pouco da consciência antes de mostrar-lhe o distintivo da Kripo. Kaparov balançou a cabeça, tomando outro copo de suco, depois reuniu o que pareciam ser suas últimas forças.

— Graças a Deus que você está aqui.

Entre acessos de tontura e convulsões espasmódicas, ele contou sua história a Willi.

Haviam chegado à tarde, dois dias atrás, de trem direto de Sofia, Bulgária. Nunca haviam estado em Berlim antes.

— Viemos para a corrida. — Seu alemão tinha um acentuado sotaque. — Eu treino há dois anos.

Depois de se instalarem no Adlon, não fizeram nada. Saíram somente para jantar em uma boate. Onde? Não lembrava o nome; estava cansado demais para pensar direito. Em algum lugar na Friedrich Strasse. Como a encontraram? Não tinha a menor ideia. Magdelena devia saber do lugar. Não, claro, ninguém sabia que ela era uma princesa. Eles sempre usavam o nome dele quando faziam reservas. Dançar? Não. Magdelena não podia dançar naquela noite. Ela havia torcido o tornozelo mais cedo no trem e isso ainda a incomodava. Fora do comum? Não. Nada. Sem dúvida, nada fora do comum, que ele pudesse lembrar. Depois do jantar? Ela estava absolutamente normal. Voltaram direto para o hotel. De táxi. Ele tinha de correr na manhã seguinte. Precisava de suas horas de sono.

— Uma hora mais tarde na cama, eu noto Magdelena vestindo o casaco. "Aonde vai?", pergunto. "Quero cigarros", ela diz. "Cigarros? Mas para que sair? Peça ao serviço de quarto." "Quero um pouco de ar fresco", diz ela. "Esticar um pouco as pernas." Eu penso, antes o tornozelo a estava matando, agora quer caminhar. Mas quase sempre Magdelena é um pouco, como dizer, maluca? Assim, não achei nada estranho. Pensava o tempo todo só na corrida do dia seguinte. Eu fechei os olhos. Talvez dormi um pouco, não sei. Depois olhei o relógio. Três da madrugada. Magdelena ainda na rua. Então pensei: Konstantin, há algo errado.

Willi tinha um sexto sentido para saber quando estavam mentindo para ele. O que quer que tenha acontecido à princesa desaparecida, seu marido, ele tinha certeza, não tinha nada a ver com isso.

— Encontre-a para mim, *bitte*, Herr Inspektor. — Os olhos de Kaparov haviam começado a se revirar outra vez. — Eu não me importo com a maldita corrida. Só quero Magdelena de volta.

Quando Willi retornou ao Adlon, o porteiro ainda não havia chegado e o hotel lhe ofereceu um jantar de seis pratos no suntuoso restaurante local.

— Coma! — Hans insistiu, unindo-se a ele no meio da refeição. — Só Deus sabe o que seria desta cidade se não fosse por homens como você. Ei, você nem imagina quem está hospedado aqui conosco.

Willi ponderou enquanto apreciava um delicioso faisão recheado.

— Não sei... A cadela de Hitler?

— *Nein*. — Hans riu. — Mas igualmente uma cadela, acredite! A grande Marlene Dietrich. Que chata! O problema dessas estrelas internacionais é que, só porque são especiais, acham que devem ser tratadas assim. Só sabe reclamar, reclamar. Tudo é cem vezes melhor na América. Bem, se pensa assim, por que não se muda para lá, é o que eu digo.

— Ela vai acabar fazendo isso mesmo, Hans. — Willi atacou uma terrina de aspargos gratinados. — Vai acabar fazendo isso mesmo.

Ele estava acabando a torta Sacher e o café, mais satisfeito do que estivera o dia inteiro, quando Hans anunciou a chegada do porteiro. Willi encontrou-o na entrada do hotel, sob o longo toldo listrado.

— Herr Inspektor-Detektiv. — Rudy já estava de uniforme. — Como eu iria imaginar que fui o último a falar com ela? — Seus olhos servis tinham um ar de verdadeiro medo, que até mesmo os mais inocentes geralmente têm quando interrogados pela Kripo. — Ela agia de modo estranho, é verdade. Mas não cabe a mim questionar nossos hóspedes, não é?

— Relaxe, Rudy. Ninguém disse que você fez alguma coisa errada. Agora me diga exatamente o que aconteceu. Ela agia de modo estranho como?

— Foi logo depois da meia-noite. Nossa hora mais movimentada. A senhora veio até mim, com uma aparência muito exótica. Cabeleira escura. Olhos escuros. Usando um casaco de leopardo, mas sem chapéu! Muito delicadamente, ela perguntou sobre a estação S-Bahn mais próxima. Estranho, pensei, uma hóspede de honra do nosso hotel pegar transporte público, ainda mais uma senhora sozinha tão tarde da noite. Mas realmente estranha era a voz dela... e a expressão de seus olhos. Eu tenho um garoto, sabe, de dez anos. Frequentemente, ele se levanta no meio da noite e começa a andar de um lado para outro, falando... mas ele está dormindo. Sonambulismo. A gente nunca deve acordar um sonâmbulo, apenas conduzi-lo de volta para a cama, que é o que eu faço com Tommy. Essa senhora tinha o mesmo olhar... como se não estivesse acordada. Os olhos estavam abertos, mas ela não estava realmente ali. Tive uma forte sensação de que eu deveria levá-la de volta para dentro. Mas, como eu disse, não cabe a mim questionar os hóspedes, não é? E exatamente nesse momento, o ministro das Relações Exteriores da Itália e sua esposa chegaram. Eu tive de atendê-los. Então, disse à senhora que a estação S-Bahn mais próxima ficava na Friedrich Strasse. Perguntei se queria que eu chamasse um táxi para ela. "Não, não", ela disse. "Quero caminhar." E isso foi tudo. Quando abri a porta para o ministro, eu a vi descendo a Unter den Linden, sozinha, naquele casaco de leopardo e sem chapéu!

– Ela lhe disse para onde queria ir? – Willi estava impressionado com a história. – Pense, Rudy. É importante.

– Ora, sim. – Seus olhos se arregalaram enquanto se lembrava. – Sim, disse. Ela disse: "Onde fica a S-Bahn mais próxima para me levar a Spandau?"

– Spandau! – Um estremecimento percorreu as veias de Willi. – Tem certeza?

– Sim, absoluta. Lembro-me de perguntar a mim mesmo se a S-Bahn iria até Spandau.

Willi lembrou-se da estação que vira naquela manhã.

Por um segundo, ele ficou sem fala. Poderia se tratar de mera coincidência? Consultou o relógio. Eram quase nove horas. Apesar do cansaço, só havia uma coisa a fazer, ele sabia. Voltar a Spandau. Desta vez de S-Bahn.

4

Apesar de ter quase trinta e seis anos e ter vivido ali toda a sua vida, atravessar a capital no trem elevado ainda conservava a sensação de um passeio de tapete mágico para Willi. A paisagem era sempre fascinante. Uma ampla cidade de tijolos e calcário, nova pelos padrões do continente, a maior parte com menos de cem anos de construção, Berlim era a Chicago da Europa, ambiciosa, arrogante, sempre se arremessando para frente. Em direção a quê, ele e outros quatro milhões de berlinenses não faziam a menor ideia.

Da Friedrich Strasse, seguiram ao longo do rio Spree, passando pelo majestoso domo de vidro do Reichstag. Após contornar os limites do Tiergarten, o grande parque rústico da cidade, o trem entrou na distinta zona oeste, correndo paralelamente a vários quarteirões de elegantes prédios de apartamentos, proporcionando aos passageiros um acesso sem igual à vida de todos aqueles cujas cortinas não estavam cerradas. Tranquilas cenas domésticas desfilavam diante dos olhos de Willi. Famílias ouvindo rádio. Reunidas em volta de um piano. Decorando árvores de Natal.

Quanto mais avançavam para o norte e oeste, mais decadentes e dilapidados ficavam os prédios, e mais tristes as imagens apresentadas. Donas de casa muito magras, debruçadas sobre tábuas de passar roupa. Pais de camiseta espancando os filhos. Quando o trem diminuiu a marcha para fazer uma curva ao lado de um enorme armazém, através dos janelões com vidraças quebradas, ele viu que o enorme galpão havia sido transformado em dormitório para os desabrigados. Apinhado de centenas de almas, a fetidez da desesperança invadiu o vagão do trem.

Ao chegar aos novos bairros operários construídos pela Siemens AG, quase todos os passageiros desceram e o vagão ficou praticamente vazio. Em uma noite de sábado talvez houvesse mais gente no trem, Willi refletiu. Mas, de modo geral, deve ter sido uma viagem solitária para a princesa. Por que ela fizera isso? O que a motivara? Aonde teria ido depois de chegar à estação? Quarenta e cinco minutos depois de deixarem a Friedrich Strasse, chegaram à Velha Spandau, o fim da linha.

Descendo a escada para a rua, a escuridão o engoliu. Após as luzes do centro de Berlim, sempre levava algum tempo para se adaptar à penumbra do resto do mundo. Uma única fonte de iluminação chamou sua atenção... vinha do outro lado da rua. A taverna que ele notara naquela manhã, com a cervejaria ao ar livre e a suástica acima da porta. O Cervo Negro, viu que se chamava. A menos que alguém estivesse esperando na estação para pegá-la, a princesa muito provavelmente teria ido para lá. Simplesmente não havia outro lugar. Atravessou a rua.

Respirando fundo, passou pela bandeira nazista e entrou. Dentro, um salão com painéis de madeira e umas vinte mesas também de madeira, com aproximadamente um terço de ocupação. Uma mulher de seios avantajados, cerca de quarenta e cinco a cinquenta anos, estava junto à caixa registradora conferindo cheques. Uma loura oxigenada, um pouco vesga. Perguntou a Willi o que poderia servir a ele. A experiência lhe ensinara quando e como o distintivo da Kripo funcionava a seu favor. Às vezes, como agora, achava melhor apenas deixá-lo de reserva.

– Estou procurando uma amiga. Achei que ela pudesse ter vindo aqui uma noite dessas.

Os olhos vesgos examinaram-no de cima a baixo.

– O que você é, um ator do Babelsberg Studios ensaiando uma cena de espião? Como eu poderia saber quem é e quem não é sua amiga?

– Tem aproximadamente vinte e quatro anos. Cabelos escuros. Olhos castanhos. Usando um casaco de leopardo.

A mulher deu uma risada.

– Um casaco de leopardo, hein? Isto aqui parece o tipo de estabelecimento onde as mulheres usam casaco de leopardo?

– Ela deve ter entrado aqui, vindo da estação S-Bahn. É provavelmente o único lugar para onde viria.

– Escute aqui, moço – sua voz tornou-se um pouco mais áspera quando dois homens em longos casacos de lã entraram –, não sei o que está pensando, mas este é um restaurante familiar. Mulheres solteiras não vêm entrando aqui, com ou sem casaco de leopardo. Nem mesmo da estação S-Bahn.

– O que está acontecendo, Gretel? – perguntou um dos homens. – Um arruaceiro?

– Não exatamente – disse, mal-humorada. – Só me incomodando com perguntas idiotas.

– Que tipo de perguntas?

Willi voltou-se para eles. Ambos deviam ter trinta e poucos anos, muito bem-vestidos, de chapéu e gravata. Ambos com alfinetes de prata do partido presos nas lapelas.

– Estou procurando uma amiga. Ela deve ter vindo aqui no sábado à noite.

– Como disse a senhora. – Um deles deu um passo à frente com um sorriso afetado e agressivo, tirando o chapéu. Era um ariano, não do tipo louro, mas de cabelos escuros, emplastados, penteados diretamente para trás da testa, com um sorriso de desdém que revelava uma falha fora do comum e grande entre os dois dentes da frente. – Este não é o tipo de lugar a que as mulheres vêm desacompanhadas. É um lugar decente. Para alemães decentes.

Willi achou ter visto um jaleco de médico por baixo do casaco do sujeito.

– Onde acha que está, *mein Herr*? – perguntou com verdadeiro desprezo o homem de pele mais clara com olhos negros. – Talvez tenha descido na estação errada. A Judeu-damm é na outra direção.

Com isso, os homens e a garçonete desataram a rir.

— A Judeu-damm. Rá-rá-rá. Essa foi boa. Vou me lembrar dessa, Schumann — disse o primeiro homem, encantado. Em seguida, voltou seu olhar para Willi, perdendo o sorriso. — Volte para a sua Judeu-damm. Aproveite-o enquanto pode.

Willi sentiu que chegara a hora de usar suas reservas.

Exibiu o distintivo da Kripo.

Não produziu o efeito desejado.

Os três pareciam insensíveis ao poder do Estado.

— Acha que pode nos amedrontar com isso? — O homem de cabelos escuros riu, mostrando os dentes. — Sua república judia com sua Constituição judia. Estamos cagando pra isso!

— *Alles in Ordnung*, Josef? — Um homem emergiu de uma porta nos fundos, de botas pretas e uniforme completo da SA, batendo um cassetete de madeira na mão.

Willi calculou que tinha cerca de trinta segundos para salvar seu crânio.

— Eu só estava procurando uma amiga — disse com o mais amistoso dos sorrisos. — Mas como ninguém parece tê-la visto... já estou indo.

Isso quebrou a tensão o tempo suficiente para ele bater taticamente em retirada. Não valia a pena ser morto por causa dessa princesa, a lógica dizia. Um minuto depois ele estava embarcando no S-Bahn de volta ao centro de Berlim.

Schumann, um deles se chamava. Seu amigo com os dentes de coelho, Josef.

De uma maneira ou de outra, ele teria de voltar àquela simpática taverna.

Meia hora depois, com o oeste de Berlim passando vertiginosamente pelos seus olhos, ele se perguntava o que podia ter passado pela cabeça da princesa Magdelena Eugenia para ter tomado este trem sozinha à meia-noite. Encontrar um amante? Comprar drogas? Tudo parecia muito improvável. E aquela história do sonambulismo? Ela poderia realmente não estar acordada? Parecia ainda mais absurdo. Talvez nem tivesse ido para Spandau. Talvez tenha apenas pegado esta linha e descido em qualquer uma de uma dúzia de paradas ao longo do trajeto. Ele estava cansado demais para pensar. Ele próprio parecendo um sonâmbulo.

Antes mesmo de amanhecer, seus olhos se abriram. Ele estivera sonhando. No Gloria Palast, o cinema mais famoso de Berlim, ele via o mais novo sucesso de Hollywood de Marlene Dietrich. Ela estava fantástica como sempre, só que a plateia ficou horrorizada. As pessoas começaram a sair correndo do cinema, gritando. Willi olhou com mais atenção e viu que as pernas da grande estrela estavam monstruosas. Viradas ao contrário! Em vez de desfilar com delicadeza pela tela, ela mancava, seu corpo ficando mais hediondamente mutilado a cada tomada.

Ele ainda estava em um estranho estado de exaustão acordada quando chegou à Superintendência de Polícia, surpreso de encontrar Gunther já no escritório. Ruta, assoviando, trouxe café fresco e *Brötchen*.

— Você está com um ar engraçado, Gunther — Willi disse, assim que viu a expressão do rapaz.

Gunther lançou-lhe um olhar transtornado.

— Tome. — Passou uma folha de papel para Willi. — Os melhores cirurgiões ortopédicos da Alemanha.

Willi não reconheceu nenhum dos nomes, mas ficou satisfeito ao ver que todos, salvo alguns poucos, tinham residência em Berlim. Dobrou o papel e enfiou-o no bolso do casaco.

— Ainda não encontrei nada sobre transplante ósseo. É um tema bastante obscuro.

— Tente a biblioteca médica da universidade. Ou o Hospital Charité. Tem que haver alguma coisa.

— Sim, senhor. — Gunther anotou as indicações. — Agora, quanto a americanos desaparecidos, houve três em 1932, mas apenas um era mulher. Seu nome, Gina Mancuso, do estado de Nova York, uma cidade pequena chamada Schenectady.

Mancuso. Willi lembrou-se daqueles olhos meigos e escuros.

– Vejamos o arquivo dela.

– Não estava lá.

– Ora, vamos.

– Seu nome e país de origem estavam no Registro Central de Desaparecidos, mas a pasta dela sumiu dos arquivos.

– Não apenas ela, mas a pasta também está desaparecida? Isso é muito estranho.

– Sabe aquela moça bonita de lá, Elfrieda? – acrescentou Gunther. – Ela jura que viu essa pasta há uma semana, quando colocava os nomes de letra M em ordem alfabética. Mas ela procurou e procurou, e certamente não estava lá agora.

– Ninguém pegou emprestada?

– Não oficialmente.

– Bem, vou ter de colocar você para cuidar disso, Gunther, enquanto eu vou atrás da princesa búlgara. Você tem de descobrir tudo que puder sobre Gina Mancuso, e vamos ver se podemos ao menos fazer uma identificação positiva.

– Tem mais, senhor. Lembra-se dos hospícios prussianos?

– Sim, claro. O que descobriu? Essa Mancuso esteve internada?

– Não há nenhum registro disso. Mas quanto à raspagem da cabeça, todas essas instituições abandonaram a prática há mais de quatro anos.

– Compreendo. – Willi refletiu sobre aquilo. Por um lado, aquilo era uma boa notícia. Por outro, uma informação no mínimo intrigante.

– E gostaria de tentar adivinhar o número de internos que desapareceram de apenas uma dessas instituições, o hospício de Berlim-Charlottenburg, no ano passado?

– Imagino que sempre haja um bom número.

– Que tal duzentos e cinquenta e cinco?

– Parece alto.

Gunther passou uma lista datilografada de várias páginas para Willi.

– Todas essas pessoas fugiram?

– Nem uma única delas. Foram removidas. Oitenta e cinco de cada vez. Em três evacuações. Com meses entre uma e outra.

Willi leu o topo de cada página.

– O que é isto, "Tratamento Especial"?

– Ninguém parece saber.

– Bem, quem as removeu?

– Ninguém parece saber.

– Isso é absurdo. – Willi estava ficando irritado. Por que Gunther o estava importunando com aquilo? – Alguém deve saber quem as levou. Por que você diz que estão desaparecidas?

– Porque é exatamente isso, senhor. Estão. Não há nenhum registro em parte alguma do lugar para onde foram.

– Gunther. – Willi fez o maior esforço possível para se controlar. – Não posso me preocupar com isso agora.

– Mas não acha que eu deveria ao menos...

Na guerra, lembrou Willi, quando penetravam em campos minados inimigos, só havia um modo de avançar. Um pé adiante do outro, os olhos fixos à frente, nem mais nem menos no local exato em que o pé seguinte deveria pisar. Qualquer coisa à direita ou esquerda era supérfluo, uma distração potencialmente fatal. Até mesmo seu melhor amigo indo pelos ares.

– Deixe esse assunto de lado, Gunther, está me ouvindo?!

O rapaz olhou para ele, estarrecido. Era a primeira vez desde que trabalhavam juntos que Willi erguera a voz.

– Você tem de descobrir onde Gina Mancuso morava e onde trabalhava, e quem ela conhecia em Berlim. E nada mais.

Willi encontrou Konstantin Kaparov alquebrado e transtornado, chorando na suíte no Hotel Adlon. Ele abandonara a Corrida de Seis Dias, sua equipe tendo ficado irremediavelmente para trás.

— Eu não podia me concentrar. Só pensar em minha Magdelena. Willi quisera poder lhe dar alguma notícia animadora, mas tudo que ele tinha eram perguntas. Desta vez, ao menos, Kaparov estava em melhores condições de responder.

— Na última vez, eu esqueci de dizer... antes de ir jantar, Magdelena foi a um médico... para o tornozelo. Muito inchado.

— Você foi com ela?

— Sim. O médico disse que estava somente torcido. Não quebrado. Colocou uma atadura. Deu comprimidos. Nós fomos embora.

— O nome do médico?

— Isso eu não lembro. Mas o hotel o recomendou.

— E o nome da boate onde disse que jantaram? Lembra-se do nome agora?

— Achei a caixa de fósforos. O nome é Klub Inferno.

Inferno. Willi conhecia o lugar. Uma cara armadilha para turistas, sob o disfarce de uma das maiores casas de diversões de Berlim, apresentando decadentes espetáculos de variedades. Shows picantes. Números de cabaré.

— Também esqueci de dizer da última vez. Um hipnotizador se apresentou na boate. Durante seu número, ele quis voluntários para o palco. Magdelena subiu. Ela sempre gostou dessas tolices. E de chamar atenção. Adora chamar atenção.

— Ele conseguiu hipnotizá-la? — Willi não pode deixar de se lembrar do que Rudy, o porteiro, dissera.

— Oh, sim. Sim. Muito engraçado. Eu ri muito. Magdelena, ele a fez falar chinês!

Willi conhecia um pouco a respeito de hipnotismo pelo seu primo Kurt, médico do prestigioso Centro de Psicanálise de Berlim. Kurt fora aluno do próprio Sigmund Freud em Viena e empregara a hipnose em seu trabalho. Ele detestava charlatões que usavam a hipnose para uma diversão grosseira.

— Lembra-se do nome desse hipnotizador?

— O Grande... alguma coisa.

— O Grande Gustave?

— Sim!

Acima de tudo, Kurt detestava o Grande Gustave, o mais famoso paranormal de Berlim, o "Rei do Ocultismo", que recentemente fora manchete dos jornais — ele próprio visto como despropositado aos olhos de muita gente — ao prever uma completa tomada do poder pelos nazistas em 1933.

— Como ficou a princesa depois desse número de hipnose?

— Absolutamente normal — o marido insistiu. — Até, como eu disse, várias horas mais tarde, quando ela colocou o casaco para comprar cigarros.

Willi sentiu um raio de esperança. Então a princesa búlgara fora hipnotizada por esse Grande Gustave na noite em que desapareceu.

Na recepção, Willi obteve o nome do médico que fora indicado à princesa: um tal de Hermann Meckel, especialista em ortopedia, com um consultório na própria Unter den Linden, vários quarteirões abaixo. Um calafrio de espanto atravessou-o quando viu o nome de Meckel na lista de Gunther dos principais cirurgiões ortopédicos. Outra coincidência? Seria possível? Agora, por duas vezes, alguma coisa ligava a princesa desaparecida à Sereia.

O consultório do médico era extremamente pomposo: candelabros de cristal, tapetes persas. Mobília de mogno. Infelizmente, segundo a jovem e atraente recepcionista, ele não estava esta tarde. Dedicava as terças-feiras ao trabalho voluntário na *Klinik*.

— Sei. E que *Klinik* seria essa?

— A SA Klinik. Perto do Spittlemarkt.

— Obrigado — disse Willi.

Com que então o pomposo médico era também um nazista.

Durante o almoço, na cantina da polícia, esforçando-se para se redimir, Gunther orgulhosamente entregou o último endereço conhecido da americana desaparecida, Gina Mancuso, que ele localizara no Registro de Moradias de 1931.

– E – acrescentou, o enorme pomo de adão saltando pela garganta de girafa – ela dividia o apartamento com uma amiga, Paula Hoffmeyer, que ainda mora lá.

Willi leu o endereço. Um dos bairros mais pobres do norte de Berlim.

– Excelente. Eu mesmo vou, quando for oportuno. – Enfiou o endereço dentro do bloco de anotações. – Gunther, diga-me uma coisa... você já esteve no Inferno?

– Como, senhor?

– Inferno. A boate. Já esteve lá?

– Não. – O rosto comprido do rapaz abriu-se em um sorriso jocoso. – Mas certamente gostaria de ir.

– Compre um smoking para você. Vamos lá esta noite. Enquanto isso, descubra tudo que puder sobre este dr. Hermann Meckel.

O centro médico nazista em Spittlemarkt mais parecia um pequeno hospital do que uma clínica, com aparelhos de raios X, salas de cirurgia e grandes enfermarias cheias de soldados das tropas de assalto que haviam se ferido em brigas de rua com os Vermelhos. Willi esteve no serviço militar tempo suficiente para reconhecer as listras na manga do uniforme do homem que alguém indicou como sendo Meckel. O bom doutor era um general da SA.

As *Sturmabteilung*, Divisões de Assalto, não eram verdadeiramente militares. Eram apenas um dos vários exércitos paramilitares particulares que a República de Weimar permitira que florescessem em nome da tolerância, apesar de serem comprometidos com a destruição dessa mesma república. Em Berlim, a Frente Vermelha comunista sempre fora tão poderosa quanto a SA. Mas desde o trauma da Grande Depressão, sob a liderança carismática de Ernst Roehm, a expansão da SA fora explosiva. O quadro de membros recentemente ultrapassara a marca de meio milhão – cinco vezes maior do que o exército alemão – com suas características botas até os joelhos, calça parda com túnicas da mesma cor, quepes pontudos e faixas vermelhas com o símbolo da suástica no braço. A função original da milícia fora fazer a segurança dos comícios políticos dos dirigentes nazistas.

O Führer, entretanto, logo descobriu a conveniência de usar a SA para rachar o crânio dos adversários, principalmente os comunistas, embora não se limitasse a esses. Por fim, sob o comando de Roehm, a SA desenvolveu um amplo sistema de serviços sociais: sopa dos pobres, programas de qualificação de mão de obra, clínicas médicas gratuitas. Nenhum vilarejo ou cidade da Alemanha atualmente deixava de ter uma divisão dos camisas-pardas.

– Doktor Meckel. – Willi exibiu sua identificação.

O médico era de meia-idade, com pouco cabelo, mas um físico vigoroso e as mãos fortes e ágeis de um pianista. Ele examinou o distintivo da Kripo de Willi e por um instante seus penetrantes olhos azuis se estreitaram. Logo em seguida, entretanto, eles só faltaram explodir com uma luminosidade fascinante.

– Ora, Inspektor Kraus, que honra! É claro que o conheço. Quem não o conhece em Berlim? A maneira como usou de psicologia para caçar o Devorador de Criancinhas, positivamente exemplar. Em que posso ser-lhe útil hoje? Sente-se. Tome um café.

– Está bem assim. Estou aqui para falar de uma recente paciente em seu consultório. – Willi mostrou a fotografia da princesa.

O médico examinou-a como se o fizesse com as mais afetuosas lembranças.

– Ah, sim. Marilyn qualquer coisa, não é?

– Magdelena.

– Sim, sim, é claro. Procurou-me por conta de um tornozelo torcido. Fez um grande estardalhaço sobre isso como algumas mulheres costumam fazer, sabe como é. Eu o enfaixei e lhe dei alguns comprimidos de codeína. Disse-lhe para tentar o máximo possível não colocar peso sobre o tornozelo.

Codeína? Willi admirou-se. Isso poderia ter causado o estranho estado que Rudy tomou por sonambulismo?

– Esses comprimidos eram fortes, doutor?

– Cinco miligramas. Praticamente para efeito placebo. Por quê? Alguma coisa aconteceu? O senhor trabalha no Comissariado de Homicídios. Ela não está...?

– Esperamos que não, doutor. Mas a princesa desapareceu.
– Princesa! – Ele pareceu genuinamente chocado.
O sexto sentido de Willi dava saltos mortais. Meckel estava mentindo descaradamente.
– Sim. Filha do rei da Bulgária. Seu pai está muito ansioso para tê-la de volta. Assim como o presidente Von Hindenburg. A polícia de Berlim não está deixando pedra sobre pedra. Como o senhor foi um dos últimos a vê-la, doktor Meckel, é provável que queiramos falar outra vez com o senhor.
– Sim, claro. Mas eu lhe contei tudo que sei.
Um enfermeiro surgiu.
– Doktor Meckel, uma grande briga de rua em Wedding. Os feridos estão começando a chegar.
– Herr Inspektor, peço-lhe que me dê licença.
– Sim, claro, Herr Doktor. Até a próxima.

5

– Bem-vindos ao Inferno. – A recepcionista piscou para Gunther, entregando-lhe um tíquete pelo casaco dele.

– Acalme-se, rapaz – Willi advertiu-o. – Lembre-se, isto é trabalho.

Por mais de uma década, o próprio nome *Berlim* vinha sendo usado nos meios bem-informados como sinônimo de decadência e depravação, e o Klub Inferno, na dissoluta Friedrich Strasse, oferecia uma versão particularmente dramática. Garçonetes com seios à mostra e chifres de diabo. Murais surrealistas do inferno de Dante. E caldeirões ferventes de gelo seco que mantinham o local imerso em uma névoa permanente.

Gunther estava no céu.

Deram-lhes uma mesa no mezanino com uma excelente vista do palco. Willi podia entender como uma princesa provinciana podia ficar extasiada com o glamour teatral da iluminação e do *décor*. Mas quem a enviara ali? Doktor Meckel?

Quando as luzes diminuíram, Gunther remexeu-se em sua cadeira como um menino no circo. Diante de uma tela de fundo de gaze vermelha, o espetáculo começou: uma série de *tableaux vivants* compostos de pelotões de mulheres sumariamente vestidas, cada cena representando um momento em particular lascivo da história – Joana D'Arc ardendo na fogueira, seios nus; Jack, o Estripador, dilacerando uma dama da noite de Londres, nua. Esses eram seguidos por composições em silhueta, *avec* verdadeiras megeras por trás da gaze vermelha: basicamente tortura erotizada, prazer forçado, servidão, humilhação. Havia infindáveis estalos de chicotes, espancamento de nádegas e gritos exagerados por clemência. Gunther, Willi notou, não estava apenas fascinado, mas muito embaraçado, o rosto comprido e anguloso alternando continuamente tons de vermelho e roxo.

– Pelo amor de Deus – Willi sussurrou. – Não aja como se nunca tivesse saído de uma fazenda.

– Nunca saí, até a Academia de Polícia.

– Bem, mas você deve ter visto bois e vacas e outros bichos.

– Claro. Só que eles nunca se espancavam!

Logo uma acrobata peituda chamada Helga se contorcia em um pretzel bávaro. Três *nègresses* de seios nus demonstravam a mais nova febre da dança de Nova York – o *shimmy-shake*. E um ventríloquo satânico tentava seduzir uma boneca voluptuosa vestida como uma colegial.

Por fim, todas as luzes se apagaram, exceto um único projetor no palco. O salão mergulhou em um silêncio de expectativa. Das vigas do teto, um pequeno coro de anjos seminus em lantejoulas prateadas desceu por fios de arame, trazendo com eles uma enorme gaiola. Dentro, como se arremessado do céu para o inferno, estava o Grande Gustave de cartola e fraque, as mãos dramaticamente mantidas acima da cabeça, parecendo se contorcer de dor.

A plateia aplaudiu entusiasticamente.

No palco, os anjos o soltaram e Gustave saiu do cativeiro, silenciosamente inspecionando o novo ambiente. Em seguida, puxando devagar cada dedo das luvas brancas, ele se preparou para dominar qualquer coisa com que se deparasse.

– *Meine Damen und Herren* – seu grave barítono ecoou pelo salão. – Então, isto é o Inferno!

Uma risada geral sacudiu toda a boate.

Gustave era um *showman* veterano, Willi sabia pelas tiradas de seu primo Kurt. Um engabelador inato que dominava tudo, desde domar leões a ler a mente. Após trinta anos no ramo, ele era pura técnica cênica, do rosto esbranquiçado e olhos escuros às expressões exageradas do cinema mudo.

— O inferno — sua voz tremia como a de um vilão teatral — é um estado de espírito tanto quanto um lugar físico. É por isso que o Klub Inferno me arrastou para cá esta noite, para acompanhá-los em uma jornada aos domínios da mente normalmente visitados apenas durante o sono. O reino do subsciente profundo.

"Para a nossa jornada desta noite, vou solicitar vários voluntários, que escolherei entre as mulheres. Sem ofensa, cavalheiros. Acontece que eu gosto de garotas.

"Agora, senhoras, enquanto eu ando pelo meio da plateia, vou pedir a todas vocês que levantem as saias. Nada indecente, somente até os joelhos. Meu trabalho, confesso, era mais fácil há alguns anos, quando eram usadas saias mais curtas. Mas atualmente tenho que pedir a todas vocês que levantem as saias, senhoras, até onde estavam em 1929, levantem-nas para que eu possa observar a forma e o tipo de suas pernas. Assim está bem. Obrigado. Muito obrigado a todas vocês."

Willi achou surpreendente que nem uma única mulher tivesse deixado de obedecer ao comando, mas quase simultaneamente tivessem levantado as saias para encantamento de seus acompanhantes.

— Não se trata apenas de que eu goste de olhar pernas de mulheres, o que na verdade gosto. Mas é um fato pouco conhecido, *meine Damen und Herren*, que existam nove tipos básicos de pernas femininas e que elas possam dizer tanto a respeito do caráter de uma mulher quanto seu rosto ou a palma de sua mão. Vejam, por exemplo, esta linda senhora aqui possui o que chamam de pernas Garrafa de Champanhe, não apenas porque sejam caras e deliciosas, o que tenho certeza de que elas são, mas por causa de seu formato, com tornozelos finos e delicados, panturrilhas cheias. O joelho nunca é ossudo, mas arredondado, esférico. Isso me diz que ela é afetuosa e amável, maternal. Que ela possui muitos amigos e uma casa adorável e calorosa. Estou certo?

— Sim, sim, está!

— Você concorda? — perguntou ao homem ao lado dela.

— Sim, totalmente.

– Então, você é um homem de sorte. Infelizmente, mulheres com pernas Garrafa de Champanhe não constituem os melhores objetos de nossa experiência. Não, estou buscando o que chamam de pernas Baby Doll, onde a panturrilha se afina imperceptivelmente até o tornozelo, delicadamente complementando o joelho, porque uma mulher com pernas Baby Doll possui um agudo senso de confiança e curiosidade. Ou buscarei pernas Clássicas, que indicam uma mulher que é tanto intuitiva quanto imaginativa. Ou a melhor de todas, pernas Ideais. Vocês gostariam de ter essas, minhas senhoras. Mas somente uma mulher em cada mil tem. A perna Ideal, como tudo que é maravilhoso e perfeito, indica uma força vital forte. Paixão!

Willi não pôde deixar de recordar as pernas monstruosamente deformadas da Sereia. Ou aquela foto da princesa búlgara, com o marido fazendo uma reverência para ela. Ela teria pernas Baby Doll? Ou Clássicas? Algo naquele Gustave parecia mais diabólico do que o seu show de boate. Ele estava avaliando não só as pernas, mas o rosto dessas mulheres, suas posturas, suas roupas. Selecionando o exato objeto de sua experiência. Ou estarei sendo apenas paranoico?, Willi perguntou-se. Sentindo uma resistência natural a uma força de visível poder? Porque este Gustave já aperfeiçoara muito bem o seu jogo. Ele estava escolhendo apenas as mulheres mais atraentes para participar de suas travessuras hipnóticas.

Quando as seis mulheres mais bonitas do público estavam sentadas, em semicírculo, no palco, as luzes diminuíram novamente no resto do salão.

– Senhoras... – a voz retumbou. – Quero que mantenham os olhos fixos nos meus. Enquanto eu falar, eles começarão a se sentir pesados. Muito cansados. Vocês vão querer relaxar. Uma sensação de agradável cansaço e sonolência tomará conta de vocês... vocês se sentem bem... sentem-se relaxadas... fechem os olhos e dentro de alguns minutos cairão em um sono suave e agradável.

Sua voz era propositalmente tão baixa e monótona que se podia ver até mesmo algumas pessoas que não estavam no palco balançando a cabeça com sonolência.

– *Meine Damen und Herren*, estas senhoras agora estão em um leve transe hipnótico. Não há nada mágico nisso. Elas estão conscientes de tudo que está acontecendo. Certo, meninas?
Todas as mulheres assentiram. Gustave deu um tapinha no ombro de uma bela morena.
– Querida, qual é o seu nome?
– Hannah Lore – disse ela com os olhos ainda fechados.
– Hannah Lore, como se sente?
– Muito bem. Ótima.
– Agora eu as induzirei a um transe profundo.
"Vocês se sentem confortáveis agora. Completamente à vontade. Com o corpo todo relaxado. Não sentem nenhuma tensão. Estão se deixando levar pelo sono. Um sono delicioso, muito profundo. Farei uma contagem regressiva a partir de dez e, quando eu terminar, vocês estarão adormecidas, profundamente adormecidas... Dez... nove..."
Ao final da contagem regressiva, o Grande Gustave testou os sinais de transe em cada mulher no palco.
– Os braços devem estar moles como cordas – diz à plateia. Quando os levanta, vários braços de fato caem como se estivessem sem vida. – Os olhos devem estar virados para cima. – Ele demonstra levantando as pálpebras de diversas mulheres.
– Hannah Lore. – Ele retorna a ela. – Pode me ouvir?
– Sim.
– Como se sente agora?
– Muito bem.
– Senhoras e senhores, agora lhes demonstrarei o poder que o transe hipnótico exerce sobre a mente humana.
– Hannah Lore... você sabe falar chinês?
– Claro que não. – Ela dá uma risadinha. – Sou de Düsseldorf.
– Quando eu estalar os dedos, você acordará e não será mais Hannah Lore de Düsseldorf, mas uma nobre imperatriz viúva da China antiga. Você está furiosa porque um de seus criados roubou sua xícara de chá favorita. Você não sabe ao certo quem foi, mas promete

pegar o ladrão e cortar sua cabeça. Vamos lá. Um. Dois. Três. — Ele estala os dedos.

Hannah Loré deu um salto da cadeira e com uma carranca furiosa começou a gritar a plenos pulmões:

— *Ching how ni gon! He how gon ni how? Chow kow ling chew! Ling chew! Ling chew!*

Ela continuou fazendo sinais de cortar passando o dedo pela garganta.

A plateia ficou histérica.

— Quando eu bater palmas, você voltará a dormir!

Gustave bateu palma e a imperatriz desmoronou como se envenenada, morta em seu trono.

— Hannah Lore — disse. — Você fala chinês?

— Não, claro que não. — Ela deu uma risadinha outra vez. — Sou de Düsseldorf.

Dessa forma, o Grande Gustave divertiu a plateia por uma hora.

Willi estava espantado com a patente aura de sedução em tudo aquilo. Como o sujeito assomava acima dos corpos lassos daquelas mulheres, dando-lhes ordens com sua voz masculina grave e exigente, cada desejo seu instantaneamente obedecido. Transformando mulheres em abelhões. Bailarinas. Criadas francesas.

Gunther obviamente também não estava alheio às implicações.

— O que eu não poderia fazer com seis jovens sob meu controle dessa forma — ele murmurou, esquecendo-se da presença de Willi.

Todo homem na plateia, Willi tinha certeza, estava pensando exatamente o mesmo.

Mas nem todo homem na plateia tinha os dons do Grande Gustave.

Depois do espetáculo, o Rei do Ocultismo colocou as cobaias de volta ao mundo da consciência comum e aos braços amorosos de seus homens. Não lembravam nada de suas aventuras. Todas se sentiam maravilhosamente bem, afirmaram, como se tivessem acabado de passar uma semana na melhor estação de águas de Baden-Baden. Os clientes do Inferno saíam bem satisfeitos com a rápida incursão noturna no caro e bizarro submundo da Berlim de Weimar.

Assim que as luzes se intensificaram, Willi conduziu Gunther para os bastidores e procurou o camarim do Grande Gustave. Encontraram o artista no toucador já parcialmente transformado. A cabeleira negra já havia saído, agora repousando em um suporte de perucas, os olhos enegrecidos, com aparência cadavérica, limpos por uma dúzia de lenços de papel amassados. A pele branca. Os estranhos lábios vermelhos, tudo desaparecendo sob cremes de limpeza.

– Kripo! Minha nossa! – Ele levantou-se demonstrando emoção mais natural do que o fizera a noite inteira. – O que diabos eu fiz agora? Vamos, entrem.

– Herr Gustave – Willi dirigiu-se a ele. – Na noite de sábado, o senhor hipnotizou uma jovem que mais tarde foi dada como desaparecida.

– O quê, desaparecida?

Willi entregou-lhe a foto da princesa.

– Não me lembro dela. Honestamente, eu lhe diria se lembrasse. Não tenho nada a esconder. Mas sabe quantos shows eu faço por semana? Os rostos de todas essas mulheres se misturam na minha mente. Meu trabalho requer muita concentração. Talvez tanta quanto o seu, Herr Inspektor-Detektiv.

– E quanto às pernas? – perguntou Willi. – Diria que ela possuía pernas Garrafa de Champanhe? *Baby Doll?* Ou Ideais?

– Oh, isso! – Gustave riu, removendo o restante do creme de limpeza do rosto e transformando-se em um homem perfeitamente comum, de quase cinquenta anos, com cabelos ralos e castanhos, olhos calmos e afáveis, e uma expressão bastante amável. – Você não leva esse negócio das pernas realmente a sério, não é? Tudo faz parte do número. Só uso isso para agitar as mulheres. As mulheres são meu cartão de visita. Tenho que viver à altura da minha reputação, provar que posso colocar sob meu poder até as mais atraentes. Não existe esse negócio de nove tipos de pernas. Só inventei isso para parecer que possuo todo tipo de conhecimento esotérico. As pessoas querem acreditar em mágica. Querem se entregar a uma força superior. Tudo faz parte do meu trabalho, cavalheiros. Vocês fazem o de vocês. Eu faço o meu. Lamento que essa pobre garota tenha desaparecido. Sinceramente. Não faço mal a nenhum ser vivo. E certamente não tenho nada a ver com isso. Depois que acordo essas mulheres, elas voltam inteiramente ao normal. Viram isso com os próprios olhos.

– Sim, claro que vimos. Mas sem dúvida você seria o primeiro a admitir – a voz de Willi não soou tão ríspida quanto ele gostaria – que aquilo que se *vê* e o que realmente *é* nem sempre são a mesma coisa. – Mesmo a contragosto, simpatizou com o sujeito. Alguma coisa na personalidade dele fora do palco era positivamente cordial. – Desculpe tê-lo incomodado, Herr Gustave – finalizou. – Seu show foi muito esclarecedor. Realmente muito esclarecedor.

Iria buscar um mandado imediatamente, para fazer uma busca na casa do "Rei do Ocultismo".

6

A manhã seguinte foi só de reuniões. Reuniões com os chefes de unidade. Chefes de divisão. Gente acima dele. Gente abaixo. E depois, no começo da tarde, uma reunião muito esclarecedora com Gunther, que acabara de chegar dos arquivos médicos do hospital Charité.

– Finalmente consegui alguma coisa sobre transplantes ósseos. – O rosto de Gunther perdera a luxúria voraz que Willi vira insinuar-se por ele na noite anterior. Ele voltara a ser o velho e bom Gunther outra vez. O lobo nele estava adormecido. – Houve uma importante palestra em 1930, na Faculdade de Medicina de Leipzig, especificamente sobre a possibilidade de se implantar ossos humanos, utilizando técnicas de enxerto para permitir sua regeneração no corpo hospedeiro. Adivinhe quem deu a palestra.

Willi simplesmente adorava quando o garoto ficava brincalhão em momentos como esse.

Gunther inclinou-se para frente, os olhos azuis cintilando.

– Dr. Hermann Meckel.

Então, tudo *estava* relacionado! A revelação sacudiu Willi. Meckel estava envolvido tanto com a Sereia quanto com a princesa búlgara. Algo grande estava sendo tramado ali.

Terrivelmente grande.

– E não só isso – Gunther acrescentou –, mas a pasta de Meckel também está desaparecida dos arquivos do Charité. Ele faz parte do conselho diretor, mas não há um único registro disso. O funcionário garantiu-me que a pasta estava lá, mas agora, por algum motivo, havia desaparecido.

– Só poderia haver um motivo – disse Willi, subitamente sombrio. – Porque alguém a retirou antes de chegarmos lá, Gunther. Alguém, ou alguma coisa, está sempre um passo à nossa frente.

Gunther engoliu em seco, seu enorme pomo de adão descendo pela garganta.

– Talvez aquele alfinete de ouro que encontraram na roupa da Sereia nos dê uma pista.

– Que alfinete de ouro? – Willi olhou para ele.

– Não soube? Fui ver o dr. Shurze da patologia. Ele me disse que haviam descoberto um alfinete de ouro do Partido Nazista no tecido da bata cinza que a Sereia estava usando.

Um sinal de alarme disparou na cabeça de Willi.

– O dr. Hoffnung nunca mencionou nenhum alfinete de ouro. E quem é esse Shurze?

– O novo chefe da patologia. Hoffnung se aposentou.

– Aposentou? Mas isso é... – Willi avistou um de seus Detektivs, o pequeno, de bigode preto, Herbert Thurmann, demorando-se perto da porta. – Muito interessante.

Finalmente sozinho, Willi recostou-se na cadeira do escritório e ficou olhando pela janela. Ele era suficientemente sensato para saber que era ilusão imaginar que um inspetor judeu pudesse enfrentar um general da SA sozinho. Mas isso não significava que o sujeito fosse intocável. Apenas que era hora de usar armas maiores. Fritz. Um dos mais famosos jornalistas da Alemanha. Não havia uma única alma em Berlim que ele não conhecesse. Não tanto pelas suas incisivas análises políticas, mas porque seu sobrenome era Hohenzollern. O mesmo da família real deposta, da qual era um tipo de primo. Deposta ou não, o nome abria qualquer porta na Alemanha.

Willi pegou o telefone.

– Pelo amor de Deus, por onde tem andado? – Fritz ficou feliz como sempre em falar com ele. Willi salvara sua vida não uma, mas várias vezes na guerra. Fritz faria qualquer coisa por ele. – Tenho uma mulher maravilhosa que quero que você conheça. Fustigante como um chicote...

— Fritz, ouça: preciso de uma reunião com Von Schleicher. Urgente.

— Von Schleicher. Tarefa de vulto. Mas se é realmente urgente... Tudo já estava arranjado quando Willi voltou do toalete.

— Ninguém consegue resolver as coisas como você. *Você* devia ser indicado chanceler, Fritz.

— Não foi nada. Temos de nos encontrar para tomar um café. Tenho de lhe falar dessa mulher maravilhosa, Willi. Antes que algum porco a agarre.

No gabinete de Von Schleicher no Ministério da Guerra, a escrivaninha do general era um enorme móvel dourado, talvez com dois terços do tamanho da mesa de Hindenburg, Willi calculou. Na Alemanha, tudo era classificado de acordo com seu status, desde a escrivaninha até a entrada por onde você passava todas as manhãs. Infelizmente, sua própria posição, não podia deixar de notar, decaía à medida que ele prosseguia.

O ministro parecia mais espantado a cada minuto. Um general da SA? Experiências médicas? Willi sentia o suor escorrer pelas costas. O sujeito era astuto, ele sabia. Capaz de jogar dos dois lados da moeda. De que lado ele cairia?

Finalmente, o general arrancou o monóculo.

— O exército o apoiará! — Seus olhos azuis lançavam faíscas com o que pareciam mil maquinações em ebulição. — Se ficar provado que esse Meckel é culpado dos crimes de que você suspeita, a nação inteira ficará escandalizada. Exatamente a desculpa que eu estava precisando, Kraus. Muito bem. Muito bem.

Von Schleicher parecia ver tudo diante de si.

— Esses porcos nazistas têm que ser impedidos com a única linguagem que compreendem: a força! Roehm e seus asseclas sonham há meses em acabar comigo e cooptar o exército. Isso vai permitir que eu dê o primeiro passo. Vou esmagá-los. Destruí-los. Triturá-los até virarem forragem de cavalo.

Aquilo pareceu um pouco radical a Willi, exceto no contexto do discurso político alemão, em que soluções sanguinárias haviam se tornado tão comumente discutidas nos últimos dias quanto as condições do tempo. Mas sentiu um grande peso sair de seu peito. Com Von Schleicher e o exército de seu lado, ele tinha chance de derrubar esse doentio cirurgião da SA. Até ele ouvir o ministro dizer que iria entrar em contato com Ernst Roehm imediatamente. E o peso retornou.

– Herr general, eu esperava manter isso entre o exército e a polícia. Por que trazer o Führer da SA?

– Porque acontece que Ernst Roehm é um grande amigo meu. Um pouco estranho, mas um verdadeiro soldado. Um homem com quem eu posso negociar.

– Mas o senhor acabou de me dizer que quer esmagá-lo. Destruí-lo. Triturá-lo até virar forragem de cavalo.

Von Schleicher olhou para Willi como se ele fosse um garotinho.

– Herr Inspektor, o que uma coisa tem a ver com a outra?

Assim era o mundo duplo, ambíguo, traiçoeiro, de duas caras da política na Wilhelm Strasse. Exatamente do modo como a Guerra Mundial começara, Willi relembrou sombriamente.

Von Schleicher pegou o telefone e clicou veementemente no aparelho para chamar a telefonista. O líder da SA não estava disponível no momento.

– Não tem importância. – Recolocou o fone no gancho. – Eu cuidarei disso. Roehm vai trabalhar nisso conosco, eu lhe asseguro.

– Excelente. – Willi não conseguiu demonstrar nenhum entusiasmo.

Antes de se levantar para ir embora, ele fez algo inteiramente contrário aos seus princípios.

– Herr general... – O rosto desesperado de seu sogro no outro dia no Café Strauss não parava de surgir diante de seus olhos. E seus filhos. – Permita-me lhe perguntar, confidencialmente, é claro, o que o senhor prevê em termos da próxima liderança na Chancelaria do Reich?

Von Schleicher ficou em silêncio. Willi receou ter ultrapassado os limites. Minado as bases da aliança que acabara de forjar. Mas o ministro da Guerra deu um soco na mesa outra vez, levantando-se como se fosse se dirigir à nação.

— O que a Alemanha precisa é de um homem de caráter e vontade de ferro. Um homem que não vacile em tomar as medidas necessárias para reerguer este país. Um homem de aço, como Stalin, da Rússia. Em cuja presença as pessoas tremam e a quem respeitem como um pai.

Quem? Willi continuou se perguntando.

— Não se preocupe. — Von Schleicher recolocou o monóculo e fitou-o diretamente. — Eu tenho um plano. Fique ao meu lado, Kraus. Você não vai se arrepender.

— Eu lamento o dia que coloquei os pés nesta maldita cidade.

Konstantin Kaparov arrumava as malas furiosamente na suíte no Adlon. Já que estava ali perto, Willi o procurara para mais algumas perguntas. Mas Kaparov estava tendo um acesso búlgaro. O rosto machucado. O olho roxo.

— Ontem, eu caminhei pelo Tiergarten, fui atacado por animais nazistas que me tomaram por judeu. Imagine, eu, judeu.

— Qualquer um de cabelos escuros... — Willi gaguejou, desculpando-se.

— Eu vou embora. Não volto mais. Você não achou Magdelena após quatro dias, não vai achar mais. Esta cidade a matou. Esta cidade é o inferno!

— Por falar nisso — Willi interrompeu —, o hipnotizador do Klub Inferno na noite em que vocês foram lá, ele disse alguma coisa sobre o tipo de pernas que Magdelena tinha? Disse se eram Clássicas? Ou Ideais?

— Não. Não disse nada disso. Com franqueza, Herr Inspektor, o hipnotizador não tem nada a ver com isso. Depois do show, Magdelena estava completamente normal. Nada estranho. Eu sei. Sou o marido dela. Ou... era.

— Sinto muito, Konstantin, não ter sido capaz de encontrá-la.

— Ninguém vai encontrá-la. Ela desapareceu em Berlim. Mesmo que morta.

De volta ao encardido e escuro saguão da Superintendência de Polícia, esperando o antigo elevador descer, Willi viu-se parado ao lado logo de quem, de Wolfgang Mutze, chefe da Seção de Desaparecidos.

— Ora, ora, Kraus. Como vai a caça ao fantasma? É assim que chamamos isso no nosso trabalho. — Os múltiplos queixos de Mutze rolaram sobre seu colarinho quando ele se sacudiu com uma risadinha.

— O que descobriu até agora sobre a princesa romena desaparecida?

— Ela é búlgara. E não descobri muita coisa. Mas é um caso muito estranho — disse, quando a velha e instável gaiola finalmente chegou. — A última pessoa a vê-la, o porteiro do Adlon, alega que ela parecia uma sonâmbula.

— Outra sonâmbula? — Mutze disse, falando alto, quando entraram no elevador. — Pode apertar o cinco pra mim aí, Kraus, por favor?

— O que quer dizer com outra? — Willi fechou a porta de grade.

— Bem, a gente deve ter tido uma dúzia de casos no mesmo número de meses.

— Doze sonâmbulas, desaparecidas?

— Claro. Tudo começou no início do ano passado. Algum culto estranho, achamos. Berlim está cheia deles.

— Mas eu preciso ver os arquivos delas. Imediatamente.

Mutze fechou a cara.

— Fique à vontade para falar com minha secretária, então. Sem dúvida, não estão perfeitamente agrupados. Não temos um Arquivo de Sonâmbulas. São apenas casos aleatórios.

— Nunca pensou em analisá-los juntos?

— Ouça, Kraus, podem ter feito de você um Inspektor-Detektiv, mas você não tem nenhum direito de falar comigo assim. Tem ideia de quantas pessoas desaparecem nesta cidade todo dia? De cinquenta a sessenta. Em um dia calmo. Você tem uma situação mais confortável na Homicídios. Não creio que você tenha nem a vigésima parte de casos que nós temos. E quando resolve um único caso, agem como se você fosse algum tipo de Hércules.

O elevador parou com um rangido no quinto andar. Mutze saiu intempestivamente.

– Vou mandar meu assistente à sua sala imediatamente! – Willi gritou em seu rastro.

– Faça isso.

Doze sonâmbulas. Willi mal podia acreditar. Chegou ao sexto andar e estava prestes a chamar Gunther para que fosse imediatamente à sua sala, quando se lembrou de outra coisa que precisava fazer e apertou o botão do elevador para descer à patologia.

– Sim, claro. – O novo chefe de departamento, dr. Shurze, levantou-se da escrivaninha que o dr. Hoffnung ocupara. Abrindo uma gaveta larga e fina de um dos armários médicos, entregou a Willi um recipiente de vidro.

Dentro, via-se um cintilante alfinete de lapela masculino, de ouro. Willi retirou-o do recipiente.

– Esses alfinetes de ouro, se não estou enganado, são dados apenas a membros de longa data do partido.

– Correto – Shurze confirmou.

Havia alguma coisa naquele homem que gerava muita desconfiança em Willi. Talvez fossem os óculos, tão grossos que era difícil acreditar que ele pudesse realmente realizar autópsias.

– O alfinete de ouro – Shurze continuou, aparentemente bem versado em história nazista – só é concedido aos membros do partido que participaram do Putsch da Cervejaria, em novembro de 1923. De modo que quem quer que seja o dono deve pertencer ao alto escalão.

– Que insígnia é esta aqui? – Willi perguntou sobre uma serpente enrolada em um bastão, gravada logo abaixo da suástica.

– Isso indica o Corpo Médico da SA, Herr Inspektor-Detektiv.

– A SA.

— Sim. O Corpo Médico da SA foi fundado em 1923.
— E exatamente onde você disse que descobriu este alfinete?
— Estava preso, acidentalmente ou de propósito, não sei dizer, na parte de dentro da bata cinza que a vítima usava.

Willi achou aquilo difícil de acreditar, quase impossível. O dr. Hoffnung jamais teria deixado passar uma prova tão importante. Nem ele se aposentaria tão repentinamente sem dizer sequer uma palavra. Teria alguém, talvez Shurze, plantado o alfinete e se livrado de Hoffnung? Mas por quê?

— Gunther — disse Willi —, nós vamos trocar de função por algum tempo, você e eu.
— Quer dizer, *eu* vou ter de ficar dando ordens a *você*? — Gunther não pareceu muito satisfeito com a perspectiva.
— Não. Você vai atrás da princesa búlgara desaparecida, e eu vou dar uma palavra com a amiga de Gina Mancuso que morava com ela. Há uma taverna em Spandau chamada Cervo Negro. Quero que você se misture entre os frequentadores. Pode levar algum tempo. Não apresse as coisas. Beba. Divirta-se com eles. E descubra se a princesa Magdelena alguma vez pôs os pés ali ou não.
— *Jawohl!* — Gunther anotou todas as instruções.
— Além disso, havia dois sujeitos lá na outra noite. Um se chama Schumann. O nome do outro era Josef. Quero tudo e qualquer coisa que puder descobrir sobre eles. Tenho um palpite de que sejam médicos. Oh, e, Gunther, tenha cuidado. Muito cuidado. É um verdadeiro ninho de nazistas. Nada amistosos comigo.

Os olhos de Gunther se arregalaram.
— É por isso que está me enviando lá. — Suas faces pálidas estremeceram de empolgação, exatamente a reação tenaz com que Willi contava. — Não se preocupe, chefe. Descobrirei para você. Tudo que houver para descobrir!

7

— É por Paula que está procurando? — A faxineira ergueu os olhos, surpresa. — Certamente não vai encontrá-la à toa por aqui às quatro da tarde. — Largou a escova no balde. — Ela é uma trabalhadora, Inspektor. Exatamente como o resto de nós. — Levantou-se, enxugando as mãos no avental. — O que ela fez agora?
— Com quem tenho a honra de falar? — Willi sabia muito bem que na Alemanha a faxineira de um prédio sabia tudo sobre os inquilinos. Mas essas informações frequentemente tornavam-se munição em vinganças pessoais, e nada, ele aprendera isso do modo mais difícil, podia sabotar uma investigação mais depressa.
— Sou Frau Agnes Hoffmeyer. — A mulher segurou na saia e fez uma mesura, como se estivesse sendo apresentada em um baile. — Relacionada à jovem em questão pela maternidade.
Como qualquer habitante das grandes cidades em todo o mundo, os berlinenses amenizavam a aspereza da vida com o lubrificante do sarcasmo. Willi sentiu como se já tivesse conhecido aquela insolente senhora a vida inteira.
— É a respeito de uma antiga colega de apartamento dela, uma americana chamada Gina Mancuso.
A insolência desapareceu.
— Não a encontrou?
Ela rapidamente se dispôs a contar tudo que sabia sobre o assunto, o que não era muito. Gina morara no andar de cima com Paula por mais de um ano, uma garota adorável. Simpática. Limpa. Estavam perplexos com o desaparecimento. Paula a adorava como a

uma irmã. Trabalharam juntas em um grupo de coristas no teatro de revista. Qual teatro? Ela não sabia. Mas ela começou a sair com a turma errada, Paula costumava lhe dizer isso. Que turma? Não fazia a menor ideia. Ele teria de falar com Paula pessoalmente.

– Onde posso encontrá-la, Frau Hoffmeyer? – Willi anotava tudo.

– Posso lhe dizer onde ela trabalha. Onde poderá encontrá-la, só o diabo sabe. Tente a Tauentzien, entre a Marburger e a Ranke.

Por um instante seus olhos se encontraram.

Vá em frente, os dela pareciam dizer. *Tire suas conclusões. Eu não deveria estar envergonhada? Humilhada? Não, Herr Inspektor-Detektiv. Humilhada eu fico somente quando não tenho comida para colocar no estômago vazio.*

– Há alguma maneira de eu reconhecer sua filha? – perguntou, sabendo que dezenas de jovens trabalhavam naquele quarteirão, logo abaixo de uma das principais estações de trem de Berlim. Ele passava por elas toda manhã a caminho do escritório.

– Sim, claro. Vai identificá-la em um segundo. – Frau Hoffmeyer colocou-se novamente de joelhos com um gemido. – A que estiver de botas roxas com cadarço.

As botas chamavam atenção mesmo do outro lado da rua.

Em Berlim, uma cidade cuja principal indústria, segundo alguns, era o sexo, as Garotas de Botas da Tauentzien Strasse eram virtualmente uma marca registrada, elite entre as culturas de prostituição de muitas camadas que vicejavam ali. Dez mil mulheres estavam registradas na prefeitura de Berlim, certificadas como profissionais livres de doenças. Outras incontáveis dezenas de milhares competiam em um nível amador, a menor custo/maior risco. As Garotas de Botas estavam em uma categoria própria: profissionais do tipo mais altamente especializado, pois uma bota na Tauentzien Strasse não era apenas um calçado. Era uma propaganda coordenada com cuidado.

Da variedade mais excêntrica.

— Banho de lama? — a jovem de botinhas curtas marrons pode sussurrar quando você passa; sua amiga em botas sadomasoquistas amarelas, justas, até no alto das pernas, contra-ataca:

— Melhor ainda, que tal uma boa ducha refrescante de manhã, hein, *Bübchen*?

Guias inteiros eram dedicados à interpretação dos códigos de cores.

Antes de atravessar a rua, Willi observou a srta. Paula Hoffmeyer. Uma figura e tanto. Da cintura para cima, vestia roupas masculinas completas: fraque preto, gravata-borboleta, um cravo branco na lapela. Cada detalhe perfeito, até o chicote de equitação embaixo do braço. Os cabelos castanhos, cortados curtos na nuca, estavam untados e modelados em rígidas ondas ao estilo Marcel, as mãos envoltas em luvas pretas sem dedos. Os olhos estavam maquilados de preto quase tanto quanto os do Grande Gustave. Da cintura para baixo, era uma *femme fatale*. O short bem curto de seda preta revelava as ligas e tiras que seguravam as meias finas. E aquelas botas. Saltos finos extremamente altos, bicos pontiagudos, couro roxo lustroso, amarradas com flamejantes cadarços vermelhos na frente.

Sem um guia, Willi estava impossibilitado de decifrar o significado. Só que, ao contrário das outras jovens, que andavam quase exclusivamente em grupos, Paula desfilava pela calçada sozinha, com uma postura ereta, quase agressiva. Ele atravessou a movimentada avenida, passando correndo por trás de dois bondes.

Um caminhão buzinou.

Uma motocicleta desviou-se dele com um ronco.

Mais adiante, na esquina, um vendedor de jornais gritava a manchete vespertina: "Hitler — *Nein* à Vice-chancelaria! Hindenburg — *Nein* a Hitler!"

— Fräulein. — Willi bateu de leve no ombro da srta. Hoffmeyer.

Ela virou-se com um sorriso atrevido.

— Ansiando para ser castigado? Ora, você deve ter sido um garoto muito travesso... — O sorriso se desfez quando ela viu o distintivo. — O que foi? Eu estou em dia. Tenho que mostrar minha licença? — Ela começou a procurar no casaco. – *Mein Gott*, este lugar está se tornando um verdadeiro Estado policial.

– Não estou interessado em sua licença, senhorita. Trabalho para a Kriminal Polizei.

Ele pôde ver a cor sumir do rosto dela.

– Posso lhe pagar um café?

– É uma piada, não? Você quer pagar um café para *mim*. Bem, deve ser alguma coisa muito grave. Apenas me diga, Inspektor. Vamos. Eu posso aguentar. Quem foi desta vez?

– Por favor. Deixe-me lhe pagar um café. Onde você quiser.

– Onde eu quiser? Humm. Deixe-me pensar... – Tamborilou os dedos sem luvas no queixo. – Que tal o Romanische, então?

Ele tinha de tirar o chapéu para ela. A garota podia ter dito Kaiserhof ou Adlon. Mas esta jovem, é claro, sabia como retribuir na mesma moeda. Das muitas centenas de cafés em Berlim, aquele em que ele na verdade *não* gostaria de ser visto com alguém como ela era o Romanische. Não que fosse um lugar muito em voga ou mesmo terrivelmente caro, mas era o tipo de lugar em que todo mundo com certeza o conhecia.

– Está bem – disse. – Vamos.

Felizmente para eles, o café ficava logo ao virar a esquina, porque no instante em que começaram a andar o céu se abriu em uma chuva extremamente fria.

– Você me salvou de um terrível destino! – Paula gritou, mantendo as mãos acima da cabeça ao passarem pela Igreja Memorial do Kaiser Guilherme. Os enormes sinos no alto começaram a bater as cinco horas. Willi segurou seu braço quando atravessaram a Breitscheidplatz correndo em meio ao tráfego.

Em uma das esquinas mais movimentadas de Berlim Oeste, com as múltiplas salas de teto alto, em arcos, e um sem-número de confortáveis cadeiras de vime, uma inebriante mistura de aromas de café enriquecendo seu ar já rarefeito, o Café Romanische era a sede de muitos gigantes artísticos e intelectuais de Berlim. Não que Willi pertencesse a esse grupo. Mas Fritz pertencia. O jornalista e parente distante do ex-Kaiser era grande amigo de praticamente todo mundo ali. E praticamente todo mundo conhecia o maior amigo de Fritz, companheiro de guerra e salvador, antes o Detektiv, agora o grandioso captor do *Kinderfresser*, Willi.

Max Reinhardt, o ilustre empresário teatral, e Bertolt Brecht, o jovem e brilhante dramaturgo, com seu característico gorro de couro preto, ergueram os olhos da mesa e acenaram, observando com curiosidade a Garota de Botas que Willi trouxera consigo. Thomas Mann, o escritor moderno mais famoso da Alemanha, levantou-se para apertar a mão de Willi e foi apresentado com fascinação à sua acompanhante. E a quem mais aquela cabeleira desgrenhada orbitando ao redor da cabeça podia pertencer senão ao mais famoso alemão de todos, Albert Einstein, que abaixou o jornal o tempo suficiente para agarrar a manga do casaco de Willi e sussurrar intensamente:

— Resolvi partir para os Estados Unidos, Willi. Logo depois do Ano-Novo. O clima aqui está ficando ameaçador. Você devia pensar em ir também, enquanto ainda é possível.

Willi apertou com força a mão do grande cientista e desejou-lhe toda a sorte do mundo.

No momento em que ele e Paula arranjaram uma mesa, ele sentiu um forte tapa nas costas.

— Ah, seu velhaco. — Fritz agarrou-o pelo ombro, sacudindo-o com máscula aprovação. Correndo o dedo para cima e para baixo de seu bigode, Fritz examinou Paula da cabeça à ponta roxa dos pés. — E eu que pensei que você estava padecendo na solidão.

Willi estava prestes a explicar, mas a jovem cortou-o:

— Paula. — Estendeu a mão com a meia-luva. — *Enchanté*. Desculpe por ter mantido isso em tal segredo de Estado, mas agora que estamos firmes, podemos contar ao mundo inteiro. Inspektor... qual é seu nome mesmo, *Liebchen*? Willi. Willi e eu vamos nos casar!

Fritz arregalou os olhos como se ela fosse indiscutivelmente maluca, a extensa cicatriz de duelo em sua face brilhando, vermelha, quando ele desatou a rir.

— Seu velhaco — reiterou, sacudindo um dedo alegremente para Willi.

Afastando-se, Fritz fez um gesto de quem está discando e balbuciou enfaticamente:

— Telefone-me, seu patife!

Paula e Willi entreolharam-se.

— Desculpe-me. — Ela deu de ombros, mal se dando ao trabalho de reprimir sua satisfação. — Mas você tem de admitir que foi engraçado.

Era difícil saber se ela era realmente bonita sob toda aquela maquiagem, embora Willi suspeitasse que fosse mais do que deixava transparecer. Seu corpo, entretanto, tornava seu rosto quase irrelevante. Ao menos para fins de negócios. Os seios fartos sob a camisa masculina empurrando o tecido de algodão branco, forçando os botões quase ao ponto de ruptura. Onde a camisa terminava, as curvas de suas coxas faziam a seda preta do short cintilar, o centímetro de carne branca rosada espreitando antes da liga quase irresistível. E aquelas pernas — Willi notou que ela as cruzava lentamente sob a mesa — com certeza as Ideais do Grande Gustave.

Quando os pedidos chegaram, ela atacou uma torta floresta negra como se não comesse há dias. Mas ao bebericar o café, estendeu o dedo mindinho com delicadeza, como sem dúvida vira no cinema. A despeito de si mesmo, Willi estava encantado. Sentia como se algo terrivelmente real e comovente estivesse tentando irromper da aura de sonho que ela portava com tanta determinação quanto seu traje.

Ela engoliu, recolocando a xícara na mesa.

— Muito bem. Vamos lá. Do que se trata?

— Gina Mancuso.

As últimas migalhas da torta caíram do garfo.

— *Mein Gott.*

— Não temos certeza se foi ela que encontramos. Mas achamos que sim. Queríamos que nos ajudasse a confirmar.

— Suponho que ela não esteja... viva?

— Não.

Paula permaneceu imóvel, exceto pelas lágrimas que escorreram pela face, carregando com elas a máscara de rímel em grossos sulcos pretos.

– Eu realmente não achava que pudesse estar. Após todos esses meses. Oh, seus pais vão ficar arrasados. Eles vieram de Schenectady, Nova York, à procura dela. – Ela enterrou o rosto no guardanapo e soluçou. – Eu adorava aquela garota. A única amiga de verdade que já tive. Pobre menina. Veio para cá porque ouviu dizer que era o melhor lugar do mundo. Todo mundo tem de conhecer Berlim! Deus, ela amava a vida. Vivia como se não houvesse amanhã. Que não havia mesmo para ela, não é?

– Onde vocês se conheceram?

– Em uma boate na Kleist Strasse. Como aquela criança sabia dançar. Acha que tenho pernas? Não seja tolo, Willi: eu o vi olhando para elas antes. As de Gina o teriam deixado embasbacado.

A garganta de Willi se apertou à lembrança de como aquelas pernas estavam agora.

– Fräulein, quando falei com sua mãe mais cedo, ela disse que você mencionara que Gina estava andando em más companhias. O que quis dizer?

Os olhos de Paula, tão verdes e brilhantes, mas estranhamente distantes todo esse tempo, agora se embaciaram por completo.

– Já ouviu falar de Gustave Spanknoebel?

– O Grande Gustave?

– Sim, Grande.

Willi teve de se conter para não gritar *Eureca!*. Gina Mancuso, a Sereia, e a princesa Magdelena Eugenia tinham *ambas* caído nas mesmas mãos. Não só o dr. Meckel, mas o Grande Gustave, *ambos* estavam envolvidos. Que tipo de círculo doentio e sinistro era esse? Mas, por outro lado, espere um segundo. A lógica o fez recuar um ou dois passos. Como é possível que eu possa tão convenientemente tropeçar nisso, como se alguma força superior tivesse tão prestativamente arranjado tudo?

— Eu vi o espetáculo do Grande Gustave recentemente. Pareceu-me perfeitamente inofensivo.

— O espetáculo, claro. É o que ocorre atrás das cortinas, Willi. Atrás. Gustave tem um iate, sabe. Leva-o pelo Wannsee e pelo Havel, quando o tempo permite. Dá festas. Se é que podem ser chamadas de festas.

— Como sabe? Já foi alguma vez?

— Gina me contou o suficiente. Gustave é um grande nazista. Bem, talvez não realmente, mas anda com todos os figurões do partido. Previu que Hitler assumirá o poder no ano que vem.

— Ouvi dizer.

— Todos vão ao iate dele para essas... escapadas. Ele sempre tem as mais belas garotas de Berlim à mão. E as hipnotiza. Deixa os homens fazerem o que querem com elas. Tudo eram jogos e diversões, até Gina. — O verde nos olhos de Paula quase desapareceu. — Ela foi a primeira que nunca voltou.

— Houve outras?

— Não sei. Ouço dizer.

— Fräulein Hoffmeyer, quando Gina desapareceu, você relatou o que sabia sobre o Grande Gustave à polícia?

— Sem dúvida. A qualquer um que pudesse ouvir. Pergunte se deram alguma importância? Eu lhe disse, esse sujeito tem amigos. Amigos poderosos.

— Fräulein...

— Pelo amor de Deus, pare de me chamar assim. Somente meus clientes me chamam de Fräulein, e assim mesmo só quando eu mando. Por favor. É Paula.

— Está bem, Paula. Deixe-me lhe fazer uma pergunta. Acha que existe algum modo de arranjar para que eu seja convidado a uma dessas "festas" de Gustave?

Ela olhou para ele e gargalhou.

— Desculpe-me, Herr Inspektor-Detektiv. Willi. Com sinceridade. Mas você não parece exatamente um nazista.

— Há maneiras de se disfarçar, Paula. Acho que você sabe disso.

Ela parou de rir.

– Creio que sim.

Um novo respeito brilhou repentinamente em seus olhos. Ela sorriu, com certa apreensão.

– Conheço muita gente. Posso tentar arranjar alguma coisa.

– Eu agradeceria muito. Quero dar um basta neste pesadelo. Antes que outras Ginas desapareçam.

– Sabe, acredito sinceramente nisso.

Do lado de fora, a chuva gelada se transformara em uma mistura de gelo e neve. Uma grossa camada de lama de neve derretida já cobria o chão.

Willi não podia simplesmente largá-la na calçada.

– Venha. Vou chamar um táxi para levá-la para casa.

– Mas eu não faturei nada.

Ele enfiou a mão no bolso e tirou uma nota de cinquenta, para ela o salário de meio mês.

– Usei muito do seu tempo.

Um táxi longo, preto, parou junto ao meio-fio. Willi abriu a porta e, quando ela entrou, seus olhos verdes iluminaram-se com tal gratidão que penetrou diretamente através da armadura com que ele havia revestido seu coração com cuidado.

Ele tentou fechar a porta.

– Por favor. – Ela o impediu, soando mais como uma jovem mulher solitária do que uma prostituta. – Não por você. Por mim – sussurrou. – Juro.

Apesar de todo impulso lógico ainda funcionando em seu cérebro, ele deslizou para dentro do táxi.

E partiram juntos.

Detektiv e prostituta.

8

O sótão, a dois lances de escadas do apartamento de sua mãe, não era muito maior do que uma cela de prisão e quase tão fria. Um pequeno fogão a carvão no canto servia tanto como fonte de calor como cozinha. A única cama era coberta por um edredom de desbotadas rosas vermelhas. Uma janela com um vaso de gerânios mortos voltava-se para um pátio cortado em todas as direções por varais de roupa.

Isso foi praticamente o que ele viu antes de ser puxado para a cama.

Sua própria necessidade chocou-o.

Em uma explosão irresistível, o animal libidinoso que havia nele despertou repentinamente de sua hibernação e com uma ferocidade primitiva que ele havia até esquecido que possuía, ele a possuiu, alheio a tudo que não seu desejo avassalador. Quando ele chegou ao clímax, parecia não terminar mais.

Depois, ele tentou, mas não conseguiu deixar de chorar baixinho em seus braços. Fazia tanto tempo.

Um tempo longo, vazio e doloroso.

Ela afagou seus cabelos, beijou sua testa e sussurrou:

– Está tudo bem, Willi. As pessoas precisam umas das outras.

Ele sentiu-se culpado e envergonhado.

E inacreditavelmente esfuziante.

Não conseguia se afastar dela.

– A próxima é a sua vez. – Ele correu o longo nariz pelos seus ombros aveludados.

– Pode acreditar nisso, meu bem.

Ela estava nua, salvo pelas meias-luvas pequenas e pretas, o que ele achou incrivelmente erótico.

– Me dê um segundo. Já volto. – Ela o beijou.

Por alguns minutos, ela desapareceu no banheiro, e, quando deitou na cama outra vez, foi no melhor e mais sonhador estado de espírito.

– Que escolha havia para uma garota como eu? – Ela lhe contou sobre sua vida, aconchegados nos braços um do outro. – Uma fábrica. Uma tentativa no show business. Tentei ambas. Acredite-me. Pode me imaginar aos dezesseis anos em pé dez horas por dia enrolando fio de barbante para fazer esfregões. Por dois anos eu fiz isso. Até à Depressão. Então, fui dispensada como todo mundo. Achei melhor usar meus dotes, então. O que eu sabia de dança? Bem, não foram minhas habilidades no sapateado nem no balé que me conseguiram um lugar entre as coristas, *Liebchen*.

– Vamos, vamos, tenho certeza de que você era a garota mais espetacular do show.

Ele segurou seus seios e beijou-os.

– Realmente, eu era fantástica.

– Não precisa me convencer.

Ela pareceu refletir por um instante, depois se sentou, aparentemente resolvida a provar o que disse.

– Quer ver?

Ele não teve chance de responder antes que ela pulasse da cama, levando a coberta com ela, deixando-o lá completamente nu. Girando a manivela de um gramofone com grande determinação, enrolou a coberta na cintura e começou a subir e descer o quadril no compasso do sucesso popular do momento, "Fesche Lola", a garota mais esperta do mundo, cuja pianola "tocava sem parar". Estendendo os braços como se abraçasse outra jovem de cada lado, ela chutou primeiro uma das pernas, depois a outra, ao estilo cancã. Para cima, para baixo. Dando voltas. Seus seios grandes e brancos sacolejando no ritmo. Ele observava como se estivesse sonhando, pensando: Meu Deus, ela é magnífica.

Quando ela fez uma mesura, sem fôlego, ele aplaudiu entusiasticamente. Ela era de fato incrivelmente boa, pensou. Talvez, se o destino tivesse lhe reservado um quinhão diferente, poderia ser ela na tela de cinema. E ela dando ordens em todo mundo no Hotel Adlon. Mas não era. E em seu íntimo algo apertou seu coração. Quisera que ela ao menos tivesse cantado algo um pouco menos... autobiográfico.

– O que foi, Willi? – Voltou para a cama e enrolou ambos sob as rosas desbotadas. – Não gosta do meu número?

– Adoro. – Beijou-a.

No instante em que sua língua penetrou na boca dele, o animal despertou novamente, voraz outra vez. Como ele vivera todo esse tempo negligenciando suas necessidades? Porém, no mesmo instante em que seu corpo ardia de prazer, ele não podia deixar de ouvir sua canção tocando sem parar, como um disco quebrado: *Todos os rapazes amam a minha música. Não consigo mantê-los afastados. Assim, minha pequena pianola... continua trabalhando noite e...*

Oh!

Sentiu-se chegando ao clímax, mas ela o empurrou, com força.

– Não se atreva, meu caro.

Ele riu, satisfeito por ela não ser uma mulher que esconde suas necessidades e faz um homem pagar por isso depois. Beijando amorosamente o caminho pelo seu estômago abaixo, ele delicadamente levantou suas pernas.

– Não. Isso não. Faça o que eu lhe disser.

Um pânico frio percorreu-o, ameaçando fazer até mesmo a fera faminta bater em retirada. Ele viu aquelas botas roxas, de salto agulha. Ouviu-a perguntar se ele tinha sido um garoto travesso. Sentiu-se preso à cama com força, costas e nádegas impiedosamente fustigadas pelo seu chicote de couro. Mas ela o surpreendeu, virando-se de barriga para baixo, devagar, erguendo as nádegas de maneira tentadora.

– Bata em mim, Willi – ordenou. – E não seja delicado.

Nesse momento, ele realmente se horrorizou. Mais terrível do que a ideia de ser subjugado e chicoteado era a de ter de fazer isso a outra pessoa.

– Você não entende, *Liebchen*. – Ela virou-se e olhou para ele, os olhos verdes ardendo de desejo. – É como eu tenho meu prazer. Por favor, Willi. Por mim.

Arqueando-se, ela levantou o traseiro largo e branco para ele outra vez.

E ainda assim ele não conseguia espancá-la.

– Faça! – ordenou.

Mas isso só o fez encolher-se.

– Pelo amor de Deus, Willi. – Suplicava agora. – Sabe o pouco prazer que eu tenho na vi...

Ele bateu nela com força, a mão espalmada, depois ficou olhando fixamente para as marcas de seus dedos emergindo na carne da jovem.

– Sim – choramingou. – Mais, por favor, Willi. Até eu lhe suplicar para parar.

Ele acordou de manhã como se estivesse em um sonho. Não fazia a menor ideia de onde estava. Quando percebeu que o peso em seu braço era de Paula, puxou-a para si e começou a fazer amor com ela da maneira como achava que ela merecia: delicadamente, com veneração. Mas de novo, no auge da paixão, ela quis que ele a espancasse. Dessa vez, ele não conseguiu. Levantou da cama e olhou ao redor atordoado, estarrecido ao ver que já eram sete horas e que ele iria ter de ir trabalhar com as mesmas roupas que usara no dia anterior.

– Você vai voltar, eu sei. – Paula puxou-o pela gravata quando ele já estava na porta.

Ele beijou-a rapidamente nos lábios.

– Sim – disse. – Mas somente porque você vai me colocar no iate do Grande Gustave, minha cara. Não porque você queira que um professor de escola a castigue com um chicote.

Enquanto saía apressadamente do lúgubre edifício, tomou nota mentalmente para telefonar a seu primo Kurt assim que chegasse ao escritório.

No S-Bahn, até ele levou um susto com a manchete matutina: **Hindenburg Nomeia Novo Chanceler – Von Schleicher Promete Mão de Ferro!**

Von Schleicher, agora chanceler. O terceiro em igual número de anos. "Fique ao meu lado, Kraus." As palavras ressoavam. "Você não vai se arrepender."

Willi certamente rezava para isso.

Descendo o longo lance de escadas da estação, ele emergiu na Alexanderplatz, o cheiro de salsichas grelhadas de um carrinho aberto fazendo-o lembrar que não tomara o café da manhã. Esfriara do lado de fora. Frio o suficiente para nevar, ele pensou, apesar de o céu estar azul resplandecente. Enquanto permanecia parado na esquina devorando uma *Leberwurst*, ainda podia sentir o corpo quente de Paula em seus braços. Compreendeu por que uma jovem empobrecida podia se voltar para a prostituição. Mas o prazer que ela tirava da dor perturbava-o. Não gostou de bater nela. Em nenhuma das vezes em que ela o obrigou. A satisfação que isso proporcionava a ela, no entanto, era inegável. Por quê? Por que as pessoas obtinham prazer da dor? A vida já não era dolorosa demais sem que fosse preciso confundir o que magoa com o que faz sentir bem?

Apesar do brilho do sol e das alegres vitrines festivas na Tietz, exibindo manequins de lingerie conduzindo renas em direção a 1933, enquanto ele caminhava penosamente para a Superintendência de Polícia, Willi se sentiu muito infeliz. Não compreendia a vida. Não queria compreender. Se Paula ao menos pudesse ser diferente. Como ele podia ser feliz com ela. Era a primeira vez desde Vicki que se sentia assim. Vivo. Parando para um ônibus de dois andares com seu anúncio de dentifrício azul brilhante, ele pensou... talvez eu possa ajudá-la. Talvez possamos ajudar um ao outro.

O tráfego girava ao redor da Alexanderplatz, indiferente aos mundos concêntricos de vida ao longo das calçadas. Junto às paredes dos edifícios, fileiras de mendigos maltrapilhos estendiam o chapéu para os transeuntes, muitos deles veteranos da Guerra Mundial, sem pernas, sem olhos, sem nariz. Mais perto do meio-fio, centenas de *Ar-*

beitslos, os desempregados, andavam de um lado para outro fumando com apatia, conversando sem nenhum propósito. Alguns estendiam cobertores na calçada, vendendo fósforos, lápis, cadarços de sapatos. Outros ficavam segurando cartazes implorando emprego. A maioria simplesmente perambulava por ali, esperando pelo auxílio semanal do governo ou pela sopa dos pobres. Com as mãos nos bolsos, as golas levantadas até as orelhas, os chapéus entre os ombros arriados. A Grande Depressão havia deixado três quartos de um milhão de berlinenses desempregados. Um homem levando nos ombros todos os seus bens materiais empacotados em caixas de papelão sujas passou arrastando os pés, os olhos inanimados e arregalados. Outro sonâmbulo, Willi pensou.

Um bonde passou por ele com um rangido estridente, puxando vários carros atrás dele, cada qual apregoando uma visita à gigantesca liquidação de fim de ano da Wertheim, do outro lado da praça. Recostado em uma coluna de publicidade com lemas nazistas e comunistas competindo entre si – *Trabalho, Liberdade e Pão!* versus *Trabalho, Pão e Liberdade!* –, Willi notou um velho camarada seu, se assim podia chamá-lo.

– Kai. – Ele parou e estendeu a mão.

O rapaz ergueu os olhos, surpreso, e abriu um largo sorriso, seu brinco de ouro grosso, pendurado, brilhando ao sol.

– Inspektor Kraus! – Ele apertou a mão de Willi, sacudindo-a com alegria. – Sempre um prazer. Particularmente hoje, já que é um grande dia para mim.

Mesmo entre as miríades de almas andando em círculos pela Alexanderplatz, Kai se destacava. Ele era um dos mais conhecidos Garotos Rebeldes de Berlim, gangues de adolescentes sem-teto que vagavam sozinhos pelas ruas, sobrevivendo em porões e prédios abandonados, sustentando-se de todas as formas, desde shows nas calçadas à prostituição. Kai possuía a própria gangue, os Apaches Vermelhos, que agiam no lado da praça onde ficava a loja de departamentos Tietz. Eram facilmente identificáveis pelos lenços vermelhos e maquiagem preta ao redor dos olhos. Kai, o líder, um genuíno ariano de olhos azuis, era sempre o que estava vestido de modo mais extravagante, com um poncho mexicano de listras coloridas, um gorro decorado com penas e naturalmente sua marca registrada, o brinco de ouro. Da mesma altura de Gunther, porém muito mais musculoso e torneado, Kai era de forma arrogante orgulhoso de sua preferência por garotos. Embora ele e os de sua classe fossem considerados abomináveis para pessoas como os nazistas, os Apaches Vermelhos tinham sido de grande ajuda na captura do Devorador de Criancinhas. A SA, com todo o seu espalhafato, fora inútil.

– E o que há de tão especial hoje? – Willi notou um brilho especial nos olhos do rapaz.

– Ora, é meu aniversário de dezoito anos e eu resolvi me estabilizar na vida. Assim, desisti da gangue. Entreguei-a a Huegler. Às quatro da tarde de hoje eu me apresento no meu novo cargo.

Sabendo que Kai não frequentara nem um dia de escola desde os sete anos, Willi não conseguia imaginar nenhuma carreira notavelmente honorável à espera dele, apesar das muitas características positivas que ele possuía. Assim, simplesmente lhe desejou sorte e acrescentou:

– Lembre-se, se algum dia precisar de alguma coisa...

– Sou *eu* que logo estarei em posição de fazer alguma coisa por *você*, Herr Inspektor. – Kai piscou misteriosamente.

– Ela esteve lá! – O olhar de cobalto de Gunther crepitava como se ele tivesse visão de raios X.

Ainda bem que ele nem notou que Willi estava com a mesma roupa do dia anterior, apesar de Ruta certamente ter percebido.

– Fiquei lá a noite inteira bebendo cerveja. Meu Deus, eu adoro esta missão, chefe. De qualquer modo, eu sempre levava a conversa para as pernas das mulheres, como o senhor sugeriu. Ficaria surpreso de quantos homens são vidrados em pernas femininas. Sempre achei que seios eram o principal. Mas não naquele lugar. Finalmente, o terceiro ou o quarto sujeito com quem falei, entrei numa dessas conversas sobre as pernas mais belas que já vi, mencionou essa sirigaita de ar exótico que apareceu na Cervo Negro no fim de semana passado usando, veja só, um casaco de leopardo!

Bem, ali estava, Willi pensou.

A princesa, tendo primeiro visto o dr. Meckel e depois tendo sido hipnotizada pelo Grande Gustave, voltou ao Adlon, aprontou-se para ir dormir, depois, à meia-noite, vestiu o casaco de leopardo e pegou o trem para Spandau, onde entrou na taverna Cervo Negro e nunca mais foi vista. Isso ainda não explicava por que, se ela estava absolutamente normal depois da hipnose, como seu marido insistiu em afirmar, ela iria por vontade própria apresentar-se várias horas mais tarde diretamente nas mãos dos sequestradores.

– E quanto a Schumann e seu colega? – perguntou Willi.

Gunther sacudiu a cabeça.

– *Nichts*. Mas ouvi falar alguma coisa sobre um instituto onde vários dos médicos trabalhavam. Não consegui um nome.

– Continue a beber com os porcos – disse Willi. – Estamos chegando perto. Embora eu não tenha certeza se quero realmente chegar lá.

9

Quando chegou ao Centro de Psicanálise de Berlim, Willi ficou surpreso ao ver Kurt empenhado na tarefa de encaixotar todos os seus livros.

– *Mensch* – ele disse –, o que está acontecendo aqui?

Seu primo alto, calvo, de óculos sorriu melancolicamente.

– Você parece bem, Willi. Melhor do que tem direito. O que você acha que está acontecendo? Estou fechando as portas. Caindo fora. Se você tivesse juízo, faria o mesmo.

Exatamente o que Einstein lhe dissera ontem. Engraçado. Ele sempre vira Kurt, dois anos mais jovem, como o Einstein da família. Um gênio que galgara o ápice de sua profissão, publicava artigos científicos, dava aula na universidade. Tão racional. Por que esta súbita histeria?

– Sabe o que tivemos aqui na semana passada? Tropas de assalto. Uma gangue inteira. Devia haver uns trinta. Irromperam pela clínica a dentro no meio do dia e ficaram marchando para baixo e para cima nos corredores, gritando: "Abaixo a ciência judia! A Alemanha para os alemães!"

– Então, está fugindo?

Teria sido porque Willi lutara na guerra, perguntou-se, enfrentara os maiores perigos que um homem podia enfrentar, que não sentia esta onda de pânico que se apoderava de tantos outros?

Kurt parou de encaixotar.

– Sim, Willi. Estou. Estou pegando Kathe e as crianças e vou embora sem nunca olhar para trás.

Willi sentiu um buraco abrir-se em seu estômago.
— Para onde?
— Palestina. No dia 2 de janeiro, partimos para Bremerhaven. De lá, pegamos o navio para Haifa. Minha irmã alugou um lugar para nós morarmos. Em Tel Aviv.

Willi também tinha uma irmã em Tel Aviv. Greta emigrara com o marido em 1925 porque achavam que não havia futuro na Europa para os judeus. Willi recebera cartas dela contando-lhe sobre a primeira cidade hebraica desde tempos imemoriais, o quanto se sentiam livres ali, como era agradável, branca e bela, construída à beira-mar. Ele também gostava do mar, mas...

— Ao menos, tire os garotos daqui. — Os olhos de Kurt flamejavam por trás dos óculos. — Você faz ideia do que está acontecendo nas escolas? Estão transformando as crianças judias em proscritos.

— Estamos mandando Erich de volta à escola judaica — Willi admitiu. — Logo depois do Ano-Novo.

— Willi, as coisas não vão melhorar, não vê isso? Eles libertaram o gênio da garrafa. Não há como colocá-lo lá de novo. Quer saber sobre hipnose? Ouça Hitler e Goebbels. Saberá tudo que precisa. Eles estão hipnotizando a Alemanha. Transformando-a em uma nação de sonâmbulos.

— Von Schleicher está no controle agora. E ele detesta os nazistas.

— *Ach*. Você não quer encarar a realidade.

— O que quero de você, Kurt, é que explique como é possível que uma pessoa que foi acordada de um transe hipnótico e está, ao que tudo indica, completamente normal, de repente, sem explicação, reverte ao estado hipnótico horas mais tarde.

Kurt abandonou a pilha de livros que segurava.

— Fácil. — Tirou os óculos e começou a limpá-los com um lenço. — Chama-se sugestão pós-hipnótica. A pessoa sob hipnose recebe um comando. Uma palavra, um som, uma hora do dia. Quando o comando é ativado, não importa quantas horas mais tarde — ele recolocou os óculos e olhou fixamente para Willi —, sentem uma compulsão irresistível de executar o que quer que tenham lhe ordenado.

Impressionante. As peças ameaçadoras deste quebra-cabeça estavam se encaixando. A princesa búlgara com o tornozelo distendido fora ao dr. Meckel. Ele provavelmente lhe recomendou o Klub Inferno para jantar. Gustave a escolheu como "voluntária" e lhe deu uma ordem pós-hipnótica, de modo que quando chegou a meia-noite, ela colocou o casaco, pegou o S-Bahn para Spandau e foi à taverna Cervo Negro. Willi estava lidando com um nível de conspiração ali que ele jamais teria acreditado que fosse possível. Mais do que nunca ficou feliz de ter recrutado Von Schleicher, que agora detinha todo o poder do Estado alemão.

Antes de dizer adeus ao último de seus parentes ali, ele precisava fazer mais uma pergunta. Era difícil.

– Kurt, pode me explicar por que uma pessoa obteria prazer sexual com... dor?

– Oh-oh. Ora, este é um assunto que poderíamos passar várias semanas discutindo, sem chegar a nenhuma resposta conclusiva. Mas no momento, acho que não há tempo, Willi. Simplesmente não há...

Como se para enfatizar seu argumento, os sinos da igreja do Kaiser Guilherme começaram a assinalar as horas.

O dr. Shurze teve a gentileza de dar a Willi o alfinete de ouro do Partido Nazista supostamente encontrado na bata cinza da Sereia, para que ele pudesse investigar a origem. Também teve a gentileza de dar a Willi o nome do ourives que fabricava os alfinetes do Partido Nazista, H. Bieberman, na Dorotheen Strasse. Willi chegou lá antes que o joalheiro fechasse a loja e teve a amável assistência do próprio H. Bieberman, que examinou o objeto sob uma lente de aumento e identificou seu número de fabricação. Assim, pôde dizer com certeza que o alfinete de ouro maciço de vinte e quatro quilates fora dado a Hermann Meckel no sétimo aniversário do Putsch da Cervejaria, em 9 de novembro, pelos inestimáveis serviços prestados à equipe médica da SA.

Engordando o dedo de culpa apontado diretamente para o médico foi o fato de que o cirurgião, segundo o joalheiro, entrou na loja na manhã de quarta-feira, muito aborrecido, e disse a Bieberman que havia inexplicavelmente perdido este alfinete em uma festa na noite anterior. Queria que outro fosse feito para substituí-lo no mesmo instante, pelo qual ele mesmo pagaria. Só tinha que ser uma réplica perfeita. Imagine perder tal coisa! E exigiu que Bieberman fizesse todo o possível para entregar o novo alfinete o mais rápido possível. Que dúvida poderia haver então de que Meckel, um proeminente ortopedista e nazista de longa data, fosse o cirurgião que Willi procurava?

Salvo que, se o alfinete foi perdido na noite de terça-feira – e por que Meckel mentiria ao joalheiro sobre isso? –, com certeza não poderia estar na roupa da Sereia enquanto ela ainda estava viva porque já estaria morta há três dias. Tinha de ter sido arrancado de sua lapela em algum momento, provavelmente nessa festa, depois plantado na Sereia, no necrotério. Meckel podia ter mandado ou não a princesa búlgara ao Klub Inferno, mas ele na verdade não era o cirurgião que havia desfigurado as pernas de Gina Mancuso.

Alguém estava tentando incriminá-lo.

– Herr Bieberman, obrigado. O senhor me prestou um grande serviço.

Willi resolveu fazer uma visita ao "aposentado" dr. Hoffnung, em Wilmersdorf.

Para sua grande consternação, entretanto, soube pelo porteiro do prédio que os Hoffnung não moravam mais ali.

– Mas para onde eles foram?

– Não sei dizer. Só sei que foram embora e não deixaram nenhum endereço para correspondência.

Pela primeira vez, um verdadeiro temor percorreu o corpo de Willi.

Tanto Hoffnung quanto sua esposa haviam desaparecido, sem deixar nenhum endereço?

Sentiu repentinamente como se mãos sombrias estivessem tecendo uma teia ao seu redor.

E ele era uma estúpida mosca.

Livro dois

—

ILHA DOS MORTOS

10

DEZEMBRO DE 1932

– Há uma jovem aguardando-o na sua sala, Herr Inspektor-Detektiv. – Ruta sorriu pelas espirais de fumaça do cigarro. – Muito atraente. Na verdade, uma das jovens mais atraentes que já vi. – Ela enfatizava, fitando Willi com um escrutínio maternal: – Normalmente, eu não aprovaria uma mulher assim. Não a acharia salutar. Mas esta, bem, não me pergunte por quê, eu acho simpática. Talvez por ela ser uma corista. Como eu fui. Sim, nós tivemos uma longa e agradável conversa, Fräulein Hoffmeyer e eu.

Willi fechou a porta atrás de si.

Paula estava sentada, de pernas cruzadas, na cadeira em frente à escrivaninha. O short curto havia desaparecido. As ligas. As botas roxas. Em vez disso, casaco e saia combinando, sapatos adequados, suéter. Era como se uma varinha de condão a tivesse transformado em uma jovem respeitável. As meias-luvas de renda preta foram substituídas por luvas de pelica. O chapéu, na última moda, alto, de abas curtas, inclinado sobre um dos olhos. Até a saia era a última moda de 1933, ele notou, tragicamente alguns centímetros mais comprida do que as do ano passado. Mas ela estava fantástica.

Perfeita.

Que postura digna. Que decidida autoconfiança. Ela devia ter gasto a maior parte dos cinquenta marcos que lhe dera naquele traje. E isso o empolgava. E era muito mais do que apenas as roupas. Ela estava demonstrando respeito. A si mesma. A ele. Seu rosto era tão bonito sem a maquiagem extravagante. Envergonhou-se da repentina dilatação de seus olhos. Então, *era* possível. Ela *podia* mudar. Ele a *ajudara*. E agora ela viera para ajudá-lo.

— Não fique tão espantado, Herr Inspektor-Detektiv — disse, esboçando um sorriso. — Com uma pequena ajuda, praticamente qualquer mulher pode ficar bonita.

— Não. É preciso ser bonita para parecer bonita. E você está simplesmente... — Ele baixou a voz: — Maravilhosa.

— Desculpe vir entrando assim, sem ser anunciada. Mas achei que iria querer saber imediatamente. O Grande Gustave vai dar uma festa de fim de ano no iate este sábado. Consegui arranjar convites para nós.

— Nós?

— Bem, você não pode ir a esses lugares desacompanhado. Simplesmente, isso não acontece.

Willi riu.

— Além do mais, você precisa de alguém para tomar conta de você naquele meio.

— É mesmo?

— Quem sabe... talvez você não seja tão esperto quanto pensa. E ainda que seja, às vezes não basta ter cérebro. Você precisa da esperteza das ruas com esses sujeitos. Eles podem estar de fraque e cartola, mas são ratos de esgoto, todos eles.

— Bem, acontece que alguns dos meus melhores amigos são ratos de esgoto.

— Oh, você. — Ela deu-lhe um tapinha de brincadeira.

— Já tomou o café da manhã? Há um lugar maravilhoso logo depois da esquina.

— Seria uma honra. — Cerimoniosamente, ela pegou a bolsa.

Quando ele abriu a porta, Ruta fingiu não estar ouvindo.

— Fräulein Hoffmeyer e eu vamos sair por um instante, Frau Garber. Voltarei para ver a correspondência.

— *Jawohl*, Herr Inspektor-Detektiv — disse secamente. — *Bon appétit*.

Eles acabaram indo diretamente para o apartamento dele.

Depois que Vicki morreu e os garotos foram para Dahlem, ele se mudara para um apartamento pequeno, mas confortável, de apenas um quarto, na Nuremberger Strasse, a apenas um quarteirão da Tauentzien, onde Paula trabalhava.

– Bairro família – ela disse, enquanto ele segurava a porta para ela, o sonoro repicar dos sinos da igreja seguindo-os para dentro.

A sala, banhada pela luz do sol, dava para a movimentada rua embaixo, com o trânsito e os bondes rangentes. Duas das quatro paredes eram completamente cobertas de estantes de livros. Ela olhou à sua volta com genuíno assombro.

– O que é isto, uma biblioteca?

Na parede oposta às janelas, ela parou para examinar mais de uma dúzia de fotografias, fascinada pelos homens barbudos e de chapéus engraçados, as cerimônias de casamento debaixo de pálios elaboradamente decorados, os garotos enrolados nos mantos de oração judaicos. Extasiante para ela era a foto do pequeno Willi no primeiro dia de escola em 1903, com roupa de marinheiro, de calças curtas, carregando um cone de papel decorado cheio de frutas e doces.

– Olhe que gracinha.

Ao lado dessa foto, via-se o retrato de um grupo de mais ou menos uns vinte rapazes no uniforme imperial da Grande Guerra. Willi fora capitão, ela viu. E conquistara a Cruz de Ferro de Primeira Classe. Isso não pareceu surpreendê-la. Mais visceral foi o retrato do casamento com Vicki. Seu peito arfou quando ela o viu.

– Nossa! – exclamou, limpando uma lágrima com o dedo em luva de pelica. – Ela era realmente bonita. Tão... refinada. Você deve tê-la amado muito. E olhe aqui, os meninos. – Paula passou à fotografia de Erich e Stefan. – Como se parecem com você.

Willi sentiu-se como um menino de colégio matando aula. Não podia acreditar que tivesse realmente levado uma garota para casa às dez da manhã. Em um dia útil. Desde que escapulira para um bordel antes da batalha de Passchendaele, Willi não sentia tanto alvoroço de excitação ilícita. Paula ali com ele, transformada em uma jovem saudável, era simplesmente... uma fantasia transformada em realidade.

Ele ficara de luto por Vicki durante tanto tempo que nem percebera como sua paixão pela vida ainda era forte. Não a mera existência. A vida em si mesma: emocionante, prazerosa, cheia de promessas. Ele não queria mais ficar sozinho, vivendo apenas para o trabalho. Queria viver de verdade. Amar e ser amado. Fazer sexo com Paula todos os dias!

Tomou-a nos braços e beijou-a como um dia beijara Vicki, com coração e alma. Ela estremeceu e suspirou, sucumbindo ternamente. Deixaram-se cair no sofá, a respiração acelerada. Ele tirou o suéter dela e buscou seus seios. Mas ela se recusou a tirar as luvas.

– Willi, me dê um minuto. – Ela desvencilhou-se delicadamente. – Prepare a cama, querido. Coloque uma música. – Pegando a bolsa, ela desapareceu atrás da porta do banheiro.

Willi preparou a cama como o ordenado, rígido como um canhão. Permaneceu assim por intermináveis minutos. Quando ela emergiu, estava completamente nua, exceto por aquelas meias-luvas de renda preta. Vê-las foi como um balde de água fria para Willi. Por que ela fora fazer isso, relembrá-lo de como ganhava a vida?

No entanto, enquanto se aproximava, segurando os seios grandes e brancos, os mamilos rosados eretos, os olhos vitrificados com esse desejo aquoso, ele teve de admitir que seu pênis ficara mais duro do que nunca. Quando ela subiu em cima dele, a conexão foi tão quente, tão maravilhosa que ele sentiu como se ela tivesse sido enviada como um anjo do céu, para aliviá-lo de seus anos de luto.

Logo ele começou a temer o momento em que ela lhe imploraria para ser espancada. O pensamento deixou-o zonzo. Desde a última vez que estiveram juntos, ele lera muito sobre o assunto. Os psiquiatras supunham que o masoquismo sexual era uma erotização neurótica de um trauma de infância. Se isso era ou não verdade no caso de Paula, ou em qualquer outro, ele decidiu que o ponto relevante era que *ele* não sentia prazer com isso. Que na verdade achava isso genuinamente desagradável. O que iria fazer se ela lhe pedisse novamente, ele não sabia.

Ele queria dar àquela mulher seu quinhão de felicidade.

Felizmente, ela permaneceu tão convencional na maneira de fazer amor naquele dia quanto em seus trajes. Permaneceram na cama a manhã inteira e pela tarde adentro. Somente a luz do sol começando a desaparecer de seu quarto e o toque dos sinos da igreja o despertaram dos encantos de Paula.

– Meu Deus – disse, sentindo-se um adolescente gazeteiro. – Tenho que voltar ao trabalho.

Depois de seu banho, ela continuava deitada na cama, passando as mãos em meias-luvas pelos cabelos.

– Você pode ficar aqui – disse. – O dia todo, se quiser.

– Posso mesmo? – replicou sonhadoramente.

– Sim. Sim. – Ele beijou-a acima e abaixo do pescoço. Mas quando ele entrou em suas calças, ela sentou-se na cama, puxando a coberta sobre os seios.

– Willi, sabe, você nunca me contou. Como Gina morreu?

Ele parou antes de fechar o zíper.

– Afogada – disse, pegando a camisa. – No Havel. Seu corpo foi levado até abaixo da cidadela, em Spandau.

– *Mein Gott!* – Paula balbuciou, agarrando a coberta junto à garganta. – Quer dizer... eles a atiraram daquele iate?

– Não – respondeu sem pensar.

Seus olhos verdes fitaram os dele, exigindo a verdade.

– Como você sabe?

Ele pensou nas pernas deformadas de Gina Mancuso estendidas na água gelada.

– Você vai ter que confiar em mim.

Quando voltou ao escritório, eram quase três horas. Esperava que Ruta ficasse toda alvoroçada ao seu redor como uma galinha com seus pintinhos, mas ao invés disso encontrou-a em um estado mais próximo à apoplexia.

– Willi – gaguejou, sem nem mesmo perceber que se dirigira a ele informalmente, algo que ela só fazia em festas, depois de andarem bebendo. – Você não pode imaginar quem acaba de deixar este escritório há dez minutos.

– Pancho Villa – disse, tentando fazer piada.

– *Nein, nein.* – Ela olhou para ele, decididamente branca de medo, incapaz até mesmo de acender um cigarro. – Um capitão dos camisas-pardas, Willi... com um recado do Führer da SA! Ernst Roehm o convida para jantar esta noite no Kaiserhof. Às nove horas!

Willi sentiu a garganta seca. Assim, Von Schleicher não estava blefando.

– Bem, Ruta, não há por que temer um simples convite para jantar.

Um por um, ele examinara os dossiês dos principais cirurgiões ortopédicos da Alemanha, mas até agora nada parecia ligar nenhuma outra pessoa a este caso. Meckel pode ter sido apenas um bode expiatório, mas que escolha havia senão ir atrás dele e tentar descobrir quem preparara a armadilha?

– Willi. Não vá. Você não deve ir. Essas pessoas não são humanas.

– Sim, são, Ruta. Muito humanas.

O portentoso Hotel Kaiserhof, na Wilhelm Platz, ficava logo no final do quarteirão da Chancelaria do Reich, bem mais velho e muito mais sombrio do que o deslumbrante Adlon, mas inquestionavelmente entre os mais esplêndidos hotéis de Berlim. No instante em que Willi atravessou as portas giratórias douradas, ele se lembrou de que os andares superiores haviam sido recentemente alugados para o Partido Nazista – como um quartel-general. Não era de admirar que ele se sentisse lançado de volta aos seus dias de exército, penetrando as linhas inimigas. O saguão estava positivamente apinhado de nazistas, a maior parte camisas-pardas da SA, mas uma horda inteira de camisas-negras também. Preto sendo a cor do uniforme dos *Schutzstaffel* – a SS, originariamente a guarda de segurança de Hitler, porém tendo evoluído mais recentemente para a unidade de inteligência do partido. Em sua quase guerra civil com a Frente Vermelha comunista, os camisas-negras diziam quem, o quê e onde os camisas-pardas deviam combater.

Pontas geladas perfuravam sua nuca conforme ele avançava na direção dessa aglomeração. Sentia como se seu nariz tivesse crescido vários centímetros e ele estivesse usando um chapéu de burro alto e amarelo. No entanto, depois de vários passos pelo tapete vermelho, ele começou a notar os camisas-pardas e os camisas-negras afastando-se para lhe dar passagem. Por quê? Não conseguia compreender – até que finalmente entendeu. Para se defrontar com Ernst Roehm, soldado de um verdadeiro soldado, ele colocara sua Cruz de Ferro no lado superior direito do peito do paletó, sem dúvida uma tática conhecida. Mas achou que devia usar todos os recursos de que dispusesse. Agora, a elaborada medalha estava fazendo o milagre de Moisés, dividindo o mar, angariando-lhe cumprimentos, até mesmo saudações. Por que não? Ele merecia.

Uma semana antes da grande ofensiva da primavera de 1918, ele conduzira um pelotão de cinco homens, inclusive Fritz Hohenzollern, bem para dentro da retaguarda das linhas francesas para avaliar a posição das tropas e da artilharia inimiga. Após mais de uma semana enviando relatórios de volta por meio de pombos-correio, eles foram descobertos e se viram encurralados em uma fazenda, combatendo toda uma companhia francesa. Willi ficou para trás para dar cobertura a seus homens enquanto eles voltavam para território não ocupado. Três dias depois, o exército alemão inteiro ficou estupefato de saber que ele também aparecera vivo no lado alemão das linhas. Na Grande Guerra, muitos ganharam medalhas por bravura. Muitos até ganharam a Cruz de Ferro. Mas poucos receberam a mais alta de todas as honras: a Cruz de Ferro de Primeira Classe.

Repentinamente, a multidão no Kaiserhof enrijeceu-se.

Do elevador, saiu um pequeno grupo de homens, todos se afastando rapidamente para deixá-los passar. O sangue de Willi congelou. Inconfundível entre eles estava a figura ultraconservadora de Hermann Göring, o nazista número dois da Alemanha. Apesar de sua reputação de destemido ás da aviação da Guerra Mundial, ele parecia absurdo naquelas calças do uniforme largas nas coxas, a barriga pendendo como o *Graf Zeppelin* por cima do cinto. Mais para trás, mancando furiosamente com uma das pernas mais curta, vinha Josef Goebbels, o brilhante propagandista. À sua esquerda, o bem-apessoado secretário do Partido Nazista, Gregor Strasser. E no centro, afastando da testa seu famoso cacho de cabelo, torcendo o bigode quadrado em todas as direções imagináveis, o próprio Adolf Hitler, berrando a plenos pulmões:

– É traição da mais alta ordem, Strasser! E você não vai sair dessa!

– Ao contrário, *mein Führer* – Strasser se defendeu. – Só estou pensando no partido. E em como salvá-lo da falência e da ruína.

– Que ousadia! Que ousadia! – Hitler parou de repente e ergueu o punho cerrado como se estivesse prestes a lhe dar um soco. – Von Schleicher lhe oferece a Vice-chancelaria e você lhe diz que vai pensar? Qualquer idiota pode ver que ele está tentando minar nossa unidade. Destruir tudo pelo qual trabalhei uma década: um único povo. Um único partido. *Um único* Führer!

Virando-se de costas ostentosamente, o enfurecido Führer retomou suas passadas rápidas pelo salão, a gravata curta voando atrás de si. Conforme se aproximava, as chispas da histeria cresciam em seus olhos. A alma do sujeito, Willi pensou, conforme o salvador da Alemanha passava por ele como um cavalo em fuga, é tão torta quanto sua suástica.

– Se o partido se esfacelar – Hitler virou-se para gritar com Göring e Goebbels, ambos correndo para acompanhar seu passo –, vou dar um fim nisso tudo em um segundo. – Apontou um dedo para sua cabeça. – Vocês verão. Mas, antes disso – olhou furiosamente para Strasser outra vez –, eu o esmago como uma barata!

Tão espalhafatosamente quanto entraram, as principais figuras do Partido Nazista desapareceram pelas portas giratórias.

A esse pequeno drama seguiu-se rapidamente a surpresa de Willi ao entrar no Salão Apolo, o menor dos numerosos salões de banquete do Kaiserhof, pois lhe pareceu ter entrado diretamente em uma orgia romana.

Ou grega.

Sob uma réplica em escala da Fonte de Apolo, tendo ao fundo uma lareira estrondeante, cerca de trinta exemplares da raça iraniana, a maioria jovem, forte e loura, muitos despidos da cintura para cima, bebiam ao redor de uma comprida mesa de banquete, decorada com galhos de pinheiros e brilhantes velas vermelhas. Cada um mantinha um braço musculoso sobre o ombro do homem à sua direita, o outro segurando um gigantesco caneco de cerveja, enquanto balançavam-se de um lado para outro e cantavam ao som de um acordeão:

Bier hier! Bier hier!
Oder ich fall um!

Willi nunca vira uma coleção de corpos masculinos seminus, viris e corpulentos, como se uma manada inteira de touros excitados tivesse se reunido junto a uma única mesa: enormes torsos quadrados, braços da espessura de troncos de árvore, criaturas sem cérebro, musculosas, duras como rocha, só faltando o aro no nariz. No entanto, alguns deles, ele notou, aconchegavam-se amorosamente no colo de um vizinho ou corriam os dedos pelos cabelos louros do garanhão ao seu lado.

Bier hier! Bier hier!
Oder ich fall um!

Sentado como se estivesse em um trono no centro estava a figura atarracada e troncuda de Ernst Roehm, líder absoluto da SA. Parecia o açougueiro do bairro, Willi pensou – cabelos cortados à escovinha, partidos no meio com absoluta precisão, um rosto quadrado como um bloco, o nariz achatado e arrebitado na ponta. Seu relacionamento com os nazistas datava da época em que ele era mais poderoso do que Hitler, o único líder do partido, dizia-se, que se dirigia ao Führer com o familiar *du* em vez de *Sie*. Hitler dependia dele, um gênio absoluto em organização, como um terceiro braço. Mas, há um ano, um jornal comunista, cujo editor desde então desaparecera, publicara um pacote muito explícito de sua correspondência pessoal, e a homossexualidade de Roehm tornou-se assunto de primeira página. Não que ele jamais tivesse tentado escondê-la, mas isso deixou o comandante da SA com uma notória falta de amigos nas altas patentes nazistas, segundo fontes de Fritz. E agora Roehm era tão dependente do Führer quanto o Führer era dele.

O sujeito pode ter desistido do exército para se tornar um militante político, mas na essência continuou sendo um soldado, e no instante em que viu a Cruz de Ferro de Primeira Classe no peito de Willi, ele se levantou.

– Herr Inspektor-Detektiv. Que ótimo que tenha conseguido vir. Espero que esteja com fome.

– *Nein*. Só posso ficar por um instante.

A atenção de Willi agora fora atraída para talvez a surpresa mais irônica da noite. Bem ao lado do líder da SA, a mão brutal de Roehm afagando sua cabeça loura, sentava-se o chefe dos Apaches Vermelhos – Kai, sem a maquiagem e o brinco de ouro, transformado em um sinistro nazista, os olhos azuis normalmente alegres agora penetrantes e distantes como os de um lobo. Então esse era o seu novo "cargo". Por que ficar surpreso? Ele havia apenas passado do mundo das gangues juvenis para a grande liga. Entretanto, havia uma pontada real de traição. Kai gostava dele. Já haviam se ajudado mutuamente. Mais de uma vez. Por um segundo, o penetrante olhar prussiano do rapaz de dezoito anos o reconheceu e, com um brilho secreto, pareceu dizer: *Não é ridículo? Eu, um nazista!* Depois ele desviou o olhar como se nunca tivesse visto Willi na vida.

Roehm, enquanto isso, aceitara a recusa de Willi em sentar-se da melhor forma esperada.

– *Ach so*. – Roehm adotou um ar de divertida tolerância. – Vamos conversar lá então, no canto.

– Naturalmente, sei do que se trata, Herr Inspektor-Detektiv – o líder da SA acrescentou quando ficaram cara a cara. Ele era realmente feio, uns trinta centímetros mais baixo do que Willi, o rosto marcado de cicatrizes de queimaduras e ferimentos a bala. – E você terá cem por cento da minha cooperação.

Willi também se lembrou de Von Schleicher dizendo que o brutamontes era um homem com quem se podia fazer negócios. Ele certamente falava mais como um executivo de empresa do que os estridentes nazistas.

– Quando assumi o comando da *Sturmabteilung* – Roehm cruzou os braços pensativamente – em 1930... tínhamos cerca de setenta e sete mil membros. Em um único ano, triplicamos nossas forças. Este ano, a dobramos de novo. Os problemas de qualquer organização com crescimento tão rápido são numerosos, garanto-lhe. A tarefa de absorver tantas dezenas de milhares todo mês, mantendo-os na linha. Tivemos rompantes de indisciplina, admito. Sofremos a falta de líderes capazes. Mas jamais tolerei desobediência de qualquer tipo e certamente nenhuma atividade criminosa. Coesão e disciplina são de absoluta importância para mim. Se houver ao menos uma maçã podre, ela tem de ser expurgada.

Roehm parou para recuperar o fôlego, lançando um olhar feroz para Willi.

– Todos os níveis de nosso partido concordam que o poder na Alemanha só pode ser alcançado legalmente e com o apoio do exército. O general Von... quer dizer, o *chanceler* Von Schleicher fez um pedido urgente para que eu lhe oferecesse minha ajuda. – Roehm fez uma pausa. – Claro, eu não gosto de judeus.

– Não menos do que eu de nazistas, tenho certeza.

Roehm ergueu o queixo marcado por cicatrizes de guerra.

– Então, devo lhe perguntar, Herr Inspektor-Detektiv, o que exatamente você quer de mim em relação à sua investigação do general Meckel.

– Primeiro, que você garanta a minha segurança e a dos meus auxiliares enquanto eu conduzo a investigação.

– *Natürlich.*

– Vamos querer revistar a residência de Meckel. Os guardas da SA colocados lá vão ter de sair.

— Muito bem. Comunique-me com antecedência e será feito.
— Quero toda informação, por menor que seja, que você tiver sobre o dr. Meckel, inclusive a pasta dos arquivos dele do hospital Charité que desapareceu.
— Você a terá.
— E quero que Meckel fique completamente no escuro sobre isso.
— No escuro ele ficará, Herr Inspektor-Detektiv. Completamente no escuro.

11

Uma suave luz de velas enchia a sala de jantar quando Willi entrou em seu apartamento. Paula já tinha o jantar esperando. Ela tirou o casaco dele e pendurou-o como uma perfeita esposa.

– Já são quase dez, sabe. Mas não me diga: o trabalho de um Inspektor nunca termina.

Já fazia dois anos que ele chegara em casa e encontrara um jantar à sua espera. E uma esposa. Ele mal conseguia controlar sua excitação.

– Não – ela disse, afastando o rosto dele de seu pescoço. – Estou faminta, Willi. Vamos comer, por favor.

Ela estava usando aquelas malditas luvas pretas outra vez, notou ele. O que significavam? Mais um de seus fetiches? No entanto, vendo o olhar sonhador enquanto ela colocava a comida na mesa, ele optou por não criar caso por causa disso. Ele já tivera a sua dose de atitude para uma noite.

Paula era uma cozinheira bastante satisfatória. Não como Vicki, é claro. Vicki fora a Paris fazer um curso de culinária. Mas Paula aproveitara o pouco que ele tinha em casa, acrescentara peixe fresco e fizera uma boa *bouillabaisse*. Tinha orgulho dela. Mais do que isso. Estava se apaixonando por ela.

– Paula, não volte a trabalhar. Tomarei conta de você.

Ela virou a cabeça, olhando para o prato, os cabelos ondulados brilhando à luz das velas.

– Pelo amor de Deus, Willi. Não se apresse. Não há necessidade.

– Não volte a trabalhar.

Ele levantou o queixo dela.

Seus olhos se encontraram.

– Acha que estou chorando porque vou sentir falta daquelas botas roxas? Agora tome a maldita sopa antes que esfrie.

Durante a sobremesa, ela trouxe à baila o caso de Gina Mancuso outra vez.

– Não consigo parar de pensar nela. Quando durmo. Quando estou acordada. É como um fantasma me assombrando. Dizendo-me para ir atrás de Gustave. – Ela largou o garfo. – Essa jovem era realmente especial, Willi. Uma verdadeira rocha. Não quero dizer fisicamente, mas por dentro. Uma verdadeira batalhadora. Talvez fosse seu espírito americano, não sei. Lembro-me de uma vez, quando ela discutiu por um aumento. Ela não tinha medo de enfrentar os figurões, como nós tínhamos. Mas aonde isso a levou, hein? Para dentro do rio.

Willi também andara pensando sobre o que teria levado Gina Mancuso para dentro do rio. Durante todo esse tempo, ele presumira que fora outra pessoa. Que ela tivesse sido assassinada. Mas agora andara refletindo, se quem operou as pernas dela a quisesse morta, por que não enterrá-la simplesmente? Ou cortá-la em pedacinhos? Por que atirá-la em um rio e correr o risco de seu corpo ser encontrado?

As palavras de Paula ressoaram em seu cérebro: *Uma verdadeira batalhadora. Verdadeira rocha.* Se isso fosse verdade... talvez ela *não* tenha sido atirada no rio. Lembrou-se do estranho sorriso de tranquilidade, até mesmo de triunfo, em seus lábios mortos, azuis. Talvez ela tenha entrado na água por vontade própria. Talvez... estivesse fugindo. Se assim for, então depois que ela foi encontrada, o cirurgião que a desfigurou não tinha escolha senão tentar atribuir o feito a algum outro candidato qualificado... um colega, sem dúvida.

Nevava na manhã seguinte, flocos grandes e fofos se derretiam assim que atingiam o calçamento. Os trilhos dos bondes brilhavam contra as pedras cinzentas da pavimentação. Todos os pequenos *dachshunds* usavam suéteres de inverno. Na Estação do Zoológico, Willie se viu novamente fitando a manchete dos jornais. Dessa vez sentiu como se tivessem enfiado uma espada entre seus ombros: **Médico se Suicida! Meckel, Famoso Ortopedista, Dá um Tiro na Cabeça!**

Por um instante, ele ficou simplesmente ali parado, com a multidão de pedestres passando por ele, seus olhos fechados com força. Então era assim que Ernst Roehm fazia negócios. Ele sem dúvida mantivera Meckel no escuro. Tudo que Willi conseguia ver era aquele hediondo rosto marcado de cicatrizes de guerra. Com um estremecimento que pareceu penetrar em sua própria medula, ele compreendeu que agora qualquer passo que desse seria dentro das linhas inimigas. Quando finalmente chegou ao escritório, uma silenciosa determinação o dominava. Fechou a porta e pegou o telefone.

– Ava – disse, quando conseguiu falar com a cunhada. – Vou lhe pedir para fazer uma coisa terrivelmente importante. Não posso explicar agora, mas é essencial que você faça exatamente como eu... Ava, o que foi? Está chorando?

Houve um longo e doloroso momento até ela conseguir falar.

Pelo amor de Deus... não um dos meninos.

– Perdi meu emprego, Willi.

– O quê? Fritz a demitiu?

– Não, Fritz não. A Ullstein. Estão dispensando metade dos funcionários judeus.

– Mas isso é um absurdo! Os Ullstein são judeus!

– Eles acham que os nazistas estão ficando poderosos demais. E estão se atropelando para tentar ficar fora da mira dos nazistas.

Willi não soube o que responder.

– Ouça. Isso apenas torna mais simples o que eu tenho de lhe pedir. Quero que você tire os meninos do país, Ava. Imediatamente.

– Não pode estar falando sério.

– Leve-os para Paris. De carro. De trem. Não me importa como. Mas vá. Fique com sua tia Hedda. Ou reserve um hotel, se necessário.

– Willi, a escola ainda está em aulas.

– Não importa. Tem de levá-los imediatamente. Seus pais devem ir também.

— Mas... por quanto tempo?
— Não muito. Algumas semanas no máximo, assim espero. Irei falar com você esta noite.
— Você se esqueceu? Esta noite é o festival de inverno de Stefan. Você prometeu estar lá.
— Estarei. Mas, Ava... enquanto isso... tome as providências necessárias. Por favor. Até amanhã à tarde quero os meninos fora da Alemanha.

— Esse pessoal da Seção de Desaparecidos é um bando de idiotas — Gunther queixou-se quando entrou na sala de Willi carregando uma pilha de pastas de arquivo praticamente da sua altura. — Não conseguem nem somar um e um. — Largou a pequena montanha sobre a escrivaninha de Willi. — Se é assim que o departamento funciona, não é de admirar que gente como os nazistas considere a polícia inepta.

Willi entendeu a frustração, ainda que não o ponto de vista.

— O que é tudo isso, Gunther? — murmurou, distraído. De repente, não pôde deixar de pensar em Hoffnung e sua mulher. Para onde podiam ter ido? Aqueles bandidos da SA não se detinham diante de nada. Tinha razão em tirar as crianças do país.

— Os sonâmbulos! Levei um dia e meio trabalhando com aquele paspalhão no escritório de Mutze, mas finalmente desencavei tudo isto. Dá para acreditar? As pessoas têm vagado pelas ruas de Berlim como zumbis há mais de um ano, desaparecendo por completo, e esses idiotas nunca pensaram em ligar os fatos.

Willi e Gunther trabalharam o resto do dia examinando os arquivos. No final da tarde, o quadro não só ficara mais claro, como muito mais assustador. Nos últimos nove meses, três coristas diferentes, uma grega, uma russa e uma sérvia, foram vistas "andando como sonâmbulas" na noite em que desapareceram. Mila Markovitch, a sérvia, trabalhara em casas noturnas onde o Grande Gustave se apresentava. Ela foi vista tomando o trem S-Bahn na direção de Spandau. Além disso, duas mulheres integrantes da equipe de atletismo tchecoslovaca desapareceram em circunstâncias semelhantes após uma "Noite de Mistério" conduzida pelo Grande Gustave. Embora não tivessem encontrado nenhuma conexão entre Gustave e duas duplas de gêmeas – uma polonesa, a outra italiana –, nem uma família inteira de anões húngaros, todos eles, também, tendo desaparecido depois que testemunhas alegaram que eles pareciam estar "indo para algum lugar em seu sono". Não havia nem um alemão louro de olhos azuis entre eles. E nenhuma prova definitiva, mas apenas circunstanciais ligando Gustave aos desaparecimentos. Para onde ele estava mandando essas pessoas?

E por quê?

Pouco depois das quatro, Ruta entrou bamboleando, com um grande envelope que acabara de ser entregue por um mensageiro.

– Alguém recebeu um pacote sem identificação – brincou. Mas ao entregá-lo a Willi, ela notou que não estava sem identificação. No verso, o endereço do destinatário estava claramente impresso com uma grande suástica negra.

– Não abra – ela gaguejou. – Pode ser uma bomba de fedor.

De certo modo, era. Os arquivos do falecido dr. Hermann Meckel. Ernst Roehm cumprira uma das promessas, ao menos.

Willi e Gunther afastaram para o lado todas as outras pilhas. O dossiê de Meckel era grosso, mas muito maçante. Uma biografia familiar torturantemente detalhada voltava séculos atrás, com um pequeno compêndio sobre seu curso de medicina, uma sinopse dos artigos científicos que publicara, inclusive aquele que Gunther já encontrara sobre transplante ósseo, e mais páginas ainda sobre as diferentes associações profissionais a que pertencera. Os comitês que integrara. As clínicas onde trabalhara. Um envolvimento particularmente odioso com algo chamado Instituto de Higiene Racial fora encerrado há seis meses, nenhuma explicação do motivo. Willi fez uma anotação para verificar os dossiês dos outros principais ortopedistas para ver se havia alguma referência a esse lugar. Estava prestes a virar a página quando Gunther agarrou sua mão.

– Espere um segundo. Levante esta página na luz, chefe. Olhe.

Na coluna referente ao Instituto de Higiene Racial, sob "Associados", a luz forte revelou o que parecia ter sido uma lista de nomes cobertos por uma tinta branca para torná-los ilegíveis. Willi pegou uma folha de papel em branco e tentou delinear os nomes, mas nada surgiu.

— Yoskowitz — disseram simultaneamente.

Willi enfiou a folha em um envelope.

— Muito bem. Vou à escola do meu filho esta noite. Levarei isto para ela primeiro. Continue trabalhando nesses.

— Sim, senhor. E depois, estarei de volta à Cervo Negro.

— *Ach so*. Pobre Gunther.

— De jeito nenhum. Acontece que levarei uma namorada muito atraente esta noite.

Willi ergueu uma das sobrancelhas.

— Bem, não vá metê-la em apuros, Gunther. E não estou falando do tipo comum de apuros.

— Sim, senhor. Eu sei, senhor. Não, não precisa se preocupar. Ela é como eu, senhor. Uma genuína republicana.

Bessie Yoskowitz possuía um pequeno estúdio mais abaixo na rua em um novo e bonito prédio comercial chamado Alexander Haus, bem em frente à Wertheim. Ao entrar, Willi não pôde deixar de notar um barulhento destacamento dos camisas-pardas da SA em frente à famosa loja de departamentos, carregando cartazes com caricaturas grotescas e entoando: *"Toda vez que você compra de judeus, você prejudica seus irmãos alemães! Toda vez que você compra de..."*

Yoskowitz, uma mulher miúda de quase setenta anos, cabelos grisalhos meticulosamente puxados em um coque no alto da cabeça, com um marcante sotaque iídiche/polonês de sua infância, estava entre os mais capacitados restauradores de papel de Berlim. Seus dedos habilidosos tratavam de tudo, de papiros egípcios para o Museu de Pérgamo até numerosos documentos da polícia, tal como aquele que Willi lhe levara agora.

– Compreendo. – Ela examinou a página com uma grossa lente de aumento do tipo que o joalheiro usara. – Sim, claro que é possível. Tenho produtos químicos que podem levantar a tinta branca de cima da preta. Mas levará algum tempo. Está vendo a quantidade de trabalho que eu tenho empilhado aqui?
– Bessie...
– Eu sei. Eu sei. Para a Kripo, é prioridade máxima. Já é sexta-feira, então me dê até segunda-feira. É véspera de Natal. Fecharemos cedo. Digamos, então, ao meio-dia, hein?
– Você é fantástica.
– Ouça, Willi. – Sua mão minúscula o impediu de sair. – Antes que você vá. Espero que não me ache impertinente. Mas do jeito que as coisas estão... eu fiquei pensando. Por acaso... você teria alguma ideia do que está na verdade acontecendo, quero dizer, politicamente?

Mesmo no sexto andar, eles podiam ouvir os ecos da rua: *"Toda vez que você compra de judeus..."*

Apesar de suas perdas eleitorais – ou precisamente por causa delas –, os nazistas haviam intensificado suas campanhas antissemitas, conclamando boicotes contra empresas de judeus, acossando judeus em lugares públicos. Um homem idoso, de barba, fora empurrado para a morte de um trem em movimento. Essas atrocidades inevitavelmente foram manchetes dos jornais e aterrorizaram pelo menos um por cento da população, que são todos os judeus da Alemanha reunidos. Apenas seiscentas mil pessoas, segundo Hitler, destruindo a nação alemã.

– Sabe, depois de todos esses anos eu ainda não sou uma cidadã. E os partidários de Hitler, que seu nome seja amaldiçoado, se realmente chegarem ao poder, seriam pessoas como eu que eles iriam perseguir, não é?

– Eu realmente duvido disso, Bessie. – Willi deu uns tapinhas tranquilizadores em sua mão. – Acho que eles têm presas mais importantes. – Como eu, ele pensou amargamente.

– Mas se algum dia você tiver alguma ideia pra que lado o vento vai soprar...

– Você será a primeira a saber. Prometo.

Na escola Nova Judeia, escondida atrás de um muro alto em uma rua secundária em Schoneburg, quase todos naquela noite pareciam ter o mesmo pedido. Greenburg, o contador. Steiner, o bombeiro. Rosenbloom, o corretor de seguros. O professor de Stefan. O diretor de Stefan. Até mesmo o rabino de Stefan. Todos abordaram Willi em um ou outro momento, buscando o mesmo conselho. O que deveríamos fazer? O quê? O quê? "Tome precauções, se isso o faz se sentir mais seguro", ele começou a responder sempre o mesmo para cada um deles. "Mas posso lhe assegurar que Von Schleicher fará tudo em seu poder para destruir os nazistas." Mas você não acha... e não é possível que... e não poderia ser que... e se, Deus nos livre... Por fim, ele teve vontade de gritar a plenos pulmões: *O que acham que eu sou, o Grande Gustave? Como poderia saber o que será o amanhã?*

O festival de inverno comemorava a história do Hanucá. A revolta dos hebreus contra os antigos gregos. O milagre da lamparina do Templo durante oito dias, em vez de um. As canções. As danças. Tudo parecia especialmente empolgante e promissor para a inquieta multidão de pais judeus que enchia o auditório naquela noite, Willi inclusive. Durante o espetáculo, ele virou-se para Ava, sentada ao seu lado. A expressão tranquila em seu rosto contradizia a maneira nervosa como se remexia na cadeira.

Sim, ela disse sem palavras, apenas com um olhar. *Tudo está arranjado.*

– E quanto aos seus pais... eles já sabem? – sussurrou.

Ela balançou a cabeça rapidamente.

O grande confronto aconteceu mais tarde, na casa dos Gottman, em Dahlem.

– Não é porque eu receie que os nazistas estejam prestes a tomar o poder – ele fez questão de enfatizar. – Eu me envolvi em uma investigação de homicídio que tomou um rumo sinistro. As pessoas que estou perseguindo podem muito bem tentar me intimidar ameaçando minha família.

— Essas pessoas, elas são nazistas? — Max Gottman parecia não ter nenhuma dúvida.

Willi não respondeu.

— Você realmente acha que *Mutti* e eu deveríamos ir também?

— Posso arranjar uma guarda da polícia para a casa. Com a empresa, acho que você não precisa se preocupar.

— E quanto a você? — Willi ficou surpreso de ver sua sogra fitando-o com verdadeiro pavor.

— Eu? Sou a última pessoa com quem você precisa se preocupar, *Mutti*.

Stefan aceitou bem a notícia:

— Oh, puxa, passar as férias em Paris!

Mas seu irmão mais velho olhava à volta com olhos sérios e tristes.

— Por que será que eu acho que nunca mais veremos este lugar?

— Bobagem. — Willi apertou o ombro de Erich. — Eu lhe disse, é só até eu prender esses bandidos.

Ele fez questão, entretanto, de entregar a Ava uma pequena valise para ela levar, cheia de documentos e relíquias de família.

O apartamento estava às escuras quando ele chegou em casa. Ele não gostou da sensação. Paula deixara um bilhete sobre a mesa: *Fui passar a noite no meu apartamento. Precisava cuidar de algumas coisas. Está tudo arranjado para amanhã – o iate zarpa ao meio-dia. Pegue-me às onze. E não se esqueça... pareça um nazista! Sua Paula-wutzi.*

Ele pendurou o casaco e dirigiu-se ao quarto. Assim que ligou a luz, viu que havia alguma coisa errada. Sua escrivaninha. Os livros. Não estavam em ordem. Instintivamente, ele girou nos calcanhares. Não havia ninguém no apartamento. Verificou todos os cômodos. Mas finalmente, quando voltou e sentou-se à escrivaninha, compreendeu que não estava sendo paranoico. Alguém havia remexido as gavetas, sem dúvida. O envelope branco onde ele sempre guardava algumas centenas de marcos por precaução havia desaparecido. Bateu a gaveta com força e ficou fitando furiosamente a parede como se uma bala tivesse penetrado em suas entranhas. Por que ela pegaria seu dinheiro, quando sabia que ele o daria a ela de bom grado?

12

Descendo vários corredores escuros na Superintendência de Polícia, um conjunto de portas duplas dava acesso ao misterioso Departamento K, onde os agentes da Kripo podiam arranjar não só documentos de identidade, mas guarda-roupas inteiramente novos e o que mais fosse necessário para uma investigação sob disfarce. Às oito da manhã, Willi chegou para ser transformado não em um nazista, mas em um rico dono de fábrica da cidade industrial de Essen. Seus cabelos escuros e cacheados receberam uma peruca castanho-clara e seus olhos foram disfarçados com um par de óculos escuros de aros de tartaruga. Genuinamente impressionante, ele pensou, era o terno black tie de lã, com lapelas de seda e uma faixa também de seda ao longo das pernas das calças. O último modelo da Savile Row. Quando finalmente saiu dali, às dez e trinta e cinco, até seu carro recebera uma nova placa que confirmava sua identidade como Siegfried Grieber, principal acionista da Carvão e Coque Ruhr.

Às onze, ele esperava por Paula na frente do edifício onde ela morava. As pessoas na rua o encaravam. Não era sempre que um cupê BMW 320 dirigido por um homem vestido a rigor estacionava naquele quarteirão.

Quando Paula emergiu do prédio, formou-se um pequeno ajuntamento.

– Olhe, Paula virou uma estrela de cinema!

Ela sem dúvida estava toda embonecada como uma. Porém, mais como a protagonista de um filme B ruim, Willi pensou, com um vestido de noite justo, cor-de-rosa, com extravagantes mangas bufantes enfeitadas com laços e um decote que mergulhava só Deus sabe até onde. Sobre os ombros, usava uma capa preta comprida debruada com penas de marabu.

— Vai se casar? — perguntou uma velha.

— Sim, isso mesmo. — Paula estendeu as mãos como uma cantora idolatrada para os fãs. Willi viu que ela ainda usava aquelas malditas meias-luvas de renda preta. — Estou indo para a capela agora. Me desejem sorte!

— *Mein Gott!* — exclamou, sentando-se no banco do passageiro ao lado dele. — Eu mal o reconheci. — Seus olhos vidrados examinaram-no e ela desatou a rir. — É impressionante, realmente. Nem diria que você é...

— Judeu?

— Sim.

— Bem, não é essa a ideia?

— Claro que é, *Liebling*. Não o estou criticando.

— O nariz, aliás, é todo meu.

— Você tem um nariz perfeitamente adorável. Algum dia eu disse o contrário? Como estou?

Ele deu partida no motor.

— Como uma verdadeira beldade nazista.

— O que isso quer dizer? Ei, o que... nem mesmo um beijo?

Ele pousou os lábios nos dela, depois mudou de marcha e começou a descer o quarteirão, não querendo começar a discutir com ela agora. Porém mal haviam dobrado a primeira esquina quando ela percebeu que havia algo errado.

— O que foi, Willi? Você descobriu sobre o dinheiro, é isso?

Ele não disse nada.

— Acha que o roubei, não é? É isso? Bem, está errado. Tentei ligar para o seu escritório, mas você já tinha saído. Eu tinha de comprar um traje completo. Não podia ir lá hoje parecendo uma secretária barata ou uma telefonista. Estarão condes e baronesas naquele iate. Achou que eu não ia lhe contar?

Willi sentiu um aperto na garganta.

– Esta roupa custou trezentos marcos?
– Não exatamente. Um pouco menos de cem. Ainda tenho o resto em casa. Eu o devolverei a você depois.

Cerrando os maxilares, ele mudou furiosamente para a terceira marcha, sem saber em que acreditar.

O Iate Clube de Berlim ficava no Wannsee, o mais em voga dos muitos lagos grandes que cercavam a cidade. Em meio à flotilha de embarcações lustrosas, o iate com cabine do Grande Gustave, *O Terceiro Olho*, destacava-se como um Taj Mahal, com o dobro do comprimento, o dobro da altura, o dobro do número de bandeiras e galhardetes coloridos dos outros. Guardas da SA armados verificavam os convites da multidão bem-vestida esperando para embarcar.

– Não fique aborrecido, Willi, por favor. – Paula tomou sua mão conforme subiam a prancha de embarque. – Lembre-se, estamos nisso juntos.

– Mantenha o nariz fora disso – ele disse, mais furioso do que imaginara. – A última coisa que eu preciso é que você desapareça também.

– Meu nariz – ela largou sua mão friamente – já está metido nisso.

Ao meio-dia, o iate zarpou. Devia haver umas sessenta pessoas a bordo, apesar de que, com dois enormes deques embaixo, mal se percebesse. Paula não brincara sobre o tipo de convidados presentes. Logo nos primeiros minutos, Willi reconheceu mais aristocratas do que em um baile diplomático: o príncipe da Pomerânia, o conde de Koblenz, o barão e a baronesa de Brandemburgo. Entre a multidão também havia representantes de algumas das famílias mais poderosas da indústria alemã: Thyssen, Krupp, Porsche, mais um bando de atrizes dos palcos e do cinema em decotes que faziam o de Paula parecer recatado. Dezenas de garçons em turbantes enfeitados com borlas ofereciam flutes de champanhe em bandejas de prata ou atendiam em mesas de bufê entulhadas de iguarias. O iate inteiro estava decorado com ramos de pinheiro e azevinho.

Agora, Willi já havia pesquisado Gustave Spanknoebel para saber que a fortuna acumulada para esse estilo de vida não vinha de suas apresentações em casas noturnas nem mesmo dos muitos clientes particulares que dependiam de cada palavra sua. Não, a verdadeira fortuna vinha de seu império editorial, que além de um dos semanários mais populares do país, o *Vidente,* produzia inúmeros livros sobre ocultismo que vendiam mais do que títulos dos maiores escritores do país. Sua maior fonte de dinheiro, entretanto, era uma pomada que ele inventara, chamada Creme Viril, que milhões de alemães, homens e mulheres, juravam ser capaz de inflamar a paixão sexual. Alguns viam Spanknoebel como o maior Svengali da história da Alemanha. Até mesmo Adolf Hitler, dizia-se, tinha aulas de oratória e psicologia das massas com ele. Talvez não fosse de admirar que o sujeito tivesse permanecido imune à lei todo esse tempo.

Também era claro, como Paula avisara de antemão, que esse evento era restrito a casais. Ainda bem que ele a trouxera. Não havia nenhum homem ou mulher desacompanhados. Ele acabou tendo que levá-la a reboque para todo lado como se estivesse algemada a ele.

– Diga-me a verdade – sussurrou em determinado momento, ainda furioso com ela, embora já nem soubesse ao certo por quê. – Por que você usa essas luvas de renda preta o tempo todo, Paula?

Ela tentou retirar a mão.

– Porque gosto delas.

Ele resolveu não soltá-la. Nem lhe permitiu tomar qualquer bebida alcoólica.

– Quer se envolver? Então, mantenha os olhos e ouvidos bem abertos.

– Sim, senhor. – Ela franziu a testa com raiva. – Vai me acompanhar ao banheiro também?

Ele a ignorou, arrastando-a pelo meio da multidão de celebridades. Localizando dois poderosos descendentes da indústria do aço alemã, ele impediu-a de falar:

– Shhh!

— Infelizmente, todo mundo não acredita que Hitler possa sequer obter a Chancelaria. — Ele se concentrou em ouvir o que dizia o jovem Helmut Krupp, cujo avô era provavelmente o homem mais rico da Alemanha.

— Mas temos de garantir que ele obtenha — o jovem Georg von Thyssen, cujo avô vinha em segundo lugar, retrucou com a boca cheia de caviar. — Deus nos livre de os Vermelhos assumirem o poder; todos nós seríamos fuzilados no dia seguinte. Assim que os nazistas destruírem os comunas, poderemos trancafiar os macacos.

— Exatamente — disse Krupp com uma risadinha debochada.

Pena que Fritz não estivesse ali, Willi pensou, arrastando Paula com ele outra vez. Esses dois eram exatamente os idiotas de quem ele se queixava em sua coluna no jornal, sem querer ver que os grandes macacos que eles achavam que podiam fazer o trabalho sujo por eles iriam, por natureza, passar da destruição de "comunas" à destruição deles.

Quando a embarcação já estava bem longe no Wannsee e a maioria dos convidados já estava bêbada e à vontade, Gustave fez sua grandiosa entrada, flutuando pela multidão em um traje *swami* completo: túnica branca longa e turbante vermelho.

— Me desculpem por chegar tão tarde — pediu a todos.

Todos se reuniram à sua volta para ouvi-lo falar de um pequeno pódio semelhante a um altar.

— Fiquei retido por uma tarefa muito importante. — Sua voz tremia com a gravidade da tarefa, os olhos arregalando-se de sabedoria e mistério. — Passei a manhã inteira elaborando um mapa astral da maior consequência para a nossa nação... o mapa de Adolf Hitler. E vocês, meus honrados convidados, serão os primeiros a conhecer suas surpreendentes revelações. Sim... sim... eu vi tudo! — Ele estendeu um dos braços à frente.

O sujeito, Willi pensou, levava a teatralidade a novas dimensões do absurdo.

– Todos nós sabemos que nos últimos meses o Führer e seu partido enfrentaram condições extremamente adversas. Isso se deveu ao alinhamento Urano-Lua ocorrido na Primeira e Décima Segunda Casas. Mas na quarta semana do próximo ano esse alinhamento passará à Sexta e Sétima Casas de Hitler. Não será fácil... não sem subterfúgio e talvez até mesmo derramamento de sangue... mas todos os planetas terão alcançado as posições adequadas para ele obter uma grande e duradoura vitória sobre os inimigos!

A multidão vibrou.

– E a vida não será maravilhosa – Paula murmurou.

Willi sentiu-se um pouco melhor segurando a mão dela.

– Porém, há mais. Sim. Apenas algumas poucas semanas após esta histórica vitória, em fevereiro de 1933, vejo uma grande conflagração devorando a Casa da Alemanha. Um incêndio terrível que chocará a nação. Mas isso não é algo a temer, *meine Damen und Herren. Nein. Nein.* Tudo é como deve ser. Será a purificação mística da qual a fênix de uma grandiosa Nova Alemanha se levantará!

A multidão irrompeu em aplausos. Como se tivesse recebido um sinal para entrar no momento certo, uma pequena banda de metais desatou a tocar um alegre foxtrote. Casais começaram a dançar. Homens de cartola com monóculos e abotoaduras de diamantes. Mulheres elegantes fumando com longas piteiras. Rindo e dançando desvairadamente. Que febre era essa que se apoderava da Alemanha? Willi observava, horrorizado. As coisas teriam se deteriorado tanto que a própria realidade era agora a inimiga? O futuro parecia tão aterrador que mesmo entre os poucos privilegiados tolices como aquela podiam passar por verdade?

– A verdadeira festa será no deque inferior. – Ele ouviu uma baronesa sussurrar para uma amiga. – Só com convite especial.

Ou tudo isso seria apenas uma febre passageira com esta elite?

Satisfeito em poder fugir deste espetáculo, Willi deu um puxão no braço de Paula, resolvido a obter acesso ao que quer que estivesse acontecendo no piso inferior. Mas seu nome não estava na lista, um guarda corpulento avisou. Lamento.

Willi tinha de pensar rápido.

Entre os VIPs na fila para entrar, ele notou o mesmo rapaz, Von Thyssen, cuja conversa escutara anteriormente, e resolveu arriscar:

– Ora, Georg! – exclamou, estendendo a mão para o perplexo rapaz de vinte e cinco anos. – Não me diga que não se lembra de mim? Namorei sua irmã há vários anos, bem a sério, para dizer a verdade. Siegfried Greiber, Carvão e Coque Ruhr.

Willi apostou tudo na necessidade do ricaço de se sentir no comando da situação, não querendo demonstrar que não tinha nem a mais leve lembrança de um Greiber namorando sua irmã.

– *Ach*, sim. Claro. Como vai, *Mensch*?

O jogo valeu a pena. Qualquer amigo de Von Thyssen era amigo do Grande Gustave – e assim Willi e Paula conseguiram entrar no refúgio sagrado.

O pequeno espaço para cerca de vinte pessoas estava escassamente iluminado com a luz tremeluzente de tochas e cortinas de damasco vermelho. Grossos tapetes persas cobriam o assoalho. A única mobília eram almofadas de cetim espalhadas pelos tapetes e uma cadeira de braços semelhante a um trono, na frente, iluminada de baixo. As aspirantes a estrelas, a variada nobreza e os magnatas selecionados para essa reunião de elite ocupavam-se tirando os sapatos e acomodando-se no chão, preparando-se para o que certamente seria uma experiência para contar aos amigos.

Willi examinou-os.

Um deles viria a ser a próxima vítima de Gustave? Seu olhar fixou-se em uma deslumbrante morena com o pescoço coberto de reluzentes diamantes. Sem nenhuma dúvida, o Rei do Ocultismo estava envolvido no desaparecimento de dezenas de mulheres estrangeiras. Mas Willi não tinha provas suficientes para conseguir um mandado de busca contra ele. Claro, o filho da mãe era apenas um cafetão, ele sabia – um agenciador. Mas até agora Gustave era o único fio condutor para onde os sonâmbulos terminavam. Tudo que Willi sabia com certeza é que era a uma distância de flutuação de Spandau.

Após o que pareceu uma eternidade, Gustave chegou, sem dúvida retido por algum importante projeto para o futuro da humanidade. Em sua túnica flutuante e absurdo turbante vermelho, ele acompanhava a duquesa Augustina von Breitenback-Dustenburg pelo braço, uma verdadeira aristocrata prussiana dos velhos tempos. A cadeira de braços semelhante a um trono na frente da sala que todos presumiam que fosse dele, Gustave deu a ela. Não que ela fosse muito idosa, cinquenta e cinco ou sessenta, no máximo. Mas seu cintilante vestido de noite preto, usado com luvas brancas que chegavam praticamente às axilas, parecia fora de moda há gerações. Seu rosto não exprimia nem um vislumbre de emoção, salvo um circunspecto tremor de vez em quando.

– Olá, meus amigos especiais e mais firmes defensores – Gustave cumprimentou em sua voz mais teatral. O rosto embranquecido, com os lábios vermelho-escuros, mudava de uma expressão *kabuki* para outra. – Tenho certeza de que todos aqui conhecem a duquesa. Bem, ela tem uma pequena confissão a fazer. Ela quer que eu lhes transmita que não acredita que eu possa hipnotizá-la, embora ela quisesse muito que eu o fizesse. Do fundo de seu coração, ela me disse que na verdade gostaria de ser ordenada hoje a fazer algo completamente... como foi que disse mesmo?

– Escandaloso – a duquesa informou com um olhar impassível.

Toda a sala gargalhou.

– Bem. Então, você não acredita que eu possa hipnotizá-la. Há outras mulheres que também se sintam assim? Que se consideram imunes aos meus poderes?

Willi, com o braço ao redor dos ombros de Paula, podia sentir seus músculos tensos.

– Nem pense – ele sussurrou.

A morena de olhos escuros com os cintilantes diamantes levantou-se.

– Madame. – Gustave estendeu-lhe a mão. – Diga-me, qual é o seu nome?

– Melina von Auerlicht. Este é meu marido, conde Wilhelm von Auerlicht.
– Condessa, a senhora não é alemã de origem?
– *Nein.* Sou grega.
– E acha que não é suscetível à hipnose?
– *Absolut nicht.* Minha força de vontade é muito poderosa. Pergunte ao meu marido.
– Conde Wilhelm, essa é a sua opinião?
– Sem dúvida! – o conde, evidentemente bêbado, respondeu ruidosamente. – A mulher é uma perfeita megera. Ela não nega isso.
A risada eclodiu na plateia.
– E tem mais, tenho orgulho disso – retorquiu a mulher. – Nem mesmo você, Rei do Ocultismo, seria capaz de exercer sua vontade sobre a minha.
Mas ela estava errada. Poucos minutos depois, tanto ela quanto a velha duquesa presunçosa eram escravas dos comandos do Grande Gustave.
– Portanto, aí está, *meine Damen und Herren.* – Ele apontou para as duas, esparramadas como mortas sobre uma pilha de almofadas. – A maioria das pessoas, principalmente mulheres, não possui nenhuma compreensão da profundidade de sua própria sugestionabilidade. Acham que podem resistir, que são mais fortes. Mas o que não percebem é o quanto elas na realidade anseiam para serem dominadas.
– Duquesa – ele disse para a mulher mais velha. – Sente-se, querida. Abra os olhos. Diga ao papai... qual é o seu desejo. Agora que eu a tenho sob meu controle, que coisa "escandalosa" devo mandá-la fazer?
A duquesa sentou-se. Seus olhos se abriram. Mas pelo que pareceu um longo tempo, nada veio de sua boca. Toda a plateia inclinou-se para a frente em tensa expectativa. Gustave teria fracassado?
– Eu quero... – disse a duquesa finalmente, devagar –, eu quero fazer um striptease à moda americana.
Ela foi recebida com um silêncio absolutamente perplexo.
– Luigi! – Gustave fez sinal ao assistente. – Traga alguns músicos. A duquesa quer dançar o striptease.

Em questão de instantes, segundo pareceu, instrumentos de percussão, mais alguns instrumentos de sopro, surgiram em um dos lados da sala.

– Duquesa! – Gustave gritou. – Está pronta?

– Sim – respondeu de seu esconderijo atrás de uma das grossas cortinas vermelhas.

– E agora... o grande Teatro Scala de Berlim tem o orgulho de apresentar... diretamente da América... esta sensação internacional... duquesa Augustina von Breitenback-Dustenburg!

Os músicos começaram a tocar um ritmo rangente, cheio de lamentos plangentes de trombone e sensuais invocações de trompete. A duquesa emergiu, a perna primeiro, de trás da cortina, meneando os quadris. Lentamente, de forma provocante, ela começou a puxar os dedos de uma das suas longas e brancas luvas, até a peça inteira estar girando acima de sua cabeça. Quando a luva voou até um cavalheiro na primeira fila, ela inclinou-se para frente e sacudiu o peito, murmurando com voz gutural, em inglês:

– Ei, garotão! Tem planos para o jantar?

O público sacudiu-se de risadas e aplausos, e um dos assistentes adiantou-se para captar tudo em uma filmadora caseira.

Gustave deixou a performance continuar até a duquesa estar dançando com nada além de uma longa combinação preta, levantando-a para exibir suas flácidas pernas brancas e veias varicosas roxas. Então, ele parou a música e disse a ela que, quando ele estalasse os dedos, ela iria emergir do transe hipnótico revigorada e em excelente humor.

Estalo.

A sala ficou em silêncio quando a rabugenta mulher percebeu que estava seminua, em pé diante de todos.

– *Gott in Himmel!* – guinchou estridentemente, desatando a rir e atirando os braços ao redor de Gustave. – Você conseguiu! Que homem maravilhoso!

Quanto à exuberante grega, Gustave voltou-se para o marido e disse alegremente:

— Conde Wilhelm, quando nós finalmente a tivermos sob controle, há alguma coisa que gostaria que eu fizesse com sua mulher?

O conde refletiu por um instante, em seguida ergueu sua taça de champanhe.

— Sim, mestre! – gritou. – Faça-a gozar. A maldita frígida nunca chegou ao clímax comigo!

Houve gritinhos de choque e hilaridade.

Gustave fez uma pequena saudação, como se tivesse prazer em servir.

— Melina, meu amor. – Ele ergueu o corpo da bela morena e sentou-a na cadeira de braços. – Diga-me... está hipnotizada agora, querida?

— Não – respondeu, os olhos firmemente cerrados.

— Posso lhe fazer uma pergunta pessoal?

— Não.

— Se pudesse fazer amor com qualquer homem nesta sala... quem seria ele?

— Você.

Houve aplausos entusiásticos.

Gustave fez uma pequena mesura, recatadamente.

— Está bem, Melina. Eu e você vamos fazer amor. Aqui mesmo. Agora mesmo. Está de acordo?

— Não.

— Quando eu contar até três, Melina, você e eu vamos fazer amor. Loucamente. Apaixonadamente. Amor insano. Não será igual a nada que já tenha experimentado na vida. Vai excitá-la até o âmago do seu ser. Cada célula de seu corpo pulsará de prazer. E você terá orgasmos, Melina. Você vai adorar isso de uma maneira como nunca aconteceu antes. Está pronta?

— Não.

— Um.

— Não.

— Dois.

— Não.

– Três!

Os braços da mulher saltaram dos lados do corpo e ela emitiu um gemido agudo e profundo, quase assustador, que fez a plateia estremecer. Gustave afastou-se com os braços para trás, observando enquanto ela desesperadamente agarrava um amante imaginário junto ao peito.

– Oh, sim, Gustave. Sim, sim. Não sabe o quanto eu esperei por isso. – Seu rosto ficou vermelho e sua respiração, acelerada, enquanto ela levantava as pernas e começava a se contorcer na cadeira. – Oh, sim, Gustave. Sim!

– Clímax agora, Melina – Gustave ordenou. – Clímax!

– Sim. Oh, sim. Oh, sim, sim, sim!

– E outra vez, Melina. Clímax outra vez.

– Sim. Sim. Oh, meu Deus! Oh, meu Deus! Oh, meu Deus!

Dezessete vezes, os que mantiveram a contagem juraram depois.

A cadeira de braços teve de ser jogada fora.

Mas Melina von Auerlicht, coitada, foi ordenada a não se lembrar de nada de sua aventura – e no instante em que ela saiu do transe, orgulhosamente denunciou Gustave como sendo uma fraude, incapaz de hipnotizar qualquer um com uma força de vontade comparável à sua própria!

13

– Tire-me daqui – sussurrou Paula.

Willi viu que seu rosto ficara verde.

Conduziu-a apressadamente para cima, sentindo como sua pele ficara fria e suada, esperando levá-la ao deque antes que ela desmaiasse, ou vomitasse, ou ambos. Pouco a pouco, lá fora, o ar fresco a reanimou.

– Nunca vi nada tão horrível. – Ela agarrava a garganta com a mão em sua meia-luva preta. – Foi como se... ele a violentasse.

Willi passou os braços ao redor de sua cintura e sentiu, apesar do dia bastante ameno para a época do ano, o lago calmo à volta deles batendo de leve no casco, que Paula estava realmente traumatizada. Trêmula. Como se algo tivesse tocado um nervo exposto e o apertasse com pinças de metal.

– Willi – murmurou. – Tire-me deste barco. Nem que tenhamos de nadar.

Antes de zarpar para a noite, *O Terceiro Olho* estava programado para pegar os convidados atrasados em um lugar chamado ilha Pavão. Paula e Willi foram os únicos a desembarcar. Uns vinte ou mais festeiros passaram por eles para se unirem à diversão. Entre eles, Willi notou cinco ou seis oficiais em uniforme preto completo, cada qual escoltando uma loura cheia de joias. Conforme roçaram neles indo em direção contrária, um deles esbarrou no ombro de Willi.

– Desculpe-me – disse com um sorriso, levando a mão ao seu quepe de oficial da SS enquanto continuava rampa acima. Pelos dentes salientes com uma grande lacuna na frente, Willi reconheceu-o instantaneamente.

Era Josef, seu amigo da taverna Cervo Negro.

Quando o iate zarpou, Willi e Paula ficaram lá parados, ele com o braço ao redor de sua capa agitada na brisa. Não eram nem quatro horas, em uma tarde estranha e quente. O ar estava quase opressivo. Conforme o som da banda de jazz da embarcação começou a desaparecer, Willi pôde sentir a respiração de Paula voltar ao normal, o tremor deixar seus ossos. Ele arrancou a peruca e passou os dedos pelos cabelos escuros e cacheados. Aquela expressão do texto de psicologia sobre masoquismo atravessou sua mente outra vez: *uma erotização neurótica* de trauma de infância.

Pobre garota, ele pensou. Só Deus sabe o que ela já sofreu.

Mas que belo lugar em que se achavam agora. Uma brisa tão fresca. Os pinheiros tão verdes. A minúscula ilha Pavão, entre o Wannsee e Babelsberg, fora transformada em uma reserva natural no final do século XVIII. Sendo um parque agora, era amplamente considerada uma apoteose do romantismo alemão. Caminhando pelas alamedas pitorescas, Paula apoiada nele em seu justo vestido cor-de-rosa, amparando-se nele, eles passearam com prazer por campos esmeralda animados com pomposos pavões, campinas banhadas de sol e pequenos pavilhões de jardim construídos para parecerem ruínas de castelos medievais.

Tudo era tão tranquilo. Tão rusticamente calmo.

Paula começou a chorar.

– Por que o mundo não pode ser belo como este lugar?

Por quê? Ele entregou-lhe um lenço.

A pergunta mais velha do mundo.

No final da ilha, uma pequena balsa transportou-os de volta à terra firme. Paula ainda não se sentia bem. Queria ir para casa. Tiveram que tomar o S-Bahn de volta para pegar o carro de Willi em Wannsee. Nenhum dos dois tinha muito a dizer. Além de se sentir mal por ela, Willi fervia de frustração. Fora uma tarde infrutífera. Ele certamente não conseguira nenhuma prova cabal contra Gustave. Não conseguira nada. Somente uma visão deprimente do futuro. E mais uma lição sobre a indignidade da raça humana.

Como se ele precisasse disso.

Conforme dirigia de volta à cidade, dezenas de pensamentos povoavam seu cérebro. Neste mesmo momento, ele sabia, seus filhos deviam estar chegando a Paris com Ava e os Gottman. Quando iria vê-los outra vez? Por quanto tempo teriam de permanecer lá? Já sentia tanta falta deles que seu peito doía. Mas até agora todos os seus esforços nos casos da Sereia e da princesa búlgara não o tinham levado muito longe, nem marcado nenhum ponto com seu chefe. Na verdade, o comissário deixara claro que Hindenburg estava muito decepcionado com a falta de resultados de Willi. O rei da Bulgária havia pessoalmente desligado o telefone na cara do presidente do Reich. Uma grande humilhação. Em outras palavras, Willi estava causando um incidente internacional. Horthstaler lembrou a Von Hindenburg que Willi levara muitos meses – e muitas vidas de crianças – para pegar o *Kinderfresser*. Isso seria um elogio ou um insulto?

Ultimamente, estava ficando difícil dizer quem ou o que estava do seu lado.

Ele considerara levar mais de seus detetives para o caso, mas dois deles já estavam sobrecarregados. E no terceiro ele não confiava. Herbert Thurmann, com seu rosto sem cor, fora agregado à sua unidade sob uma rota promocional bastante duvidosa, e Willi, por mais de uma vez, o encontrara bisbilhotando em arquivos que nada tinham a ver com seu trabalho. Havia muitos rumores de como os nazistas estavam tentando se infiltrar na polícia de Berlim. Se fosse verdade, seu próprio espiãozinho fascista tinha de ser Thurmann. Ele não tinha a menor intenção de deixar o sujeito sequer se aproximar deste caso.

E depois, havia Paula. Poderia confiar nela? O que diabos ele estava fazendo com esta criança, de qualquer modo, em seu vestido de gala cor-de-rosa e sua marabu preta? Ontem à noite, ele imaginara apresentá-la a seus filhos. A seus sogros. Era ridículo. A história toda. Completamente irracional. Ele achava que podia reformá-la, pelo amor de Deus?

Uma das prostitutas de botas?

A encruzilhada surgiu ao longo da Spandauer Damm, depois dos jardins barrocos do palácio de Charlottenburg. À sua esquerda, a ponte sobre o Spree, indo para Berlim Norte, onde ela morava. À direita, a Kaiser Friedrich Strasse, para Berlim Oeste, e seu apartamento.

— Bem, o que vai ser, *Liebchen*? — Ela traduziu seus pensamentos. — Não vou ficar aborrecida com você se me levar para casa. De verdade. Nunca esperei nada. Sentirei sua falta, é claro. Mas, o que fazer? Podemos nos cumprimentar quando passarmos pela Tauentzien, hein?

Ele tomou a direita, incapaz de deixá-la. Não se importava se era racional ou não.

O que era racional hoje em dia?

Enquanto dirigia, sentiu a mão dela tomar seu braço e a cabeça apoiar-se em seu ombro.

— Oh, Willi, Willi, você é uma pessoa tão boa.

— Sabe o que eu realmente gostaria de fazer esta noite? — disse, bocejando, quando chegaram ao apartamento dele. Esperava que Paula dissesse ir dormir cedo. Mas não. Ela queria sair. Como as pessoas comuns fazem no sábado à noite. — Sim, exatamente como as pessoas comuns. — A ideia parecia encantá-la como uma bela boneca o faria com uma criança. — Vamos nos retocar e colocar roupas comuns e sair para ver um filme ou jantar. Não parece divino? Exatamente como um casal qualquer.

Retocar, Willi notara, inevitavelmente significava um longo tempo no banheiro com a bolsa. Enquanto isso, ele ligou para Paris. Sua família acabara de chegar à Gare du Nord, tia Hedda informou-o. Estavam a caminho de sua casa de táxi agora. Tudo correra sem nenhum contratempo. Todos estavam bem.

— Diga-lhes que mandei todo o meu amor — Willi disse-lhe. — Amanhã telefonarei de novo, quando já estiverem acomodados.

— Caramba! Veja as luzes de Natal! — Paula exclamou quando entraram de braços dados na Ku-damm. Todo o bulevar parecia cintilar. Anúncios luminosos piscando. Vitrines brilhando. Fileiras de colunas de publicidade iluminadas, irradiando infinitas promessas. Ao redor da Breitscheidplatz, um cinema ao lado do outro competiam pelo público. Pregoeiros com seus alto-falantes berravam os títulos dos filmes e os nomes das atrizes. O cheiro de castanhas assadas enchia o ar. Nem mesmo os camisas-pardas sacudindo as canecas pareciam arrefecer o espírito natalino. No novo Universum, um prédio alto, elegante e ultramoderno, projetado pelo mesmo Mendelsohn que projetara a casa de Fritz, um enorme e colorido cartaz em cima da marquise exibia o grande ator britânico Charles Laughton representando Nero, loucamente perdendo tempo com coisas sem importância enquanto Roma pegava fogo. Era a mais recente superprodução de Cecil B. DeMille, *O Sinal da Cruz*.

– Oh, vamos ver este. – Paula puxou seu braço. – É com Claudette Colbert.

Somente Hollywood, somente DeMille, poderia ter feito tal filme. A tela transbordava com imagens imoderadas de crueldade, vício e degradação. Cristãos, velhos, mulheres e bebês atirados aos tigres. Crucificados. Queimados vivos diante de multidões eufóricas. Homens enfrentando touros. Mulheres enfrentando pigmeus. Elefantes esmagando cabeças de pessoas. Paula ficou absolutamente fascinada, ficando de pé com o resto da plateia para aplaudir o triunfo final do bem.

– Colbert não estava magnífica? – Ela tomou o braço de Willi quando deixaram o cinema. – Aquele banho de leite. Nunca vi nada tão sensual. Gostaria que eu tomasse um banho de leite, Willi? Hein? Pode me dizer...

– Tudo que eu quero que você faça com leite – ele retrucou com firmeza – é um mingau de aveia. Bem. Onde gostaria de ir jantar?

Paula agarrou-o pela lapela.

– Promete que não vai rir? – Brandiu o punho fechado para ele, ameaçadoramente.

– Não vou. Prometo que não vou.

Mas quando ela lhe contou, ele não pôde se conter.

O "Lugar mais alegre de Berlim!", "A loja de departamentos dos restaurantes!", "Uma econômica viagem gastronômica ao redor do mundo em doze ambientes diferentes!".

A Haus Vaterland de Kempinski não tinha igual entre os locais de encontro e diversão em Berlim. Feericamente iluminada, seu enorme teto em abóbada erguendo-se acima da Potsdamer Platz, um cata-vento de néon, girando e piscando por toda a cidade, o local oferecia

doze bandas, cinquenta espetáculos de variedades e as famosas Garotas de Haus Vaterland.
Willi já fora ali inúmeras vezes. Seu sogro adorava o lugar. O Jardim da Cerveja Bávara ao ar livre, com assentos para mil pessoas, inclusive um lago artificial, garçonetes em roupas típicas e garçons cantando ao estilo tirolês. O Terraço do Vinho sobre o Reno, com seus pedalinhos flutuando entre miniaturas de castelos e a cada hora certa uma tempestade de cinco minutos. O Restaurante Húngaro. A Casa de Chá Japonesa. O *Saloon* do Faroeste. Não havia nada semelhante na Europa. Alimentando seis mil consumidores ao mesmo tempo, o lugar era um verdadeiro hospício.
Paula escolheu o Café Vienense, cem mesas apinhadas de gente, dando para um diorama da Viena antiga e do rio Danúbio. Uma enorme ilusão de ótica da estação ferroviária central com trens elétricos atravessando pontes e barcos mecânicos velejando embaixo. Dezenas de casais rodopiando loucamente ao som de uma orquestra tocando valsas de Strauss.
– Ora, só se vive uma vez, não é? – ela gritou quando o garçom lhes trouxe os menus. Era uma noite esplêndida. Eles dançaram. Eles riram.
Assim como um casal comum.
Ambos estavam completamente embriagados quando o táxi os deixou em casa. Paula fez café e ficaram sentados, conversando sobre suas infâncias. Em uma linha reta, eles calcularam, Willi tendo aberto um grande mapa da cidade sobre a mesa, eles haviam crescido a apenas alguns quilômetros de distância um do outro. Entretanto, poderia muito bem ter sido em planetas diferentes. Nenhuma das duas paisagens ocupada pelo outro parecia nem um pouco familiar. Willi não conseguia acreditar que ela nunca estivera no maior parque de Berlim, o Tiergarten.
– É um absurdo – disse. – Você é culturalmente desafortunada. Amanhã – determinou ele, dobrando o mapa outra vez – iremos.
Quando se aprontavam para dormir, ela desapareceu novamente para dentro do banheiro e, quando saiu, parecia uma doce, melosa e

carente gatinha. Sentou-se no colo dele e passou os braços pelo seu pescoço, correndo as mãos com as meias-luvas de renda pelos seus cabelos. Inesperadamente, ela quis falar de Gina:

— Diga-me a verdade. — Aconchegou-se a ele intencionalmente. — Preciso saber, Willi. O que aconteceu realmente com ela? Como a mataram?

Ele estava com a guarda baixa. Sentia-se tão ligado a ela. Ele a fez sentar-se à sua frente.

— É hediondo, Paula. Tem certeza de que quer saber?
— Eu preciso, Willi. Não me pergunte por quê.

Ele contou-lhe tudo.

— Objeto de experiência? Oh, não pode ser verdade! Willi, não pode ser! Ninguém poderia ser tão cruel!

Em um tom pesaroso e sombrio, ela confessou devagar que ela e Gina haviam sido mais do que colegas de quarto. Muito mais. E que durante todo esse tempo ela se consumira de culpa por não ter afastado Gina de Gustave, que todos sabiam que era um porco e que se cercava de gente pior ainda. Ela olhou para Willi trêmula de medo, esperando que ele fosse esbofeteá-la ou atirá-la na sarjeta. Ou chutar seu rosto. Mas, ao invés disso, ele a tomou nos braços, abraçando-a como se ela fosse uma criança perdida, um precioso tesouro descoberto.

Fizeram amor como recém-casados. Em sintonia com o universo. Em sintonia um com o outro.

— Willi, não me negue isso — disse ela arquejante, desesperada. — Eu preciso desesperadamente de você. Eu preciso que você faça isso. Entende? Não apenas com sua mão desta vez, mas com seu cinto. Com força!

— Não seja covarde. Oh, Deus, por favor, não... Não pense que está me machucando...

— Ahhh... sim.

— Isso, Willi, com mais força! Não pense que está...

— Ahhh. Sim. Sim.

— Mais força, Willi.

— Mais força!

14

A manhã de segunda-feira estava coberta de neblina. Cinzenta. Paula permaneceu na cama. Era véspera de Natal. Ela iria visitar sua mãe. Willi gostaria de ir com ela? A comida não ia ser lá essas coisas... Nada parecido com Haus Vaterland. Mas...

— Fica para uma próxima vez. — Inclinou-se e beijou-a. — Como você disse, não há nenhuma pressa.

Lá fora, abotoando o casaco contra a umidade, não levou muito tempo para ver que havia alguma coisa errada. Não se via nenhum bonde. Nem ônibus. Multidões de pessoas agitadas formavam pequenas aglomerações, murmurando sobre uma greve. Ninguém sabia se o S-Bahn estava funcionando, de modo que Willi continuou andando, passou pela igreja do Kaiser Guilherme, seus sinos plangentes batendo as horas. Em Zoo Bahnhof, defrontou-se com uma visão inusitada.

A enorme estação de trem estava vazia. Em frente a ela, centenas de comunistas e nazistas, ao invés de estarem se digladiando, marchavam fazendo piquete — juntos. Arqui-inimigos, que durante anos haviam banhado de sangue as pedras do pavimento de Berlim, aparentemente haviam feito um pacto com o diabo, se unindo para uma paralisação de seis horas de todos os transportes públicos. A extrema direita e a extrema esquerda unindo forças para protestar contra a ordem de Von Schleicher para que todas as organizações paramilitares se dissolvessem. Sem precedentes. Seu objetivo: enfraquecer a capital. E que belo serviço estavam fazendo. Vendo o trânsito irremediavelmente embaralhado em todas as direções, Willi chegou à mesma conclusão a que pelo visto todos haviam chegado: a única maneira de ir para o trabalho era a pé.

Metade de Berlim caminhava apressadamente pelo Tiergarten. Homens de chapéus-coco pretos e casacos de gola de pele, as pastas embaixo do braço ou, ao costume europeu, com as mãos entrelaçadas às costas. Secretárias com as faces vermelhas de ruge segurando as bolsas, sabendo muito bem que por mais que se apressassem, seus chefes teriam de ser pacientes hoje. Muitos pareciam temerosos. Outros, perplexos. O transporte público não era paralisado desde 1919. Com que facilidade a cidade podia ser desmantelada. Tudo que se tomava como certo podia desaparecer num piscar de olhos. Alguns se divertiam com isso, cantando canções tradicionais de caminhadas ou começando a entoar músicas natalinas. E outros ainda pegaram as bicicletas. Bicicletas, bicicletas. De onde todas elas haviam surgido? É claro, muita gente sabia da greve, Willi pensou. Ao menos, antes dele.

Ontem ele havia caminhado por este mesmo parque com Paula, exatamente como lhe prometera. Haviam percorrido as antigas trilhas de caça dos kaisers, se sentado junto aos córregos, atirado moedas no lago de peixinhos dourados. Como fora maravilhoso lhe mostrar o palácio Belevue e a imponente Coluna da Vitória, marcos de Berlim que ela nunca vira. Era como uma turista de um lugar distante. O que ela estaria fazendo agora?, perguntou-se ele. Ainda espreguiçando-se na cama? No banheiro, retocando-se?

Ele levou uma hora para chegar à outra extremidade do Tiergarten. A essa altura, as pessoas estavam se deixando cair nos bancos, tirando os sapatos apesar do frio, esfregando os pés. Emergindo das árvores, o grandioso prédio cinza do Reichstag, com sua dedicatória: "Ao povo alemão", aparecia parcialmente oculto pela neblina. Pequenos grupos de polícia montada já se espalhavam de maneira estratégica ao seu redor, preparando-se para o protesto das massas. Ou outra revolução. Um golpe militar. O retorno do Kaiser.

Nos últimos tempos, só Deus sabia.

Diretamente à frente, erguia-se o majestoso Portão de Brandemburgo, coroado por uma deusa e carruagem douradas, o mais importante símbolo de Berlim. Paula provavelmente nunca o vira também. Quando passou embaixo das gigantescas colunatas, o próprio tempo pareceu desmoronar. De repente, estava de volta a 1915, marchando para a guerra. Sua mãe e sua irmã na multidão, acenando com lenços. E de novo em 1923. Outro uniforme, outra banda de música. Desta vez, um detetive da polícia, sua mulher e filho pequeno saudando-o. Cada filamento, cada fibra de sua memória, compreendeu, estava embrenhado nesta cidade.

Do outro lado do portão, na Pariser Platz, ele se uniu à grande quantidade de carros e pedestres que inundava Unter den Linden, as famosas fileiras de tílias, agora desfolhadas, enfeitadas com incontáveis luzes de Natal. Ele passou pelas embaixadas da França e da Inglaterra, pelo Hotel Adlon, a movimentada esquina de cafés na Friedrich Strasse – Schon, Bauer, Kranzler, Victoria. Senhoras elegantes nas varandas, enroladas em sobretudos e luvas brancas, tomando café, comendo *Brötchen,* observando o caos causado pela greve. Um ultraje. Um escândalo. O novo governo era uma piada. Com todas as suas promessas, Von Schleicher só estava piorando a situação.

Passou pelo Palácio do Príncipe Herdeiro. O grandioso Ópera Schinkel. A catedral de Berlim. O centro da cidade era grande demais. Extravagante. Nem de longe tão belo como Paris ou Roma. Ou ilustre como Londres. Ou empolgante como Nova York. Mas vibrante. Vivo. Lar.

Do outro lado da ponte mais elegante da cidade, com as estátuas de mármore de deuses gregos enfileiradas de cada lado, assomava o barroco *Stadt Schloss* dos Hohenzollern. Por quinhentos anos, a dinastia governara deste imenso palácio marrom, o coração absoluto da Berlim imperial. Então, praticamente de um dia para outro, eles foram depostos e exilados. Agora estava vazio. Ninguém sabia ao certo o que fazer com ele. O que fazer com a Alemanha.

Quarteirão por quarteirão, conforme ele caminhava pela cidade, pensamentos da longa marcha para casa de 1918 começaram a atravessar sua mente, o exército alemão derrotado refazendo a rota de invasão de 1914, o norte da França, as planícies da Bélgica, de volta pelo Reno. Vila após vila, cidade após cidade, não eram mais do que ruínas enegrecidas. Na época, a Alemanha foi poupada. Mas e se, Deus nos livre, houvesse outra guerra? Agora, com aviões modernos, tanques e artilharia mais letal do que se podia imaginar há quinze anos? Uma imagem grotesca tomou conta de sua mente – toda Berlim, todas as grandes avenidas e ruas movimentadas por onde acabara de passar, os palácios e os parques, a Ópera, o Reichstag, todo o trajeto até Kürfurstendamm –, um mar infinito de ruínas.

Era terrível demais para imaginar.

Quando chegou à Alexanderplatz, seus pés latejavam. A enorme praça parecia vazia sem os bondes e ônibus. Felizmente, a greve estava programada para durar apenas até à uma hora. Pelo menos conseguiria condução para voltar para casa... quem sabe, até um lugar para sentar.

Antes de subir ao escritório, ele passou na Alexander Haus para ver a restauradora de papéis. A boa mulher, como não era de surpreender, não conseguira chegar ao trabalho. Ele não esperava que ela viesse caminhando Deus sabe de onde. Mas isso significava que ele só poderia pegar o documento depois do Natal. O que se podia fazer? Estava faminto. E congelado. O letreiro luminoso vermelho, piscando, do Café Rippa o atraiu para dentro.

Apreciando uma tigela de sopa quente, de repente pressentiu uma presença estranha junto ao seu ombro. Quase deixou cair a colher. Assomando acima dele estava Kai, o ex-Apache Vermelho transformado em nazista. Por um instante, Willi temeu o pior. Mas vendo o rapaz novamente vestido em um poncho de lã verde, os olhos sombreados, o brinco de ouro pendurado na orelha, Willi deu um suspiro de alívio.

– Kai! Já tomou o café da manhã? Diga, o que aconteceu com seu novo cargo?

– Não era para mim. – O garoto torceu as feições de traços finos enquanto sentava-se à mesa de Willi, acendendo um cigarro. – O uniforme é feio demais. Além disso – exalou a fumaça, o sorriso debochado tornando-se virtuoso –, Roehm é um porco. Se vou ficar com porcos velhos e gordos, prefiro ser pago para isso.

– Entendo. – Willi reconheceu a lógica.

– Pode acreditar nesta greve? – Os luminosos olhos azuis de Kai estavam cheios de revolta outra vez. – Na véspera de Natal? Malditos nazistas. E comunistas.

Willi compartilhava os mesmos sentimentos.

– Kai, talvez... possamos nos ajudar mutuamente outra vez.

Ver o rosto do rapaz se iluminar fez toda a manhã valer a pena.

Quando tirou o chapéu, ao entrar na Superintendência de Polícia, o cheiro de cera de assoalho no vestíbulo automaticamente acionou a mente de Willi. Decidiu que durante o feriado ele levaria para casa as pastas dos maiores cirurgiões ortopédicos da Alemanha e as examinaria outra vez com detalhes. Já lera esses arquivos uma dezena de vezes. Mas, fora Meckel, não havia nada. Nenhum dos cirurgiões escrevera sobre transplante de ossos. E nenhum era afiliado aos nazistas. Mas um, Rudolf Kreuzler, chefe da unidade ortopédica do hospital Charité, tinha listado em sua equipe um cirurgião júnior chamado Oscar Schumann – o mesmo sobrenome do indivíduo da taverna Cervo Negro. Mas e daí? Havia muitos Schumanns em Berlim e até agora nada que pudesse achar sobre este ligava-o a Meckel ou Spandau. De qualquer modo, só por cautela, depois do feriado ele pretendia visitar o sujeito. Também pretendia fazer uma visita ao general Von Schleicher e certificar-se de que o chanceler sabia como seu amigo Ernst Roehm lidara com o caso Meckel. Não que o general já não tivesse preocupações suficientes, como os nazistas e os comunistas se unindo contra ele.

Não era surpresa que Ruta tivesse conseguido comparecer ao trabalho. Ela era capaz de caminhar em meio ao fogo de artilharia para chegar ao trabalho.

– Que tal a caminhada, Inspektor?

Ela girava com energia o moedor de café.
— Oh, boa, boa. Uma boa caminhada não faz mal a ninguém.
— Certamente não. Olhe para as suas faces: coradas e brilhantes. Faz você ficar bonito. O que é ótimo, porque uma bonita senhora espera para vê-lo. Já faz mais de uma hora.
Ele tirou o casaco.
— A mesma da última vez?
— Não, Herr Inspektor-Detektiv. — Ela mal disfarçou um sorriso.
— Outra. Talvez não tão sexy. Mas muito bonita. Elegante.
— Bem. Deve ser a minha nova água-de-colônia.
— Bobagem. Você é um homem bonito. Um bom partido.

Ele ficou surpreso ao encontrar a velha amiga Sylvie, ex-mulher de Fritz, sentada junto à escrivaninha, realmente elegante em um lustroso costume preto e um véu de renda vermelha sobre metade do rosto. Houve uma época em que ela e Vicki haviam sido como irmãs.

— Willi. — Ela esmagou um cigarro no cinzeiro. — Finalmente.
— Não me diga que você estava exatamente aqui nas proximidades.
Ela riu, cruzando as pernas longas e esbeltas.
— *Au contraire*. Tive de lutar com padres e velhinhas para conseguir um táxi.
— O que a traz aqui?

Através do véu, ele viu um olhar de decepção. Já há vários meses, ela vinha deixando Willi saber que, agora que Vicki se fora e o casamento com Fritz acabara, bem... Sem dúvida, ela era mais adequada para ele do que Paula. De boa família. Educada. Muito bonita, como Ruta observou. Pernas maravilhosas. Mas ela não era seu tipo. Nunca fora.

Portanto, o que ele podia fazer?

Ela levantou o véu. Da bolsa de couro de crocodilo, ela retirou um jornal com cuidado e passou-o por cima da mesa. Willi o reconheceu imediatamente. *Der Stürmer*. A mais obscena de todas as publicações nazistas antissemitas. Típico era o desenho na primeira página, de um judeu de nariz adunco, com aspecto demoníaco. Só que desta vez, ele viu, era a caricatura dele. Logo acima, o cabeçalho alardeava em letras garrafais: **Inspektor Kraus – Judeu e Agente Vermelho!!**

– Sabe muito bem que nem em um milhão de anos eu lhe mostraria algo deste tipo – Sylvie murmurou, mais vermelha do que o véu. – Mas acho que deve saber. Vamos. Leia.

> Como se houvesse mais alguma necessidade de convencer o público da corrupção da polícia de Berlim... segundo fontes confidenciais, o Inspektor mais celebrado do departamento – o judeu Willi Kraus – está sendo pago pela União Soviética para atravancar o caso da desaparecida princesa Magdelena, a fim de perturbar as harmoniosas relações entre a Alemanha e o Reino da Bulgária. Comenta-se que o presidente do Reich, Hindenburg...

Willi afastou o jornal.
– O que mais você esperaria que imprimissem?
– O problema não é este. – Sua figura esbelta empertigou-se. – Você está na mira deles agora, Willi. Não vê... quando começam, eles não desistem.
– O que acha que devo fazer?
Ela empalideceu.
– Se você tivesse um pouco de juízo, sairia do país. Até essa confusão acabar.
– E se não tivesse?
Ela deu de ombros com ar de impotência.
– Então, não tenho nenhum conselho a dar. Apenas, se você algum dia precisar... – Passou-lhe um cartão de visita com seu endereço. – Farei tudo que puder para ajudar.
Sua garganta contraiu-se inesperadamente.
– Obrigado. – Forçou um sorriso. – É muita bondade sua, Sylvie. Vamos torcer para que eu nunca precise. Bem, e agora, que tal uma boa xícara de café?

O dia de Natal foi abençoadamente tranquilo. Sob a janela de Willi, os bondes chocalhavam e lançavam fagulhas outra vez, de maneira reconfortante. Ao meio-dia, ele telefonou para sua família. Estavam se divertindo muito. Tinham ido ao Louvre. Fizeram um passeio de barco pelo Sena. Amanhã, iriam a Versalhes. Quando desligou, sua garganta doía da falta que sentia deles.

O dia inteiro ele perambulou pela casa de pijama, lendo e relendo aqueles malditos dossiês. Era inútil. Não conseguia se concentrar. Não parava de olhar para as fotografias na parede, seus antepassados olhando-o fixamente. Sylvie era a terceira pessoa esta semana a lhe dizer para deixar a Alemanha. Aquilo já estava ficando irritante. Sua família já estava ali há quanto tempo? Desde a época de Carlos Magno? Por que alguém pensaria que ele iria simplesmente fazer as malas e fugir? No entanto... não podia deixar de pensar que se ele na verdade tivesse de ir embora... para onde iria?

Um banho quente, disse a si mesmo.

Entrando na banheira cheia de vapor, ele tentou imaginar a pobre Gina Mancuso entrando na água gelada naquele dia. O Havel era um rio tão largo, quase como um lago em alguns trechos. Se ela estava tentando fugir, ele refletiu, com espuma até às orelhas, devia haver alguma coisa para a qual ela estava nadando, não? Uma ilha, talvez. Ou outra margem. Algum lugar antes que o rio se alargasse. A uma distância de flutuação de Spandau.

Deu um salto para fora da banheira.

Hoffnung disse que ela havia morrido vinte minutos depois de entrar na água, apenas seis ou sete horas antes de a encontrarem. Essas correntes eram fortes. Mas o próprio tempo limitava a distância. Enrolando uma toalha na cintura, foi procurar um mapa de Berlim.

Entretanto, assim que o abriu sobre a mesa, uma batida furiosa na porta o paralisou.

– Kraus! *Aufmachen!* – gritaram do corredor.

Definitivamente, não era Papai Noel.

Uma delegação de "negociadores" de Ernst Roehm, talvez?

Pegando o roupão de banho, ele agarrou uma pistola e parou junto à porta, ainda respingando espuma do banho.

– *Machst auf,* seu bobo. Sou eu. Fritz!

— *Mensch*. Você quase me matou de susto.

Willi destrancou a porta. Fritz usava cartola e traje a rigor, com uma longa capa preta sobre os ombros, os braços cheios de garrafas de champanhe.

— Sabia que ia encontrá-lo enfurnado aqui. — Fritz foi entrando intempestivamente, os olhos embaciados denunciando que ele já ia adiantado nas comemorações. — E simplesmente não pude suportar a ideia de você passar o feriado inteiro... — Ele notou a arma. — Willi...

— Não é nada. — Willi deixou-a de lado.

Fritz largou as garrafas sobre a mesa e tirou o chapéu.

— Nossa. Alguém está atrás de você.

— Ninguém está atrás de mim.

— Está mentindo.

— Por que eu lhe mentiria, Fritz? Só estou tenso. Como todo mundo.

— Então, você atende a porta com uma pistola?

— Juro que não é nada.

Fritz fitou-o desamparadamente, livrando-se da capa.

— Está bem. Se é assim que você quer. — Fritz deu de ombros. — Então, vamos comemorar. Sou portador de boas-novas.

Abriu uma garrafa de champanhe com um estouro.

— Ao *mein Kapitän*! — Ergueu uma taça. — Sem o qual eu não estaria aqui. Ou em nenhum lugar. *Prosit!*

Brindaram.

— *Prosit*. — Willi se sentiu compelido a acompanhá-lo, tomando tudo sem parar para respirar, as bolhas correndo para o seu cérebro.

— Diga-me, Fritz, quais são suas boas-novas? Estou precisando de algumas.

— Estritamente confidencial. — Fritz colocou o dedo sobre os lábios.

Willi levou a mão ao coração.

— Strasser rompeu com Hitler.

— *Nein*. — Aquela cena furiosa entre eles no Kaiserhof voltou à mente de Willi.

— Ainda não é oficial — Fritz esclareceu. — Mas naturalmente eu tenho minhas fontes. E o Führer está *louco* de raiva. Rasgando cortinas. Mordendo tapetes. Literalmente. O homem é louco varrido.
— Isso significa que o Partido Nazista vai rachar?
Fritz serviu-lhes mais uma rodada.
— É cedo para dizer. Mas a estratégia de Von Schleicher de dividir para conquistar certamente abriu uma verdadeira fenda.
— Bem. Isso é uma boa notícia. — Willi ergueu sua taça. — Ouso dizer? A 1933.
— Mil novecentos e trinta e três!
Limpando a boca, Fritz olhou para o grande mapa aberto sobre a mesa.
— Deixe-me adivinhar. Está planejando um passeio ao longo do Havel? Não? Então, deve ser trabalho. Que surpresa. Só trabalho, nenhuma diversão, amigo...
Willi sentiu o champanhe minando rapidamente sua discrição.
— Vamos, Fritz. O crime não tira férias. Espere um segundo... você tem um iate. Conhece o Havel.
— Como a palma da minha mão.
— Hipotética e *completamente* extraoficial, Fritz. — Willi deixou o copo de lado. — Se um corpo viesse dar na margem aqui — apontou para Spandau — e estivesse na água há seis ou sete horas, considerando-se as correntes, que distância rio acima ela deveria estar quando entrou na água?
— Ela? — A longa cicatriz de duelo na face de Fritz, um suvenir de seus dias de faculdade, distendeu-se com sarcasmo. — Hipoteticamente?
— Sim, Fritz. E estritamente *extraoficial.*
— Bem, use seu *Kopf* judeu, Willi. — A cicatriz irregular contraiu-se com um ar de zombaria. — Iria depender completamente de há quanto tempo ela estaria estendida nessa margem hipotética, não é?
Não havia nada de que Fritz gostasse mais do que de um bom mistério, Willi sabia. Fritz era um bisbilhoteiro inato, razão pela qual ele se apresentara como voluntário para missões de inteligência por

trás das linhas inimigas, e era um repórter tão bom. O sujeito era brilhante, mas uma faca de dois gumes. Tinha a língua grande. Especialmente quando bebia. O que acontecia o tempo todo.

– Quero dizer, é possível que ela tenha entrado no rio a uma curta distância rio acima e tenha passado a maior parte do tempo estendida lá, onde você a encontrou.

Willi visualizou o rio contra a corrente, do ponto em que a encontraram.

Taverna Cervo Negro.

Mas ela não poderia ter tido os ossos transplantados lá.

– Talvez – ele admitiu. – Vamos supor, entretanto, que ela tenha flutuado a maior parte dessas horas.

– Vou lhe dizer o que vamos fazer. – Fritz abriu um largo sorriso. Pelo modo como esfregava as mãos de navegador, Willi tinha certeza de que ele estava prestes a propor uma de suas famosas apostas. – Eu o ajudarei a calcular as milhas náuticas. Até o ajudarei a encontrar este lugar místico onde *ela* possa ter entrado n'água... se você me der uma pequena informação a respeito de si mesmo.

– O que poderia ter interesse em um homem maçante como eu?

Fritz passou o braço ao redor dos ombros de Willi.

– Por que tem me evitado – ele disse, como se estivesse farto e cansado –, quando eu já lhe disse várias vezes que conheço uma mulher *maravilhosa* que quero lhe apresentar? Uma mulher muito inteligente. Muito bonita. Exatamente do que você precisa. Mas há este grosseirão aqui que você está vendo, que está morrendo para...

Uma batida firme na porta fez os dois virarem a cabeça.

– Willi, abra. Tenho comida aqui para alimentar um exército e meus braços estão prestes a quebrar.

Fritz olhou para ele, mortificado.

– *Ach nein*, Willi. A Garota das Botas?

15

— Ora, ora, Fritz! — Paula exclamou como se fossem velhos amigos.

Ela usava um vestido tipo suéter, vermelho, justo, com uma fita da mesma cor nos cabelos.

E aquelas malditas luvas de renda preta.

— Feliz Natal, *Liebchen*. Para você também, Willi.

Ela beijou ambos nos lábios.

— Acredita no que eu vim carregando no bonde? Metade de um ganso. As tortas de maçã da minha mãe. Podia-se sentir o cheiro em Kreuzberg.

Enquanto arrumavam a comida, Fritz não conseguia tirar os olhos de Paula. Estava fascinado por ela, Willi podia ver. Seu atrevimento e seu calor humano espontâneo. Por seus modos de proletária. Na realidade, Fritz podia ser muito liberal. Para um ex-membro da realeza. Ele nunca pareceu se importar, por exemplo, que Willi fosse um judeu de classe média, um mero funcionário público. Fritz era completamente devotado a ele. E se um aristocrata pode ignorar essas diferenças fundamentais, Willi tentava se convencer conforme Paula se acomodava entre eles no sofá, talvez ele também pudesse. Embora Fritz, é claro, fosse uma completa ovelha negra. Sua família o deserdara há anos. O sujeito podia levar o liberalismo muito além dos limites. Quando ele e Sylvie ainda estavam juntos, e Vicki estava viva, Fritz sempre queria que ele deixasse de ser tão burguês e experimentasse uma troca de parceiros. Quis até que fossem todos juntos para a cama. "*Ach*, Willi, é 1928, pelo amor de Deus!" Willi olhou para ele agora. Pelo brilho em seus olhos, parecia que o filho da mãe tinha ideias semelhantes.

De fato, após esvaziar várias garrafas, os três ficaram mais íntimos no sofá, trocando tapinhas nos joelhos enquanto ouviam a Nona Sinfonia de Beethoven. A música se intensificava. A "Ode à Alegria" aproximando-se do fantástico clímax. De repente, sem nenhuma razão aparente, Paula levantou-se de um salto e desligou o rádio.

— Willi, não seja teimoso com isto. — Ela fitou-o como se estivessem brigando. — Pensei muito no assunto. E a única maneira de encontrar esses sonâmbulos é enviando uma isca.

Willi empertigou-se.

— Você não pode sair por aí tagarelando sobre esse assunto sempre que tem vontade. É um assunto de polícia, Paula. Você faz com que eu me arrependa de ter lhe contado.

— Quem é que está tagarelando? — Seus olhos cor de esmeralda faiscaram. — Você me disse que Fritz era seu melhor amigo. Que confiaria sua vida a ele. Com gente como aquela, você vai precisar de toda ajuda que puder conseguir.

Fritz sentou-se ereto no sofá.

— Então, por isso a arma. Você *está* com problemas.

— Está carregando uma arma agora? — Paula quis saber.

Willi sentiu-se encurralado.

— Vamos, *Freund*. — Fritz pareceu insultado. — Eu jamais me perdoaria se alguma coisa lhe acontecesse. E você sabe muito bem que posso ficar de bico fechado quando necessário. Eu não deixei vazar nada sobre o Devorador de Criancinhas, deixei? Até você dar permissão. Portanto, desembuche: que história é essa de sonâmbulos?

Willi lançou um olhar furioso a Paula.

Ela o devolveu sem pestanejar.

— Bem, não vá deixar sua cabeça dura atrapalhar. Três cabeças pensam melhor do que uma.

Lá fora, os sinos da igreja tocaram as seis horas. Willi olhou para os dois pares de olhos que pareciam fulminá-lo. Tentou resistir, mas não conseguiu. Ele realmente precisava de ajuda. E já não confiava em ninguém na força policial.

Quando terminou de contar para eles, os três estavam completamente sóbrios.

— Filhos da puta. — Fritz esmagou um maço inteiro de cigarros entre os dedos. — Quando você pensa que eles não podem nem de longe ser tão ruins quanto parecem, vê-se que são cem vezes piores.

Paula andava de um lado para outro.

— Olhe, Willi. Você tem de admitir que não pode se aproximar de Gustave incógnito. Ele descobriria imediatamente. Mas eu nunca fui apresentada ao sujeito. Você já, Fritz?

— Eu? Não, nunca. Graças a Deus!

— Portanto, aí está. Não há escolha senão deixar eu e Fritz fazermos isso.

— Fazer o quê? De que está falando?

— Fingirei ser polonesa. Meu sotaque é perfeito. Se é de pernas que este Gustave precisa... bem... o que mais ele pode querer? — Ela correu a mão pelas dela sugestivamente. — Iremos ao espetáculo de cabaré de Gustave. Ele me hipnotizará. Me dará instruções pós-hipnóticas. Fritz me levará para casa. E quando eu começar a andar, você e metade da força policial de Berlim me seguirão aonde eu for. É o único modo de descobrir o covil deles.

Deixar a isca para os ratos, em seguida observá-los correr com ela para o esconderijo. Boa ideia, Willi viu imediatamente. Se funcionasse, poderia eliminar semanas de andanças e vigilâncias infrutíferas. Mas até para uma policial treinada era perigoso. Esses filhos da mãe não sequestravam por resgate.

— De jeito nenhum.

— Talvez você não queira admitir como o plano da moça é bom, hein? — Fritz provocou-o. — Diga-me: o que você planejou?

— Prenderei Gustave. Farei uma busca em sua casa. Com ou sem mandado.

Paula deu de ombros.

— Você mesmo disse, Willi: Gustave não passa de um cafetão. E se você pressioná-lo e ele não falar?

— Ou pior — Fritz ressaltou. — E se ele realmente não souber? Talvez ele só envie as vítimas a algum local pré-combinado.

— Ele ainda tem de arranjar tudo. Falar com alguém.

— Talvez o mantenham no escuro.

— Mas por quê?
— Porque — Paula sugeriu — talvez ele não esteja fazendo isso voluntariamente. Talvez... eles tenham alguma coisa contra ele.

Willi lembrou-se do iate do Grande Gustave. Seu império editorial. Os milhões que ele valia. Ele certamente não precisava sequestrar mulheres por dinheiro, Willi teve de admitir. Talvez Paula estivesse no caminho certo. Mas, ainda assim. Nada no mundo o faria deixá-la correr esse risco.

Os sinos da igreja soavam meia-noite quando Fritz saiu. Willi estava furioso. Paula fizera um escândalo, como se fosse embora com ele se Willi continuasse a agir assim, como uma mula empacada. Ela deu um longo beijo na boca de Fritz, passando os dedos pelos cabelos dele, chamando-o de *Liebchen* e certificando-se de que Willi a ouvisse dizer o quanto ela esperava vê-lo de novo em breve. Willi não tinha paciência para joguinhos desse tipo.

Quando ela fechou a porta, ele deu-lhe uma bofetada. Não gostou do que fez. Mas não estava brincando.

Ela fitou-o, chocada. Então, seus olhos encheram-se mais do que nunca de amor. Ele virou-se, transtornado demais para olhar para ela.

— Vou me retocar. — Ele a ouviu dizer, e ela fechou a porta do banheiro. Ele desmoronou na bancada da cozinha.

No dia anterior, no Café Rippa, quando estavam prestes a ir embora, sua conversa com Kai dera uma extraordinária reviravolta.

— Desculpe por me intrometer, Inspektor Kraus — o garoto disse inesperadamente. — Mas já que estamos sendo sinceros aqui — sussurrou ele pelo canto da boca —, ouvi dizer que você se afeiçoou a uma certa dama de Tauentzien.

Willi ficou tão chocado que não soube o que dizer.

Apesar de seus quatro milhões de pessoas, Berlim podia ser incrivelmente pequena.

— Não me entenda mal. — Kai deu de ombros, puxando o poncho e olhando à volta à procura do chapéu. — Paula é a melhor. Todos a adoram. Mas espero que ela não tenha lhe dado a impressão errada.

– O que quer dizer?
– Bem, sobre ela ser algo que não é. – Ele encontrou o gorro grande e desabado e colocou-o.
– Sei quem ela é.
– Sabe? – Kai ajeitou a pena vermelha no lado.
– O que está tentando me dizer, Kai? – Willi perguntou quando o rapaz levantou-se para ir embora.
– Apenas isso. – Kai colocou as mãos enormes sobre a mesa, o olhar azul perfurando Willi, o brinco balançando. – Já olhou entre os dedos dela, Inspektor?
E com uma piscadela de um olho maquiado de preto, ele foi embora.
Paula finalmente emergiu do banheiro, vestindo um penhoar. Os cabelos presos no alto da cabeça. Os olhos embaciados como papel encerado. Havia uma grande mancha vermelha onde ele a esbofeteara.
– Humm. Sinto-me melhor. – Ela cambaleou em sua direção. – Me dê um drinque, Willi. Quer me dar outro tapa?
– Tire essas malditas luvas – ordenou. – Deixe-me ver suas mãos.
– Não. – Lançou as mãos para trás e pressionou-se contra a parede.
– Eu disse para tirar essas luvas.
Ele agarrou seu braço.
Ela soltou um grito agudo.
– Cale-se, idiota. – Ele tampou sua boca.
Com a mão livre, arrancou uma das luvas, a renda fina rasgando-se facilmente. Depois, levantou seus dedos para a luz. Ela permaneceu passiva e silenciosa.
Entre cada dedo, via-se uma densa erupção negra de marcas de agulha.
Ela se desvencilhou dele.
– Não vá dizer que não sabia. – Fitou-o amargamente.
Ele deixou a cabeça pender. Não sabia. Absolutamente, não sabia. A menos que... não quisesse admitir.
Todas aquelas idas ao banheiro.
– Então, agora você sabe como é. Sua bela Paula, uma viciada em morfina. Desde os quinze anos. Ainda quer tomar conta dela? Ainda

quer se casar com ela? – Parou, tentando recuperar o fôlego. – Acho que não.

Então, ela o agarrou, fazendo-o se virar e encará-la.

– E é por isso que você tem de me deixar fazer isso, Willi. Você jamais seria feliz com alguém como eu. Ninguém seria. Nem mesmo eu seria. Pelo amor de Deus, não me negue a única chance que terei de fazer alguma coisa útil com minha...

Ele virou-se outra vez.

– Poderíamos acabar logo com toda essa operação doentia. – Ela chorava amargamente agora. – Pense em quantas vidas poderiam...

– Não. Não. Não.

O telefone os assustou.

– Desculpe por telefonar tão tarde, chefe. – Era Gunther. – Só queria informá-lo... houve mais uma sonâmbula. Grega, desta vez.

O estômago de Willi se revirou.

– Tem um nome?

– Sim. Von Auerlicht. Melina. Uma condessa, imagine.

– Obrigado, Gunther. – Willi desligou, fitando os olhos embaciados de Paula. Ela suplicava sua concordância:

– Por favor, Willi. Por favor. Deixe que eu vá.

– Está bem – disse finalmente, sentindo um nó na garganta. – Mas somente depois que eu preparar cada maldito detalhe. Não vou oferecê-la como um cordeiro de sacrifício.

– Oh, Willi, Willi. – Abraçou-o com força. – Você é uma pessoa maravilhosa.

A primeira coisa que fez na manhã seguinte foi ver Fritz.

Todos conheciam a Casa de Ullstein. Onze jornais. Oito revistas. Livros Ullstein. Estampas Ullstein. O gigante editorial incontestado da Alemanha. Quando Willi entrou na imponente sede na Koch Strasse, subiu uma escadaria majestosa onde as paredes eram cobertas por pinturas dos irmãos Ullstein – cinco ao todo, cada um chefiando uma divisão diferente da companhia. Olhando para baixo do topo das escadas, um retrato em tamanho natural de seu pai, Leopold Ullstein, fundador da empresa em 1877. E logo abaixo dele Fritz o aguardava, a longa cicatriz parecendo deslocada, conflitando com a decoração, com o próprio terno listrado.

– Willi! – exclamou, exigindo um abraço como se não se vissem há anos. – Quantas vezes eu já implorei que viesse me visitar aqui.

Empolgado como um garoto de doze anos, ele insistiu em levar Willi para conhecer o centro nervoso da Ullstein.

– Esta mesa telefônica – gabou-se, como se ele fosse o sexto irmão – faz quarenta e três mil chamadas por dia. E estes tubos pneumáticos transportam provas editoriais para as salas de composição. No telhado, o maior receptor de rádio da Europa. E veja estes novos teletipos. Eles nunca param.

– Soube que a Ullstein demitiu metade dos funcionários judeus – Willi murmurou. – Inclusive Ava.

Fritz abaixou a cabeça. Parecia que ele tinha uma importante mensagem a transmitir, mas que todos os seus fios haviam se cruzado.

– Você tem de compreender – gaguejou, pressionando o botão do elevador para o último andar, onde tanto ele quanto os Ullstein tinham os escritórios. – Tivemos uma invasão maciça aqui pouco antes do Natal.

Quando saíram para o corredor, Willi viu operários encobrindo com tinta branca várias suásticas enormes pintadas nas paredes, e um gigantesco lema no que parecia sangue escorrido: "Abaixo a dominação judaica!"

– A Ullstein representa tudo que esses fascistas odeiam. Democracia. Progresso. Liberdade intelectual. E, é claro... judeus. A companhia fez um sacrifício brutal, tentando ficar fora da mira deles. Os demitidos serão recontratados, é claro, assim que isso acabar.

Se homens tão poderosos como os Ullstein estavam tentando se esquivar dos nazistas, Willi pensou, quem iria enfrentá-los?

Talvez, ele pensou ao entrarem na sala de Fritz... eu.

Se ele pudesse desmascarar os animais que desfiguraram Gina Mancuso, talvez pudesse minar toda a sua repugnante operação.

Sansão e os filisteus.
Willi e Golias.
Fritz já tinha um enorme mapa do rio Havel/Brandemburgo/Berlim pregado na parede. Ele fechou a porta e lançaram-se ao trabalho.

Com base nas correntes médias do rio para o mês de novembro, ele disse a Willi, ele havia calculado que o mais longe que Gina Mancuso podia ter entrado na água era ali: ele apontou para o vilarejo de Oranienburg. Cerca de quinze milhas náuticas ao norte de Spandau. Seu dedo percorreu o rio para o sul. As duas margens eram alinhadas por quilômetros de florestas densas, pontilhadas de incontáveis enseadas, canais e minúsculas ilhas pantanosas.

Apesar de um intenso tráfego de barcos, barcaças principalmente, e durante o verão barcos de passeio em abundância, barcos de excursão, iates, barcos a vela etc., havia poucas habitações. Uma cidadezinha de veraneio aqui, na península de Tegel, ele indicou. Uma casa de barcos da equipe de remo da universidade aqui, a cerca de cinco quilômetros ao sul. E uma instalação do exército, o Campo de Tiro de Tegel, bem para cá. Apenas uma estrada percorria a margem oriental, de Tegel a Spandau, e outra na margem ocidental, de Potsdam até Pichelsdorf – mas nada além dali. Através da densa floresta de Spandau havia apenas caminhos estreitos e trilhas. Era provavelmente o que mais se aproximava de uma região selvagem na Berlim metropolitana.

Os olhos de Willi varreram as linhas e os símbolos espalhados à sua frente, como um cabalista tentando decifrar o universo. Em algum lugar ali Gina Mancuso dera o último suspiro. Mas onde?

– Fritz – Willi viu-se repentinamente sussurrando sem perceber –, já soube de algum viciado em morfina que tenha largado o vício?

Fritz virou-se para ele.

– Está falando... das luvas pretas?

Willi assentiu.

– Eu desconfiava. – Fritz sacudiu a cabeça. – Garotas como Paula, especialmente Garotas de Botas, sempre se picam entre os dedos. Por causa dos fetichistas malucos por pés. Mas ninguém se livra dessa droga, Willi. Já vi muitos tentarem. Todos aqueles rapazes que ficaram viciados na guerra... a abstinência é pior do que o combate. Ou ela os mata ou eles voltam... e a agulha faz o serviço. É um destino horrível.

Sim. Horrível, Willi pensou. Ela poderia ter sido uma Dietrich.

– O que é isso aqui? – Seu dedo pousou em duas pequenas ilhas aninhadas em uma enseada a vários quilômetros ao sul de Oranienburg.

Fritz olhou fixamente para o local. Uma das ilhas tinha símbolos de construções com *K* maiúsculo para *Krankenhaus*. Hospital. A outra tinha várias cruzes, indicando um cemitério. No entanto, ao contrário do restante das instalações indicadas no mapa, essas não tinham nomes.

– É estranho. – Os olhos de Fritz dardejaram pela sala. De uma das apinhadas estantes ele retirou um atlas gigantesco: *Alemanha, 1900*. Folheando-o, encontrou um mapa correspondente do rio Havel. As ilhas eram claramente nomeadas – Asylum Insel e Insel der Todt. Ilha dos Mortos.

– Uma vala comum e um manicômio. Devem ter sido abandonados há anos – Fritz sugeriu. – Não me lembro de tê-los visto do rio.

– Você não veria, a não ser que entrasse neste canal. A península os esconde.

– Não sei. – Fritz deu de ombros. – É tão provável quanto uma dúzia de outros pontos ao longo de nosso perímetro. O campo de tiro. A cidade de veraneio. Talvez até mesmo o curtume, aqui.

Willi colocou o braço no ombro de Fritz.

– Fritz, vou mandar a Paula. É o único modo. Gustave vai se apresentar na festa de Ano-Novo no Rato Branco. Vai participar?

Da Koch Strasse, Willi pegou o U-Bahn de volta à Alexanderplatz. Como parecia alegre sob o céu azul, com desfiles de ônibus e bondes amarelos de um lado para outro, as edições matutinas alardeando: **Strasser Afasta-se! Nazistas em Polvorosa!** Uma surpreendente sensação de confiança o animou. As fontes de Fritz estavam certas. Talvez houvesse esperança para 1933, afinal. Talvez ele enviasse Paula e ela ficasse bem. A operação inteira funcionaria como um metalofone. Levariam esses criminosos aos tribunais e toda a Alemanha veria o tipo de criaturas que eram. O Partido Nazista desmoronaria. A república vicejaria. O mundo voltaria à ordem. Parou diante das vitrines repletas de tortas e bolos do Café Rippa, lembrando-se da Berlim de poucos anos atrás – próspera, dinâmica. Nenhuma catástrofe econômica. Nenhuma revolta nas ruas. Mas em frente à loja de departamentos Wertheim ele viu as linhas de piquete outra vez, um bando de camisas-pardas entoando a uma só voz: *"Toda vez que você compra de judeus..."*

No alto do edifício Alexander Haus, ele ficou chocado ao descobrir os danos infligidos por uma praga dessas tropas naquela manhã, pouco antes de clarear o dia. Todos os escritórios de judeus haviam sido arrombados, mesas viradas, máquinas de escrever destruídas, papéis espalhados pelos corredores. Onde estava a polícia? Lá fora. Guardando as portas. A pobre Bessie Yoskowitz não fora poupada. Toda a sua sala de trabalho fora saqueada, os produtos químicos derramados, os documentos valiosos pisoteados.

– Peixe pequeno como eu. – Ela olhou para Willi amargamente. – Você disse que não iriam se dar ao trabalho, hein? Agora volto para a Polônia. Antissemitas eles têm bastante, mas nazistas, graças a Deus, ainda não. Ainda assim, não se preocupe, Inspektor. O seu trabalho está pronto. – Ela andou cuidadosamente pelo meio dos cacos de vidro e voltou com um envelope. – Aqui está. – Entregou-o a ele. – São e salvo.

– Muito obrigado, Bessie. Eu... lamento muito tudo isso.

– Sim. Lamenta. Eu também.

Willi entregou-lhe todo o dinheiro que tinha na carteira, quase cem marcos.

– Tome – insistiu. – E *sei gesund.* Cuide-se.

De volta à rua, a multidão de desempregados andava em círculos ao sol, movendo-se inconscientemente ao ritmo da cantoria nazista. Willi recostou-se em uma coluna de publicidade e abriu o envelope.

Yoskowitz fizera um belo trabalho, levantando completamente a tinta branca de cima da preta, deixando uma lista legível dos colegas de Meckel no Instituto de Higiene Racial. Havia seis. De cinco ele nunca ouvira falar. Mas o terceiro – ora, ora. Dr. Oscar Schumann. Cirurgião associado da ortopedia no Hospital Charité. Não provava muito, disse a si mesmo, enfiando a folha novamente no envelope e dirigindo-se à Superintendência de Polícia. Só que Meckel e Schumann haviam trabalhado juntos. Mas sem dúvida era um passo à frente. Chegou à Entrada Seis e abriu as portas. Agora, tudo que eu tenho de fazer é descobrir o que é esse Instituto de Higiene Racial.

E onde ficava.

Gunther tinha mais notícias.

– Lembra-se daquelas duzentas e cinquenta e cinco pessoas desaparecidas do hospício de Charlottenburg? – Os olhos azuis do rapaz chispavam. – Sei que me disse para deixar isso de lado... mas eu não consegui. Descobri quem as levou. Essa linda garota que eu conheci, sabe. – Seu pomo de adão estremeceu. – Christina. Muito bonita. E louca por mim. De qualquer modo, ela trabalha no escritório de contabilidade lá e...

– Droga, Gunther, vá direto ao assunto!

O sangue latejava na cabeça de Willi. Não conseguia parar de lembrar daqueles escritórios saqueados e da expressão de sofrimento no rosto de Bessie Yoskowitz. Onde tudo isso iria terminar?

– O problema, senhor – Gunther engoliu em seco –, é que todos esses internos foram levados pelas mesmas pessoas às quais Meckel estava ligado.

Entregou uma folha a Willi.

Era uma cópia de uma ordem de transporte. Oitenta e cinco internos do hospício Berlim-Charlottenburg a serem transferidos para "Tratamento Especial" a um lugar chamado Sachsenhausen. Nenhum endereço informado. Um carimbo negro ao pé da página dizia simplesmente IHR.

Instituto de Higiene Racial.

16

– Ernst Roehm não teve nada a ver com a morte de Meckel – Von Schleicher insistiu na Chancelaria do Reich na tarde seguinte. A nova escrivaninha dele, Willi notou, era quase tão grande quanto a de Hindenburg, mas não exatamente. O presidente do Reich ainda era o homem mais poderoso da Alemanha. Ele havia indicado Von Schleicher com um sinal da cabeça e podia destituí-lo com a mesma facilidade.

Willi ficou perplexo com essa afirmação.

– Se não foi Roehm, então quem?

O chanceler retirou o monóculo e reclinou-se bem para trás na cadeira de braços de couro vermelho. Parecia cansado. Anos mais velho do que Willi, o vira algumas semanas atrás na Bendler Strasse, um simples ministro da Guerra. Agora, sua voz estava fraca e rouca. Como se ele não fizesse nada o dia todo senão gritar ordens – em vão.

– O exato dedo de quem puxou o gatilho – o chanceler disse com uma careta – eu não me preocuparia em especular. – Olhou vagamente para Willi. – Somente que, com toda probabilidade, o resto do corpo vestia um uniforme preto.

– Preto?

Willi tinha certeza de que seria pardo. Desde quando o portfólio dos camisas-negras, uma unidade de inteligência, incluía assassinato?

Von Schleicher deu um sorrisinho pálido.

Roehm acha que foi uma tentativa de desacreditar a SA.

– Não compreendo. A SS faz parte da SA.

– Sim. Mas não há nada que sua liderança gostaria mais do que fomentar uma ruptura, e responder diretamente a Hitler. Himmler e seu novo assistente, Heydrich, um réptil de sangue-frio, têm seu sonho, sabe. Querem construir uma milícia ariana de elite. – O olhar do general encheu-se de desprezo. – Um Exército Superior de uma Raça Superior. Se isso viesse a acontecer, é claro, a SS e a SA, que como todos sabem consistem em sua maior parte na ralé da sociedade, seriam, bem, digamos... cobras em um cesto. Por fim, alguma teria de morrer. Talvez esta tenha sido a primeira mordida.

Uma metáfora adequada, Willi pensou.

Mas serviu apenas para piorar o nó em seu estômago.

Esta operação estava começando a fazer a caçada do *Kinderfresser* parecer uma partida de futebol da liga júnior. Na época, a população inteira estava do seu lado. Sua presa tinha de correr pelas sombras sozinha. Agora, era Willi que estava quase sozinho. E contra o que ele estava lutando... só Deus sabia. Ele continuava sem ter nenhuma ideia do paradeiro dos desaparecidos. Ou mesmo de quantos seriam. Se os internos do manicômio de Gunther tivessem acabado com os sonâmbulos do Grande Gustave... esse sequestro em massa tornava insignificante qualquer crime de que já tivesse ouvido falar.

Para onde poderiam ter levado tantas pessoas?

E por quê?

Não apenas a logística, mas o motivo, como ele estava começando a entender, era de uma dimensão assustadora. O *Kinderfresser* não tinha nenhum motivo senão uma compulsão patológica. Mas uma única tarde na Biblioteca Estatal Prussiana e Willi começou a perceber que a insanidade com que ele estava lidando desta vez não tinha nada de irracional. Na realidade, exatamente o contrário: era a racionalidade levada ao extremo. Uma ideologia fanática disfarçada de ciência.

O Instituto de Higiene Racial fora fundado por algo chamado Ordem Fraterna de Alemães de Sangue – nenhum endereço informado –, apenas uma organização nacional, segundo o boletim, dedicada à ciência de "desenvolvimento racial" pela reprodução seletiva. Eugenia. Seus doze mil membros acreditavam firmemente que a nação germânica estava sob ataque de "genes inferiores". Em 1930, o comitê diretor anônimo criou um instituto anônimo de biólogos, geneticistas, psicólogos e antropólogos incumbidos de formular propostas concretas para "fortalecer o corpo nacional pela erradicação de transmissões genéticas degenerativas".

Entre as recomendações apresentadas em um manifesto de 1931, antes de o instituto parecer evaporar completamente, havia uma Lei da Prevenção de Distúrbios Genéticos. Willi não conseguia acreditar no que estava lendo. Todo alemão que sofresse de esquizofrenia, psicose maníaco-depressiva, epilepsia, cegueira congênita, surdez, deformidade física, alcoolismo, hemofilia – um cálculo aproximado de 4,5 milhões de pessoas, segundo os bons doutores desse instituto – teria de ser esterilizado, à força se necessário, para eliminar os genes do *pool* da raça. O método mais prático para um programa em tão ampla escala, escreveram, estava sendo pesquisado. Os ossos de William chocalharam. Estavam investigando como esterilizar 4,5 milhões de pessoas?

Também era proposta uma lei de "proteção do sangue", para criminalizar relações sexuais entre alemães e judeus. Somente a "completa eliminação da raça judia da Alemanha reduziria a ameaça semita ao sangue germânico".

Esses supostos cientistas declararam: "A história humana é determinada pela raça. A raça é a força decisiva. Toda grande nação rejeita a mistura de genes. Isso é tão inato nas pessoas quanto nos animais."

Willi lembrou-se de seu amigo dentuço de Spandau, Josef, subindo a rampa de embarque naquela tarde para o iate do Grande Gustave, trajando um uniforme de oficial inteiramente negro. Na primeira vez que o vira na Cervo Negro, ele tinha um jaleco de médico sob o casaco de lã. Willi tinha certeza disso.

– Herr chanceler. – Ele colocou as mãos sobre a escrivaninha e inclinou-se para o cansado general. – A SS possui uma equipe médica?

Ele deixou a Chancelaria do Reich armado ao menos com um pouco do que precisava – Von Schleicher apoiando-o solidamente.

– Eu estou perto assim – o chanceler na verdade mostrou-lhe em uma régua – de destruir o Partido Nazista. Graças aos três obstáculos eleitorais que eu os forcei a saltar este ano, eles estão com uma dívida da ordem de noventa milhões de marcos. O apoio do eleitorado está debilitado. Eles já não possuem uma aura de invencibilidade. E agora – bateu com a régua na palma da mão – eu induzi o secretário do partido, Strasser, a cair fora, ameaçando levar um terço dos membros com ele. Se pudermos denunciar esse envolvimento criminoso, Willi, estou convencido de que seria o golpe final.

Entretanto, com tantos cientistas importantes, uma fraternidade anônima e provavelmente a SS envolvidos, ambos concordaram que uma investigação de rotina estava fora de questão. Um ataque no cerne era a única opção plausível. A maneira mais rápida: enviar a isca. Encontrar a base de operações. Depois, iniciar uma caça policial aos foragidos. Infelizmente, ambos também concordaram que se tornara muito arriscado confiar na lealdade da força policial de Berlim. Willi ficou estupefato de saber por Von Schleicher que o próprio chefe de Willi, comissário Horthstaler, se unira aos nazistas há um mês.

– Essa corja vem construindo uma rede subterrânea para assumir o comando do Departamento de Polícia no instante em que tomarem o poder – disse o chanceler claramente, dobrando a régua com raiva. – Mas você e eu – sua voz retumbou ameaçadoramente – podemos impedi-los, Willi. Você e eu, e homens como nós – agarrou a régua – podem ser os que ficarão na história. – Golpeou a escrivaninha com a régua. – Não eles.

Willi gostaria de ter a convicção do general. Mas o que ele realmente tinha agora era uma unidade do exército da guarnição militar do Reich em Potsdam à sua disposição. E sua mais recente arma secreta – o rádio portátil. Três aparelhos de transmissão/recepção pequenos o suficiente para serem montados na traseira de um caminhão ou barco. Isso ao menos lhes daria uma vantagem em comunicação. O que poderiam ter feito com isso na última guerra...

No dia seguinte... mais um passo à frente.

Gunther confirmou que o dr. Oscar Schumann, colega de Meckel no Instituto de Higiene Racial, era o mesmo Schumann que

Willi conhecera na taverna Cervo Negro. *Unwarhscheinlich!* Ele de fato o havia visto lá na noite anterior e o ouvira ser chamado pelo nome completo. Aquela pequena e amistosa taverna de Spandau, se não uma base, era definitivamente um ponto de encontro para todo o imundo negócio.

— Eu o reconheci imediatamente pela sua descrição. — As faces pálidas do rapaz estremeceram. — Usando um jaleco branco de médico. Com o sr. Dentuço ao seu lado. Josef. Cujo sobrenome infelizmente não consegui saber. Mas também usando um jaleco de médico. E como acha que os dois chegaram, chefe? De barco! Há uma pequena doca ao lado do pátio da cervejaria. Eu os vi desembarcando. Queixavam-se de como o ar estava fétido em Sachsenhausen e de como estavam satisfeitos de se livrarem de lá.

Novamente, Sachsenhausen.

Se ao menos pudessem localizá-lo antes da noite de Ano-Novo.

Então, Paula não teria de ir.

Mas nem ele, nem Fritz, nem os espiões de Von Schleicher, nem os camisas-pardas de Ernst Roehm, nem mesmo Kai e a gangue de Apaches Vermelhos conseguiam localizar exatamente esse lugar mítico.

Assim, na última noite de 1932, Paula entrou no vestido cor-de-rosa de estrela de cinema e se "retocou" para a missão.

A batida à porta ocorreu às oito horas.

Fritz chegou de cartola, fraque e capa longa preta.

— *Szczęśliwego Nowego Roku!* — saudou-o Paula, dando-lhe um grande abraço. — Feliz Ano-Novo, *Liebchen*!

Em sua profissão anterior, era necessário saber um pouco de todas as línguas, ela explicou em seu sotaque polonês.

Havia tempo ao menos para um último brinde:

— A 1933. — Os copos tilintaram.

— Você vai ver. — Seus olhos cintilaram como néon verde. — Vai funcionar, Willi. — Ela plantou um grande beijo em sua face. — E quando eu voltar, começarei do zero outra vez. Pura como um bebê recém-nascido. Vocês nem vão me reconhecer. Há novas clínicas, no exterior principalmente, que ajudam pessoas como eu. – Ela correu o dedo enluvado pelo rosto dele. – Naturalmente, são caras. Mas, pelo jeito, muito eficazes. Não é verdade? – Segurou Fritz pelo braço. – Oh, sim, claro, muito eficazes. – Deu um tapinha na mão dela. – Na verdade, Hermann Göring acaba de voltar de uma na Suécia. Viciado há anos em morfina. Ouvi dizer que ele agora está sóbrio como um pastor luterano.

– Tudo vai dar certo desta vez. Posso sentir isso dentro de mim. – Agarrou Willi pela lapela. – Voltarei para você. Prometo.

– Sem dúvida. Assim que o show de Gustave terminar. Apenas faça com que ele a escolha como voluntária.

– *Nie rozśmieszaj mnie.* – Ela o beijou, fazendo pose com as pernas outra vez. – Não me faça rir.

Depois que a porta se fechou, Willi deixou-se cair em uma poltrona. O vento uivava lá fora, os sinos da igreja soando devagar. Pegando o telefone, pediu à telefonista uma ligação para Paris. Ava atendeu. Sua voz foi como um cachecol quente ao seu redor:

– Willi, você está bem?

– Sim. Sim. A investigação prossegue. Se tudo correr bem, poderemos encerrá-la, não sei... em uns dois dias, espero. Como vão as crianças?

– Divertindo-se. Mamãe e papai os levaram para ver a iluminação de fim de ano nos Champs-Élysées. Estão animadíssimos de ficar acordados até a meia-noite. Está aí sozinho?

Willi sentiu a garganta seca. Se ao menos pudesse estar em Paris com eles.

– Sim. Mas tudo bem. Estava precisando de um pouco de tempo para relaxar. Ouça, mande um beijo meu para eles, Ava. E lembranças a seus pais. E a você... um Ano-Novo muito feliz.

À meia-noite, os sinos badalaram. As ruas se encheram de cornetas de festa e fogos de artifício. Um bêbado não parava de gritar da janela: "Feliz 1933! Feliz 1933!" Willi não era um homem religioso, mas teve vontade de rezar... Senhor, por favor, faça deste um ano melhor do que o anterior.

Por volta de uma e meia, ouviu uma risada bêbada no corredor. Não havia como confundir a gargalhada de Paula.

– Bem, o que aconteceu? – Deixou-os entrar. – Ele a hipnotizou?

– E como – Fritz falou alto, a cicatriz flamejando. – Você sabia que além de polonês nossa brilhante Paula aqui sabe falar chinês? *Ling ni how chu. Ling tang! Ling tang!* – imitou, rindo histericamente.

– Pare. – Ela deu-lhe um tapa, arfando de tanto rir. – Eu não fiz isso.

– Contem-me o que aconteceu. – Willi os fez sentar no sofá.

– Gustave quase morreu ao ver as pernas dela.

Paula levantou o vestido rosa.

– Disse que eram Ideais. – Ela fingiu corar, depois engrossou a voz para imitá-lo: – Vocês gostariam de ter essas pernas, minhas senhoras, mas apenas uma em mil mulheres as possui.

– As pernas Ideais, como qualquer coisa maravilhosa e perfeita – Fritz continuou com a imitação –, indicam uma força vital forte.

E juntos, ambos gritaram:

– Paixão!

– Mas ele lhe deu alguma sugestão pós-hipnótica?

– Como eu poderia saber? Não me lembro de nada além de vê-lo babando em cima de mim.

– E então, ele deu, Fritz?

– Sentei o mais próximo possível do palco. Mas Gustave aproximava-se tão de perto de todas as mulheres, praticamente em cima delas... eu simplesmente não saberia dizer.

Willi inspirou fundo.

– Então, não há nada a fazer senão esperar.

– Ótimo. – Paula bateu palmas. – Mais drinques!

– Não. De agora em diante, apenas café.

Willi servia-lhes mais uma xícara quando os sinos da igreja bateram duas horas.

Os olhos de Paula agitaram-se por um instante.

– *Mein Gott!* – Colocou a mão na testa. – Me esqueci completamente. Cigarros.

Fritz olhou para Willi.

– Cigarros? Tenho aqui.

– Não. Eu não fumo esses. – Ela olhou ao redor à procura da capa. – Vou dar um pulo na esquina. Em algum lugar vai ter a marca que eu gosto, tenho certeza.

Em sua capa preta e vestido de noite cor-de-rosa, ela desceu a Nuremburger Strasse, Willi e Fritz mantendo-se a vários metros atrás. As calçadas estavam mais apinhadas de gente do que às duas da tarde. Grupos inteiros cantando, rindo, atirando estalinhos. Todos os bares e restaurantes estavam cheios. Mas Paula movia-se como se estivesse em um sonho. O modo de andar, lento e firme, gradualmente aumentou o passo, como se tivesse começado a achar que estava atrasada para alguma coisa.

Na Tauentzien, uma das Garotas de Botas a reconheceu:

– Paula! Pelo amor de Deus. O que anda fazendo, *Mädchen?* – Mas Paula ignorou-a e continuou andando como uma cega e surda-muda. – Que besta! – A jovem franziu a testa. – Encontrou um cavalheiro para você, hein, piranha!

Depois da igreja do Kaiser Guilherme, do Gloria Palast e do Café Romanische, ela pairou como um fantasma pelo meio do caos das comemorações. Uma vez, ela espreitou devagar por cima do ombro e pareceu ver Fritz e Willi, mas não deu importância. Chegando à estação Zoo, ela levantou um pouco o vestido e subiu as escadas como se flutuasse no ar. Na plataforma para oeste, ela ficou parada enquanto trens iam e vinham, agarrando a capa com força e balançando-se levemente para frente e para trás, como se tivesse adormecido. Mas quando um trem indicando SPANDAU entrou na plataforma, ela embarcou com rapidez.

O trem estava cheio. Adolescentes bebiam e atiravam pavios de bombinhas entre os pés dos passageiros. As explosões em *staccato* faziam as mulheres gritarem como se estivessem sendo metralhadas.

Uma delas chegou a desmaiar. Paula permanecia como um zumbi num canto, como se não estivesse ali.

No final da linha, ainda havia uns doze passageiros a bordo. Fritz e Willi deixaram que ela saltasse do trem primeiro, para o caso de ela estar sendo seguida. Ficaram parados na plataforma, olhando a figura cor-de-rosa descer o longo lance de escadas. Ela parecia saber exatamente o que estava fazendo. Na rua, caminhou devagar até a esquina, olhou para ambos os lados, depois atravessou.

Diretamente sob a bandeira nazista, ela desapareceu dentro da taverna Cervo Negro.

17

Uma hora depois, Fritz cutucou-o com o cotovelo.
— Me faz lembrar de Soissons, hein, Willi? Primavera de 1918. Lembra-se? Atrás das linhas francesas.

Willi não estava com nenhuma disposição para reminiscências. Mas agora que pensava nisso... sim. Mais ou menos. O luar sobre o rio. O ar escuro, denso. Um milhão de estrelas.

A ansiedade rasgando-lhe as entranhas.

A qualquer momento, Paula podia sair por aquela porta com os captores – e a caçada começaria. A taverna Cervo Negro estava cercada. Ele estacionara os caminhões com os aparelhos de rádio a alguns quarteirões das únicas ruas laterais que iam e vinham da taverna, tripulados por homens do Reichs Wehr escolhidos a dedo por Von Schleicher. Ele tinha mais homens de Schleicher dentro da estação S-Bahn, postados no alto da torre da cidadela com binóculo e no beco atrás da taverna. Lá dentro, Gunther estava pronto para lhe telefonar no instante em que Paula estivesse de partida. Willi e Fritz esperavam mais abaixo do rio, no píer do cruzeiro do rio Havel, onde a nova lancha com cabine de Fritz, *Valentina*, estava toda armada e com o terceiro aparelho de rádio móvel instalado.

Como Willi não fazia a menor ideia do que esperar no lugar para onde iriam, não tinha escolha senão confinar esta etapa da operação ao reconhecimento. Obviamente, esse lugar – Sachsenhausen – era extraordinariamente isolado. Mas seria armado? Se fosse, por qual força? Quantas pessoas estariam retidas? Ele precisava saber antes de montar qualquer tipo de ataque. Assim, ele escolhera um plano de um dos antigos livros de guerra. Ele e Fritz iriam lançar uma antiga incursão de reconhecimento. De carro ou de barco, seguiriam Paula como e para onde os miseráveis a levassem. Depois fariam o reconhecimento do terreno do inimigo. Quando soubessem o que iriam enfrentar, então e somente então chamariam os reforços.

A espera era a pior parte. No front ocidental, eles haviam aprendido isso do modo mais difícil. Enquanto fixava o binóculo na Cervo Negro, logo abaixo da bandeira nazista, Willi não impedia Fritz de falar sem parar, sabendo que isso diminuía a tensão.

– Lembra-se do dia que vimos Ludendorff perder a cabeça?

Não era sua lembrança favorita.

Novembro de 1918, o amargo fim, haviam presenciado Erich Ludendorff, supremo comandante do Alto Comando Imperial, sentado em uma limusine aberta, preso no trânsito com o resto do exército em fuga, tendo um colapso nervoso. Falando alto e descontroladamente, chorando, socando o carro, culpando o Kaiser, o Reichstag, Von Hindenburg, todos, exceto ele mesmo, pela guerra perdida.

– Juro a você, Willi, metade de Berlim enlouqueceu da mesma forma. – Willi sentiu o temor e a ansiedade na voz de Fritz. – Nunca vi nada igual. Pura histeria. Agindo como se não houvesse amanhã. A coisa toda está prestes a explodir.

Pelo binóculo, Willi observava a suástica agitada ao vento.

– Von Papen está absolutamente determinado a se vingar de Von Schleicher por tê-lo exonerado em novembro passado, resolvido a forjar uma nova aliança... com Hitler. Eu o entrevistei no outro dia. Perdeu completamente o juízo. Ele realmente acredita que os nazistas foram tão enfraquecidos que se Hindenburg estalar o chicote presidencial e ele ocupar a cadeira de vice-chanceler Hitler poderia ser amansado como chanceler. Ele repetiu para mim todo boato idiota que circula em Berlim. Os comunistas prontos a entrar com tropas soviéticas. O Kaiser planejando um retorno com a ajuda da coroa britânica.

"E quanto ao nosso caro amigo Von Schleicher... bem, longe de arrastar com ele um terço do partido, Strasser fugiu do país... sozinho! Os socialistas estão prontos a saltar desta coalizão, e a aristocracia alemã apoia Papen. Não, receio que nosso futuro agora esteja com os comunistas ou..."

O telefone na cabine amarela tocou. Willi agarrou-o.

– Porta lateral – Gunther sussurrou. – Pelo pátio da cervejaria.

Finalmente. Dentro de mais uma hora o sol começaria a se levantar. Uma perseguição camuflada, especialmente de barco, seria impossível. Mas agora, pelo binóculo, Willi divisou o vestido cor-de-rosa de Paula na escuridão anterior à aurora, dois homens de sobretudo escoltando-a pelo pátio, descendo para a doca e entrando em um barco a motor.

O motor roncou repentinamente. Willi passou o binóculo.

– É um V-10. – Fritz ouviu um pouco mais, depois olhou. – Talvez de cento e oitenta cavalos. Posso dançar o charleston ao redor dele.

– Tango já estaria bom – disse Willi. – Vamos, então, *vorwärts*!

Correram para o *Valentina*, avaliado em vinte e cinco mil marcos de "arte", segundo Fritz – feito sob medida, todo cromado, deque de mogno, estofados no mais fino couro. E duzentos e cinquenta cavalos-vapor, lembrou-se agora, desamarrando o barco furiosamente. A bordo, agacharam-se nas sombras, esperando enquanto a presa se aproximava, passava por eles roncando e entrava no largo e escuro Havel. Um instante antes de desaparecerem, Fritz acionou a ignição.

O vento começou de repente a agitar furiosamente os cabelos de Willi. Respingos gelados fustigavam seu rosto. Quando foi ligar o rádio, viu-se agarrando o banco para não ser arremessado para fora do barco. Somente com grande determinação, ele finalmente conseguiu contatar um dos caminhões de comunicação:

– Norte por noroeste, pelo Havel! – praticamente ele teve de gritar para ser ouvido.

– *Verstanden*, Herr Inspektor.

Quisera ter trazido luvas. E um chapéu. Mesmo quando criança, ele nunca gostara de barcos. Quanto mais alta a velocidade e mais forte o balanço, pior do estômago ele ficava. Havia uma razão concreta para ele não ter entrado para a marinha.

– Tem certeza de que não nos veem? – Sua boca enchia-se de saliva.

– Não há garantia! – Fritz gritou do leme. – Estou me mantendo o mais...
Willi agarrou o corrimão lateral e vomitou.
Fritz riu tanto que quase perdeu o controle do barco.

Em meia hora, contornavam a ponta da península de Tegel, dirigindo-se diretamente para o norte, para Oranienburg, onde o rio estreitava-se pela metade. Haviam passado pela casa de barcos e pela cidadezinha de veraneio. Onde ficava Sachsenhausen?
Willi acabara de passar a posição deles pelo rádio quando ouviu Fritz gritar:
– Jesus Cristo, eles nos avistaram!
– Não...
Willi largou o microfone, levantando-se às pressas, rezando para que não fosse verdade. Porém mesmo na penumbra enevoada não havia dúvida de que o barco à frente fazia uma volta brusca à direita, levantando um enorme jato d'água quando praticamente se inclinou sobre a popa e partiu na direção deles.
Desastre.
As opções eram assustadoras. Podiam atirar neles, Willi sabia – não fora tolo de vir desarmado. Mas Paula podia ser ferida. Podiam dar meia-volta e deixá-los para trás – mas perderiam Paula. Assim como Sachsenhausen. Podiam se deixar alcançar, fingir que estavam ali por acaso, pescando às cinco da manhã. Mas os maníacos tanto podiam acreditar neles como virar uma metralhadora para eles e jogá-los no Havel. Seu rosto, couro cabeludo, todo o pescoço e costas começaram a suar frio. Examinou freneticamente o horizonte. Tinha de haver uma saída. Uma margem em algum lugar. Como... aquela... coberta de abetos gigantes.
– Lá! – gritou.
Fritz entendeu.
Diretamente em meio à parte mais densa do bosque, o barco fez um ângulo e entrou rumo à margem. Quando rasparam o fundo

do barco, Fritz desligou o motor. A luz desaparecera. Estavam mergulhados na escuridão. Felizmente grandes ramos das árvores envolviam o *Valentina*.

O ronco do motor da antiga presa – agora o caçador – aumentou. Fritz e Willi agarraram-se ao deque, a cabeça de Willi praticamente explodindo de ansiedade. Se fossem avistados, tudo estaria perdido. Mais alto... Mais alto... O barco estava muito próximo. Estava passando bem perto... os ocupantes alheios ao local onde se encontravam. Tinham conseguido!

Com um pouco de sorte, ainda conseguiriam terminar a missão.

Mas o otimismo mostrou-se prematuro.

Um minuto depois, suspeitando que tinham sido ludibriados, deram meia-volta no barco e começaram a se aproximar novamente, desta vez mais devagar, mais perto da terra.

Bang-bang! Bang-bang-bang! Como uma saraivada de bombinhas, uma metralhadora abriu fogo, aleatoriamente, contra as árvores. Conforme se aproximavam, o deque ao redor do rosto de Willi começou a explodir em farpas de mogno. Os cromados soltavam-se com guinchos estridentes, patéticos. Fagulhas voavam. Galhos caíam. *Bang-bang! Bang-bang-bang!* O inimigo continuou avançando ao longo da costa, a saraivada de balas atravessando as árvores pelo que pareceram minutos. Então, parou. O motor da embarcação deles acelerou. Estavam se dirigindo de volta ao Havel, rio acima, em seu curso original.

Fritz grunhiu em voz alta. Willi afastou os galhos do rosto. Tossindo por causa do enxofre, ele percebeu que a lancha estava muito inclinada para a direita. O receptor de rádio transformara-se em um monte de fios fumegantes. E Fritz estava esparramado no estofado de couro, o ombro vermelho de sangue.

– O que fizeram com minha bela *Valentina*? – gemeu.

Dane-se sua *Valentina*, Willi pensou, procurando a caixa de primeiros socorros.

O que fizeram com nossa missão?

18

Sob o envolvente verde da floresta prevalecia uma obscuridade sombria. No solo, o tapete de agulhas dos abetos fazia cada passo ressoar. Pássaros formidáveis cantavam desdenhosamente. Estavam perdidos no *Urwald*. A floresta primordial.

Podia ter sido pior. Podiam ter sido mortos. Ou capturados. Levados para Sachsenhausen. Esfolados vivos. Mas a situação era bastante ruim. O barco e o rádio se perderam. Assim como Paula. Uma bala se alojara no ombro de Fritz. A atadura que Willi improvisara não impedia Fritz de perder sangue. Ele estava começando a delirar.

– Sabia... – gaguejou, já arrastando os pés. Willi tinha de suspendê-lo a cada passo, dolorosamente pesado. – Sabia que nossos ancestrais germânicos acreditavam que o mundo inteiro era sustentado por uma gigantesca árvore perene?

– Pelo amor de Deus, *Mensch*, poupe sua energia!

– Que sob seus galhos moravam os deuses da floresta, sentados para julgar os mortos embaixo das raízes.

– Fritz, eu disse para você calar a boca.

A última coisa que Willi precisava era ser lembrado de seu passado pagão.

Andavam aos tropeções pela escuridão sobrenatural. Nenhuma ideia de onde estavam. Nenhuma estrada. Nenhuma trilha. Apenas coníferas. Quilômetros e quilômetros delas. Quase nenhum raio de sol conseguia penetrar. Com a bússola destruída, estavam irremediavelmente andando a esmo. Como João e Maria na floresta.

"O medo faz o lobo maior do que ele realmente é", Willi lembrou-se de sua mãe lhe dizer quando ele era pequeno. Mas nem mesmo um filhote de lobo ele não gostaria de encontrar agora.

Fritz tropeçou, desmoronou, um galho no chão estalou sob seu peso.

Willi sentiu um aperto no coração. Inclinou-se e ergueu o torso de seu velho amigo. A atadura, ele viu, estava encharcada de sangue.

– Deixe-me aqui, Willi – Fritz disse arquejante, mortalmente pálido. – Siga em frente. Salve-se.

– Eu não fiz isso na França. Acha que vou abandoná-lo a trinta quilômetros do centro de Berlim? Tem de haver alguém neste maldito lugar deserto.

– *Hilfe!* – Willi gritou com todas as forças dos seus pulmões.

Mas tudo que obteve de volta foi a própria voz assustada.

Enquanto ficava ali parado, olhando para a floresta, a raiva assomando, compreendeu que não havia mais nada a fazer. Ele teria de carregar Fritz.

Ele puxou e içou Fritz sobre seus ombros, sentindo o peso nos joelhos. Nas pernas. Nos tornozelos. Ignorando-o, começou a andar. Mas em qual direção? Até onde podia saber, já estavam andando em círculos há horas. Entretanto, que escolha tinha senão escolher uma direção e mantê-la? Foi o que fez. Mas não se passou muito tempo até a carga tornar-se insuportável. Começou a sentir cãibras nas costas. Suas coxas tremiam. Cada passo tornava-se mais difícil, além do que ele podia suportar. *Not bricht Eisen.* Outro dos provérbios de sua mãe martelava em seu crânio. A necessidade enverga o ferro.

– Sabe, esta floresta costumava ser mista de árvores perenes e decíduas – Fritz murmurava em seu ouvido. Willi podia sentir seu ombro ficando úmido do sangue de Fritz. – Durante a guerra, os berlinenses vinham aqui para pegar lenha. Eles cortaram todos os vidoeiros e choupos, amieiros e...

Uma sensação de náusea se apoderou de Willi quando seus pés começaram a afundar. Olhou ao redor tentando conter o pânico crescente. Ele fora parar em um pântano. Não conseguia ver onde ele começava. O solo se transformara em uma turfa negra e espessa, pegajosa, agarrando-se aos seus pés, recusando-se a soltá-lo. Um estremecimento de terror percorreu-o da cabeça aos pés. Ele sobrevivera a ataques de infantaria, bombardeios de artilharia, ataques a gás. Por que achava que chegara ao fim?

– Deixe-me, Willi – Fritz repetia sem parar.

A necessidade enverga o ferro. A necessidade enverga o ferro.

O solo parecia resistir intencionalmente a todo esforço seu para se soltar, como a garra do diabo. Imaginou dali a centenas de anos... seus esqueletos desenterrados... exibidos em um museu ao lado de um mamute peludo. Com ironia, lembrou-se de que era o primeiro dia do ano novo. Feliz 1933. Pensou em Paula. Ela teria saído do transe? Estaria se sentindo tão desamparada quanto ele agora? Como ele podia morrer? Precisava resgatá-la. Todas aquelas pessoas em Sachsenhausen. Seu coração batia mais rápido do que uma metralhadora. Ele xingava e praguejava, cuspindo fogo. Conseguindo dar um passo. Meio passo. Mais outro.

Not bricht Eisen. Not bricht Eisen.

Que escolha havia senão acreditar?

Continuar...

Seu pé se soltou e o próximo passo que ele deu pousou em algo duro. Isso o fez perder o equilíbrio. Fritz e ele mergulharam para frente e caíram de cabeça em um tapete de agulhas de pinheiros. Dor. Mas a terra embaixo deles... sólida. *Terra firma!* Estavam salvos do pântano. Mas delirantes. Ambos.

Fritz continuava queixando-se sobre as árvores que haviam sido derrubadas:

– Amieiros, freixos, choupos...

Willi pressionou o rosto contra a terra seca, arfando em agonia, tão zonzo que na verdade achou que ouvia uma cantoria no horizonte. *Valderi, Valdera!* Que piada. Os anjos estavam chegando para buscá-lo... entoando uma canção de caminhada. *Valderi!* Não era imaginação. Eles estavam vindo. E *estavam* cantando uma canção de caminhada. *Valdera-ha-ha-ha-ha-ha!*

Mas não eram anjos. Era o *Wandervogel.*

As crianças que vagavam pelas florestas da Alemanha.

Livro três

O MEISTERSINGER

19

JANEIRO DE 1933

A visão de Willi encheu-se de luz.

Um rosto comprido, anguloso surgiu diante dele.

– Chefe... sou eu. Gunther.

Por que estou em casa, na cama?, Willi perguntou-se. Gunther na minha cadeira?

Levantou-se do travesseiro, lembrando-se.

– Que horas são?

– Relaxe, senhor. Tome um pouco de sopa quente. – Os olhos de Gunther transbordavam de preocupação médica. – Ainda não são nem duas horas. Feliz 1933.

Willi tomou a sopa. Havia motivos para gratidão, reconheceu.

E não poucos.

Os *Wandervogel*, cerca de trinta ao todo, apareceram no momento certo. Essas caminhadas de grupos de estudantes eram uma paixão há várias décadas, englobando os ideais da juventude alemã romântica: camaradagem. Natureza. Vontade de viajar. Cada vez mais, entretanto, eles haviam se politizado, misturando-se com a Juventude Hitlerista. Tinha de agradecer às suas estrelas da sorte por esses serem do tipo antigo, mochilas às costas e varas de caminhada, cantando alegremente ao longo do trajeto, enquanto completavam o primeiro trecho da caminhada de ano-novo, de vinte quilômetros. Em poucos minutos, montaram uma maca para Fritz com galhos e os bastões de caminhar. Uma delegação levou-os de volta à estação da floresta onde haviam iniciado o percurso.

Uma hora depois, Fritz estava em cirurgia no Centro Médico Brandemburgo em Potsdam. Até onde Willi sabia, ele ainda estava lá, recuperando-se, em condição estável. Um sargento da guarnição de Potsdam levou-o de volta à cidade. Não eram nem nove horas e Gunther já aguardava em frente ao prédio de Willi, meio enlouquecido de pavor.
— Depois que perdemos contato, não sabíamos o que fazer, chefe...
Agora era Willi que não sabia o que fazer.
Paula. Aqueles miseráveis estavam com ela.
— Gunther. — Deixou a sopa de lado, tentando jogar as pernas para fora da cama e percebendo, então, o quanto estava fraco. Exposição a risco, os médicos disseram-lhe. Um ou dois dias na cama, no mínimo.
— Me ajude a me vestir. Vou atrás daquele filho da mãe, o Gustave.
— Mas, chefe...
— Não se preocupe.
Lá fora, fazia frio e ventava. A cabeça de Willi latejava. Quando chegaram ao pequeno BMW prateado, ele entregou as chaves a Gunther.
O rosto magro do rapaz se ruborizou.
— Está brincando, não é?
— Só não nos mate. Já tive problemas suficientes para um dia.
— Sim, senhor!
O magnífico apartamento do Grande Gustave ficava na Kronprinz Strasse, ao largo de Tiergarten. Gunther bateu à porta com força. Uma criada francesa *petite*, de olhos grandes e arregalados, atendeu:
— *Oui, messieurs?*
Infelizmente, o Rei do Ocultismo não estava em casa. Saíra há várias horas. Para onde? Ela não sabia. Mas teria muito prazer em lhe dizer que os *messieurs* haviam lhe feito uma visita se eles quisessem deixar os...
Não tem importância.

Bem mais abaixo na rua, a estátua alada da Vitória acenava com a coroa de louro dourada de sua coluna na Praça da República.

Parecia Paula chamando-o:

– Willi... como pôde fazer isso comigo? Eu confiei em você!

Ele tinha de achar Gustave.

Kai. No Café Rippa no outro dia, o egresso da SA prometera que sua gangue de Apaches Vermelhos ficaria de olho no *showman*.

– Gunther, *mach schnell*. Para a Alex.

O problema agora era encontrar o Garoto Rebelde.

Rua por rua, o pequeno BMW circundou a enorme Alexanderplatz. Passaram pelas lojas de departamentos e cafés, pelas cervejarias e pela estação S-Bahn. Centenas de pessoas circulavam pelas calçadas. Clãs inteiros de famílias da classe operária passeando no feriado. Vendedores ambulantes. Trapaceiros de jogos de cartas. Mendigos e prostitutas. Mas nada de Kai. Por onde um garoto como ele andaria hoje?

As possibilidades eram substanciais.

– Gunther, prepare-se. Prevejo um dia de ano novo surpreendente à sua espera.

– Quanto mais, melhor. – Gunther riu, mudando para a terceira marcha.

A primeira parada foi perto do nº 108 da Alexandrinen Strasse. La Petit Maison. A entrada ficava num beco cheio de lixo. Atrás de uma porta negra, uma cortina de lamê prateado abriu-se para uma pequena sala decorada como um bordel francês: sofás de veludo vermelho, candelabros falsos. Cerca de uma dúzia de jovens, vinte e poucos a trinta anos, vestidas espalhafatosamente, espalhavam-se pela sala, cortejadas por bandos de homens mais velhos, que na verdade se engalfinhavam por causa delas.

– Todas estas mulheres são prostitutas? – Gunther sussurrou, claramente acreditando que ele agora, por fim, estava se tornando conhecedor das coisas do mundo.

– A verdadeira pergunta, Gunther, seria se essas mulheres são mesmo mulheres.

Os olhos do rapaz se arregalaram ainda mais.

Willi dirigiu-se ao musculoso barman para perguntar se tinha visto Kai por ali.

O sujeito sacudiu a cabeça.

– Se o vir, diga-lhe que Kraus está procurando por ele.

– Está brincando, não? – Lá fora, no beco, Gunther agarrou Willi pelo braço. – Vamos, Inspektor, a verdade. Nossa! Alguns deles eram até bonitos.

Próxima parada, o Adonis, a alguns quarteirões mais abaixo, na Alexandrinen Strasse, 128 – um pequeno bar para Garotos das Fileiras do local, realmente sórdido. Salão enfumaçado. Mesas nuas. Paredes cobertas com quadros baratos de paisagens. Uns vinte olhos predatórios acompanharam sua chegada.

Os Garotos das Fileiras – prostitutos, adolescentes heterossexuais das classes mais pobres – receberam esse nome das fileiras que formam ao longo das paredes e muros em bares ou becos. Desde a Depressão, eles parecem espreitar de toda parte, quase uniformemente vestidos da maneira que os clientes mais gostam – como marinheiros. Um bando turbulento, eles davam à polícia de Berlim seu quinhão de dor de cabeça. Os melhores hotéis geralmente tinham de chamar esquadrões inteiros para afugentá-los.

Willi viu diversos deles agora circulando, tentando vender cocaína ou ópio negro às "tias" que formavam a clientela. Um desses "cavalheiros" mais velho, dopado, martelava em um piano vertical, enquanto um amigo grisalho sonhadoramente dançava com um marinheiro. O pianista começou a cantar:

Em algum lugar, o sol está brilhando,
Portanto, meu bem, não chore!

Gunther parecia impossibilitado de dar mais um passo. Willi teve praticamente de empurrá-lo pelo meio da aglomeração.

– Não, senhor. Desculpe-me, senhor – um garçom magricela disse. – Não vejo Kai há algum tempo, senhor.

– Diga-lhe que Willi Kraus está procurando por ele.

– Sim, senhor, Inspektor.

Na Nollendorf Platz entraram em um amplo salão de dança varrido por luzes coloridas de uma dúzia de bolas espelhadas que giravam continuamente. A Berlim da república era conhecida por sua liberalidade, e os homens que gostavam de homens vinham para cá de todas as partes do mundo. Em nenhum outro lugar a liberdade que procuravam era mais abundante do que no Nollendorfer Palast. Se Gunther ficara chocado antes, ali ele estava estupefato.

O local era cavernoso, cheio de parede a parede com um "chá dançante" do Dia de Ano-Novo em tempo integral. Centenas de homens dançavam agarradinhos ao som de uma orquestra que tocava "Love Is the Sweetest Thing". Tipos machões. Tipos efeminados. Casais idosos de smoking e cartola. Estudantes de gravata-borboleta e lapelas largas.

– Circule por aí – Willi mandou.

– Mas, senhor...

– O quê?

– Não preciso dançar, preciso?

– Só se você estiver louco pelo garoto, Gunther.

Entretanto, meia hora depois, nem sinal de Kai.

Willi e Gunther voltaram para a rua. A noite caía. Uma lua crescente subira no céu. A música escoava da boate.

– Que tal uma dança, senhor? – Gunther estendeu os braços.

– Sem brincadeiras. Temos que encontrar esse garoto.

No Canto Aconchegante, homens louros de trinta e poucos anos usavam uniformes de colégio com pequenos quepes pontudos, recostados no balcão do bar, fumando. No Flauta Mágica, havia um show de entretenimento: Luziana, a Misteriosa Mulher Maravilha – ou Homem, apresentando-se com o Zusammen Bruder, um número de canto e dança de gêmeos supostamente siameses. O Bar Bigode estava cheio de beberrões exibindo pelos faciais em extraordinárias proporções, de elaboradas costeletas a bigodes de morsa.

Mas ninguém, absolutamente ninguém, tinha visto Kai.

Finalmente, estava ficando tarde. Willi teria desistido se não parasse de ver Paula à sua frente, buscando socorro.

Um último lugar, disse a si mesmo.

Bem abaixo da Friedrich Strasse, depois das boates e cabarés, dos restaurantes engordurados e das livrarias de pornografia, havia um sinistro remanescente do século anterior, uma arcada de lojas de telhado de vidro, enegrecida e suja, chamada Passagem, que mesmo nos dias mais ensolarados permanecia sombria. Dentro das colunatas de ferro fundido descascadas, dezenas de lojas cheirando a mofo vendiam de tudo, de quadros da Virgem Maria a preservativos de látex. À noite, tornava-se o ponto dos mais tristes de todos os garotos da cidade em busca de ação: as Bonecas. Eram os mais jovens garotos de rua de Berlim – pré-adolescentes, de onze, doze anos, a maioria tentando arranjar alguma coisa para comer ou um lugar para descansar a cabeça à noite. O local de reunião era o Museu Anatômico, no centro da Passagem, uma repugnante sala de exibição de manequins e partes do corpo humano verdadeiras ilustrando cada deformação grotesca conhecida do homem. Na frente, os garotos reuniam-se às dezenas, gorros da escola e calças curtas, os rostos sujos e desesperados, disputando cada homem que passava.

– Algum de vocês viu Kai, dos Apaches Vermelhos?

Seus rostos inexpressivos voltaram-se simultaneamente para ele.

– Chefe – Gunther sussurrou –, todo esse tempo que gastamos procurando por ele... podíamos estar vigiando o apartamento de Gustave. Pelo que sabemos, ele já deve estar em casa.

– Cinco marcos para o garoto que possa me levar a Kai. – Willi fez uma última tentativa.

Meia dúzia de garotos deu um passo à frente.

Custou-lhe trinta marcos, mas ele conseguiu a resposta.

E onde estava o chefe dos Apaches Vermelhos?

La Traviata estava no intervalo quando Willi e Gunther partiram cantando pneus para o antigo e majestoso Teatro da Ópera, na Unter den Linden. Entre as damas e os cavalheiros que fluíam do edifício do século XVIII – uma das mais importantes obras-primas de Schinkel em Berlim –, Willi finalmente localizou o rapaz, todo paramentado em um traje a rigor branco e brilhante, sorrindo enquanto descia devagar a escadaria principal com um homem de aparência rica, que Willi rapidamente reconheceu como o príncipe da Turíngia.

– Vejam só. Olá. – Willi fingiu tê-lo encontrado por acaso. Apertando a mão enorme de Kai, inclinou-se junto ao seu ouvido e acrescentou: – Preciso encontrar Gustave.

– Me dê um minuto – sussurrou o rapaz em resposta.

Willi e Gunther afastaram-se um pouco, fingindo desajeitadamente se misturar à multidão de fãs de ópera, fascinados pela visão do escultural rapaz de dezoito anos lidando com o idoso e enrugado príncipe. Um minuto depois, estava de volta.

– Eu o convenci a descartar o segundo ato, graças a Deus. Eu estava morrendo de tédio, de qualquer modo. Ele vai me levar a uma festa; parece que Gustave estará lá. Não tentem entrar. Há um pequeno parque do outro lado da rua. Fiquem escondidos nas sombras. Eu atrairei o filho da mãe para lá.

O coração de Willi desfaleceu.

– Não vai funcionar. – Lembrou-se das dezenas de belas mulheres com que Gustave gostava de se cercar.

– Inspektor – os olhos de Kai faiscaram intuitivamente –, confie em mim. Ele não é o único com poderes hipnóticos.

Willi e Gunther observaram o rapaz passar o braço musculoso pela cintura do príncipe e colocá-lo em um táxi.

Eles o seguiram no BMW.

A festa, como se verificou, era na casa de Heinrich Himmler, diretor da SS. Willi sentiu um nó na garganta ao contar meia dúzia de soldados de uniforme preto patrulhando o perímetro. Pelo binóculo, ele distinguiu uma insígnia nos bonés que ele nunca havia visto até então – uma caveira e ossos cruzados, prateados. O símbolo da morte.

A enorme casa estava iluminada como uma fogueira, risadas estrondosas fluíam das janelas, uma banda de música trombeteava, mulheres soltavam gritinhos. A visão fez o estômago de Willi revirar. Todos esses porcos se divertindo. E onde estava Paula? O que estariam fazendo a ela?

Ao menos, pegariam Gustave, tentou se consolar. O Rei do Ocultismo enviara a última sonâmbula em uma viagem sem volta. Mas e se ele não cooperasse?

– Gunther, pegue minha chave. Vá ao meu apartamento. Pegue minha câmera. Está no armário da sala. E não se esqueça do flash.

Depois que Gunther partiu, o frio começou a incomodar Willi. Durante a guerra, ele passara semanas ao ar livre. Isso foi há quinze anos. Ele já não era mais um garoto. Suas mãos e pés estavam ficando dormentes. Mais exposição. Mas pense em Paula. Só Deus sabe o que ela estaria passando a essa altura.

Passaram-se quarenta e cinco minutos até a volta de Gunther. Felizmente, ele trouxera uma garrafa térmica da sopa da manhã. Willi ficou agradecido, mas nem o delicioso calor descendo pelo esôfago conseguiu animá-lo. Certamente Kai havia superestimado seus talentos.

– Não se preocupe, chefe. – Gunther parecia ler sua mente. – De um modo ou de outro, Gustave será pego... em uma teia que ele próprio teceu.

Dentro da casa, cantavam canções nazistas em altos brados:

Alemanha, acorde de seu pesadelo,
Levante-se contra os judeus!

O volume aumentou quando a porta da frente se abriu.

Na luz, uma aparição: Kai em seu traje a rigor branco... seguido por um homem em uma brilhante capa preta... Gustave! Willi e Gunther agacharam-se nas sombras quando os dois atravessaram a rua, Gustave, com as luvas brancas, levando uma bengala, descontraidamente olhando ao redor como se tivesse saído para respirar um pouco de ar fresco.

Sempre hipócrita, Willi pensou.

– Você tem de admitir que o garoto é bom, hein? – sussurrou Gunther.

– Inacreditável – Willi disse, vendo-os entrar no parque. – A câmera está pronta?

O resto foi brincadeira de criança.

Uma vez na escuridão, o Grande Gustave reclinou-se contra uma árvore e calmamente abriu o zíper da calça. Gunther estava prestes a interferir, mas Willi o reteve. Mais um segundo e Willi teve o hipnotizador exatamente como ele queria.

FLASH!

O Rei do Ocultismo virou-se para a luz, o rosto um cartaz de um melodrama do cinema mudo. Os olhos esbugalhados. Boquiaberto.

Como se estivesse prestes a ser atingido por um trem de carga.

20

– Você deve estar brincando. Se você não é da divisão de moral e bons costumes... deve haver... Espere um minuto... eu o estou reconhecendo. Você não é...
– Kriminal Polizei. – Willi exibiu o distintivo. – Está preso por sequestro.
– Impossível.
– Sabemos tudo, *Freund*. Desde a equipe de atletismo tchecoslovaca a Melina von Auerlicht.
Willi fez um sinal com a cabeça para Gunther, sentindo um verdadeiro prazer pela primeira vez em vários dias.
– Algeme-o.
– Mas você está louco... não sei nada a respeito de sequestros.
Eles o removeram com sigilo para o seu pomposo prédio de apartamentos na Kronprinz Strasse.
Em cima, a criada francesa pareceu compreender instintivamente o que estava acontecendo e se arremessou para o telefone.
Willi impediu-a:
– Não, não... *ma chérie*.
O lugar parecia ter sido decorado pelos cenógrafos de *O gabinete do dr. Caligari*. As paredes e os tetos eram pintados de preto, adornados com símbolos fosforescentes do ocultismo. Refletores lançavam sombras estranhas sobre tudo. O escritório triangular de Gustave era cravejado de pedras semipreciosas e cristais, a escrivaninha, do tamanho da mesa do chanceler do Reich, toda de vidro.
Willi empurrou-o para a cadeira giratória dourada atrás da mesa e sacou uma pistola.

– Herr Spanknoebel, se este é seu verdadeiro nome. Abra o cofre. E nada de gracinhas.
– Ouça, Kraus. Você está errado a meu respeito. Não sou nenhum criminoso. Sei como usar os poderes da sugestão. Posso colocar a mim mesmo em transe, ver coisas que outros não podem ver. Mas não há nenhum truque. Nenhuma mágica. Eu não quero enganar ninguém. Muito menos...
– Abra o cofre. – Willi destravou a arma.
Gustave retirou um retrato a óleo de si mesmo da parede, revelando um cofre.
– Meus poderes são um grande dom, Inspektor. Eu os uso para ajudar as pessoas. Posso usá-los para ajudá-lo...
Willi teve de rir.
Com que então o homem que havia ganhado incontáveis milhões com a clarividência, que encantara Viena e Berlim, que dera lições a Hitler sobre psicologia das massas e que navegava pelo Havel como um rei da Babilônia agora estava querendo fazer um acordo.
Willi apontou a pistola para a cabeça de Gustave.
– Abra o maldito cofre.
Os documentos ali encontrados provaram ser fascinantes, mas não tinham os nomes e endereços de que Willi precisava. Hermann Göring, vinte mil... Josef Goebbels, vinte e cinco... Rudolf Hess...
– *Gott im Himmel,* há algum nazista na Alemanha que não lhe deva uma fortuna?
– Agora é crime emprestar dinheiro aos amigos?
– Depende, Spanknoebel.
– Você entendeu tudo errado, Inspektor. São principalmente dívidas de jogo. Alguns empréstimos para reforma de suas casas. Göring tinha de dar uma entrada em Karinhall. Esses nacional-socialistas tiveram muitas dificuldades nos últimos anos.
Willi sabia que cada segundo desperdiçado ali era outro em que Paula continuava prisioneira.
– Vamos levá-lo para a Alex. Vejamos se um gostinho da vida atrás das grades não vai convencê-lo de que seria melhor cooperar.

– E quanto a ela? – Gunther apontou para a espantada criada.
– Ela vem. Ninguém deve saber que o Grande Gustave desapareceu.
– Alguns destes nazistas ficariam satisfeitos – Gunther observou. – Com o que lhe devem...
Durante todo o trajeto para o centro da cidade, Gustave continuou insistindo que tudo não passava de um mal-entendido. Ele começou a ficar realmente agitado quando o conduziram para a cela vazia e escura nos calabouços da Alex.
– Estão cometendo um grande erro. Quando perceberem que eu desapareci, virão atrás de você, Kraus. Mas eu faço um acordo com você...
– Está se esquecendo das fotos que eu tenho, Gustave. Muito imorais.
– Está brincando? Não acha que metade deles...
Willi bateu a porta da cela na cara dele.
– Kraus! Desgraçado... Você vai me pagar por isso!
Willi consultou o relógio. Já passava da meia-noite. Tinha de dormir. Mas não podia.
Havia coisas demais para...

De manhã, ele acordou e viu que ainda se encontrava na Superintendência de Polícia, deitado no sofá do escritório, um cobertor estendido sobre ele. Gunther roncando no chão.
Ruta fervia água no pequeno fogão a gás.
– Que bebedeira de fim de ano vocês dois tiveram, hein? Ainda bem que guarda um terno extra aqui – resmungou, moendo os grãos de café. – Olhe só estas calças, Herr Inspektor. O mínimo que podia ter feito era tê-las tirado e dormido de cueca.
Willi também ficou satisfeito por ter um terno extra, embora quisesse tomar um banho.
Depois de trocar de roupa, foi direto para a cela de Gustave, sem esperar o café. Sem dúvida, uma noite no isolamento havia deixa-

do o Rei do Ocultismo perturbado. Desamparado, Willi imaginou, olhando pela porta da cela.

Agora talvez conseguisse extrair alguma coisa dele.

Ouvindo a porta, os olhos de Gustave ergueram-se, aliviados.

– Finalmente. – Levantou-se, estendendo a mão para a capa e a bengala. – Eu lhe disse que tudo isso era um grande equívoco. – Sorriu afavelmente. – Quem intercedeu por mim? Göring? Hess? Não, não o Führer!

– Não se apresse, Gustave. Nenhum deles sequer sabe que você está desaparecido.

O rosto de Gustave se ensombreou.

– Está mentindo.

Foi a vez de Willi sorrir.

– Acredite se quiser.

– Por que está fazendo isso comigo? O que quer de mim, Kraus?

– Diga-me o que aconteceu às garotas. Coopere e as coisas irão melhorar para você.

– Não sei do que está falando. Que garotas?

"Você mesmo disse, Willi", lembrou-se de Paula dizendo. *"Gustave não passa de um cafetão. E se você pressioná-lo e ele não falar?"*

Os olhos castanhos de Gustave encheram-se de uma expressão inocente.

Willi teve de se conter para não o estrangular.

"E se ele realmente não souber?", lembrou-se de Fritz ressaltar. *"Talvez ele só envie as vítimas a algum local pré-combinado."*

"Ele ainda tem de arranjar tudo. Falar com alguém."

"Talvez o mantenham no escuro."

"Mas por quê?"

"Porque", sugerira Paula, *"talvez ele não esteja fazendo isso voluntariamente. Talvez... eles tenham alguma coisa contra ele."*

Willi pensou novamente no iate de Gustave. Em seu império editorial. Nos milhões que o sujeito valia. Poderia ele realmente ter feito o que fez por mais dinheiro? Alguém poderia ser tão ganancioso assim? Ou esses nazistas teriam na verdade alguma coisa contra ele?

Willi não tinha paciência para descobrir.

Não tinha tempo para discussões.

— Spanknoebel... uma última chance para cooperar. Se estiver preocupado com sua segurança, estou preparado para lhe oferecer proteção.

Gustave olhou para ele como se estivesse perplexo.

De repente, desatou a rir.

— Oferecer-me... — A risada aumentou. — Conheço minha sorte melhor do que ninguém. Está escrita nas estrelas! Nada que você possa fazer pode alterá-la nas...

Willi saiu, batendo a porta outra vez. Enquanto percorria o corredor, ouvia Gustave gritando:

— Me tire daqui! Me tire daqui!

Mas se fotos comprometedoras e uma noite atrás das grades não eram suficientes para quebrar a resistência do mestre, era hora de mudar de tática.

Obviamente Willi estava lidando com um profissional. O que ele precisava era de outro profissional. Subiu intempestivamente as escadas para usar o telefone, mas com um repentino estremecimento lembrou-se da data: 2 de janeiro. Kurt dissera que partiria no dia 2. Podia esquecer o telefone. Willi saiu em disparada para a Dircksen Strasse sem casaco. Onde diabos havia estacionado o carro?

Seu primo vivia em um elegante prédio antigo do período guilhermino na Budepester Strasse, com dragões alados guardando a entrada. Como Willi lembrava-se bem dele dos tempos de criança, os longos lances de escadas em caracol que ecoavam como os Alpes, os deliciosos aromas da cozinha e os risos durante os feriados. Um estranho eco atingiu seus ouvidos agora, quando ele tocou a campainha do apartamento. Um olho ansioso apareceu através do olho mágico. A mulher de Kurt abriu a porta e atirou os braços ao redor dele, rompendo em choro.

— Willi. Pelo amor de Deus, eu receava que não fôssemos mais vê-lo! — Os olhos escuros de Kathe estavam vermelhos de tensão. — Entre. Não posso lhe oferecer muita coisa. Partimos para a estação dentro de poucas horas. Telefonei uma dúzia de vezes para que as crianças pudessem se despedir, mas Kurt me disse que os garotos estavam em Paris e, bem, não imagina como tem sido esta semana.

Willi levou um susto ao ver o enorme apartamento. Há alguns meses, ele estivera ali com Erich e Stefan para comemorar o Ano-Novo judeu. As paredes estavam cobertas de tantos livros e quadros. O assoalho era aconchegante com os tapetes persas e as jardineiras chinesas até à borda de violetas-africanas. Um piano de cauda pequeno brilhava no canto. Agora estava vazio, como se todos os pertences tivessem sido sugados para dentro de um aspirador de pó gigantesco.

O passado fora varrido.

O futuro também. Aonde ele iria levar os garotos nos próximos feriados?

Seu primo e os três filhos estavam sentados em cima de caixotes pelo chão, os pratos do café da manhã equilibrados no colo. Kurt levantou-se num salto, em mangas de camisa e suspensórios.

— Bem, vejam só quem veio se despedir.

Helmut, da idade de Stefan, começou a gritar:

— Eu não quero ir!

Gregor, companheiro de Erich, desapareceu e retornou com um modelo gigante do triplano Fokker em que o Barão Vermelho voara.

— Pode dar isto ao Erich, tio Willi? — Segurou-o no alto, tremendo. — Não conheço mais ninguém que possa cuidar bem dele.

— Sim, claro, Gregor. Erich vai adorar.

O coração de Willi pulsava em várias direções. Queria dizer-lhes para não irem embora. Que eles estavam exagerando. Que estavam arrancando todas as suas raízes por nada. Os nazistas jamais governariam a Alemanha. No entanto... como estava contente por seus filhos estarem em Paris.

— Kurt, queria falar com você por um instante.

Entraram em um dos quartos. Levou mais do que um instante, é claro.

Kathe ficou impaciente:

— Está tudo bem aí dentro? Kurt... não temos nenhum tempo a perder.

— Espere um minuto, querida. É importante.

Por trás dos óculos, os olhos de Kurt estavam arregalados de incredulidade.

— Sabe, Willi, como psiquiatra já ouvi meu quinhão de histórias de horror ao longo dos anos... mas eu sinceramente acho isso difícil de acreditar. A fíbula inteira, você diz, transplantada na direção oposta?

— Eu lhe mostrarei os relatórios da autópsia, se quiser.

— Quero ajudar, é claro... mas você ouviu a Kathe. Nosso trem parte às duas.

— Você sabe que eu não pediria se não fosse uma questão de vida ou morte. Só Deus sabe quantas pessoas eles estão mantendo lá. O que estão fazendo com elas.

— Mas exatamente o que eu posso fazer?

— Hipnotizar o filho da mãe. Fazê-lo falar.

Um sorriso atravessou os lábios de Kurt.

— Não há nada de que eu gostaria mais do que ter aquele charlatão sob o meu feitiço.

— Você teria de fazer isso contra a vontade dele. Ele certamente não irá cooperar.

— Eu poderia hipnotizar Hitler contra a vontade dele.

— Poderia? É mesmo? Então, vai me ajudar?

Kurt limpou os óculos. Suspirando, recolocou-os.

Kathe colocou a mão na cabeça como se isso fosse realmente a gota d'água.

— Como pode sair em um momento como este? Tudo na balança? Todas as nossas vidas...

— Ouça, Kathe... algumas coisas são mais importantes até mesmo que a própria família. Eu tenho de fazer isso. Willi prometeu me levar à estação às duas. Você é perfeitamente capaz de levar as crianças até lá de táxi. Tudo o mais já foi providenciado. Agora... se por alguma razão eu perder o trem...

– Você não ousaria.

– Se acontecer... pegarei o próximo e me encontrarei com você em Bremerhaven.

– Willi Kraus – Kathe fitou-o vingativamente –, juro que jamais o perdoarei.

Quando Kurt entrou no BMW agarrado ao modelo vermelho de avião de seu filho, virou-se para Willi com um largo sorriso.

– Sabe, primo, ficarei eternamente grato a você. Pode ter vindo em um momento inadequado, mas esta é uma chance pela qual esperei minha vida inteira.

Sim, bem, é melhor que funcione, Willi pensou, partindo a toda velocidade.

21

– *Ele* é o seu interrogador? – O Grande Gustave olhou desdenhosamente para o homem calvo, de óculos, em sua cela. – A polícia de Berlim deve estar mais desesperada do que eu imaginava.
Willi forçou um sorriso.
– Ora... não tem uma aparência bastante brutal? Vamos, Herr Spanknoebel. Não acha que pretendemos maltratá-lo, não é?
Gustave encolheu-se na cama, agarrado à capa.
Kurt inclinou-se para a frente, examinando-o.
– Já que temos de trabalhar juntos, você e eu – disse de maneira afável, mas ainda assim enfática –, por que não relaxamos? Afinal, isso pode levar algum tempo. – Levantou-se, dando uns tapinhas no ombro de Gustave. – Não acha que seria muito mais sensato, mais agradável, se nós dois simplesmente... relaxássemos?
– Não quero relaxar. Quero sair daqui.
– Naturalmente. – Kurt tirou os óculos e limpou-os. – Quem quer ficar na cadeia, Gustave? Posso chamá-lo assim, não é? – Recolocou os óculos. – Claro, como não há nenhuma chance de você sair antes de obtermos nossas informações – colocou um pé na estrutura da cama, encurralando Gustave, inclinando-se para a frente outra vez e olhando diretamente dentro de seus olhos –, tenho certeza de que verá a sensatez de aceitar o inevitável. Olhe à sua volta. Onde acha que está? No cárcere da Superintendência de Polícia. – A voz de Kurt ficou ainda mais suave: – Não há como escapar. Não desta vez. Desta vez, você jamais será livre novamente. A menos que... – estava praticamente sussurrando agora – a menos que aceite o fato de que você já não está no controle. E se renda, Gustave. Se renda...

Kurt inclinou-se muito levemente para trás, a voz apenas um suave sussurro:
— Ninguém quer machucá-lo. Lá fora, talvez. Mas não aqui. Queremos que se sinta seguro, confortável. Na realidade, vamos tirar você desta cela escura e imunda. Inspektor, podemos ir ao escritório?

Kurt continuou tagarelando suavemente durante toda a subida do elevador.

— O Inspektor tem um sofá muito confortável. Na verdade, pode-se facilmente dormir nele. Muito mais relaxante e confortável do que aquela cela terrível.

No trajeto de carro até ali, Willi preocupara-se que um mestre do hipnotismo como Gustave não sucumbisse tão facilmente à virada da situação contra ele.

Kurt discordara.

— Tudo que eu tenho de fazer é acalmá-lo, Willi. Tranquilizá-lo e reconfortá-lo. Ele é um prisioneiro. Qualquer que seja a fachada de corajoso que ele apresente, no fundo é um garoto assustado. Um hipnotizador pode usar o medo, como um ditador. Oferecer consolo. Quando ele capta sua atenção, sua atenção *interior*, a indução começa. Em um transe, você está sob o controle dele, goste ou não. Não é mágica. E não é ciência. É uma arte. E sou tão experiente nisso quanto Gustave. Confie em mim.

Chegaram ao escritório de Willi.

— Só vou cerrar as cortinas, se me permitem. Esta luz da manhã é tão brilhante. Herr Gustave, sente-se. Agora, o que eu lhe disse sobre este sofá? Você poderia simplesmente cair no mesmo instante adormecido nele, não é? Pode relaxar. Solte a gravata. Tire o casaco. Vamos, Gustave... relaxe. Apenas... relaxe.

Repetição, Kurt explicara, era o que acalmava o subconsciente até levá-lo a um estado de transe, como canções de ninar com bebês. Inúmeras vezes, devagar, mas com firmeza, o hipnotizador colocava sugestões no subconsciente:

— Você está ficando sonolento... muito, muito sonolento. — Até que gradualmente o subconsciente as aceitava. — Bons sonhos... e boa-noite.

– O inconsciente é primitivo, Willi. Irracional. Intuitivo. É por isso que até mesmo psicóticos frenéticos podem ser bem-sucedidos. Veja Hitler. Um grande hipnotizador. O homem ignora toda a lógica e corta caminho diretamente para o inconsciente. Ele não faz o menor sentido. Não precisa.

Willi lembrou-se de um dos recentes pronunciamentos do Führer no rádio:

> A Alemanha de hoje não é a Alemanha de ontem – exatamente como a Alemanha de ontem não era a Alemanha de hoje. O povo alemão atual não é o povo alemão de anteontem, mas o povo alemão dos dois mil anos de história alemã que se estende atrás de nós.
> *Sieg Heil! Sieg Heil! Sieg Heil!*

Uma vez instalado o transe, os efeitos eram mecânicos. Um paciente que sucumbisse obedeceria. Independente da fé que ele ou ela tivessem no hipnotizador. Ou quer acreditassem ou não.

Tudo que o hipnotizador tinha de fazer era induzir o transe:

– Que noite você deve ter tido, sozinho naquela cela horrível. Aposto que tudo que gostaria de fazer agora era esquecer todo o caso. Fazê-lo desaparecer... como um sonho desagradável. Todas as preocupações. Todos os pensamentos que deve ter tido. Apenas dissipá-los... com um longo suspiro. Vamos. Faça isso, Gustave. Respire fundo. Inspire e expire. Isso. Você é um sujeito de sorte. Pense em todas as pessoas em Berlim tremendo no frio. Que não têm a sorte de estar confortáveis em um sofá aconchegante. Que não têm a sorte de poderem relaxar como você.

Gustave sorriu, balançando ligeiramente a cabeça.

Suas pálpebras estremeceram...

Em seguida, seus lábios torceram-se em um sinistro sorriso.

– Você não acha mesmo que pode me hipnotizar, não é? – Seus olhos castanhos chisparam zombeteiramente. – O Grande Gustave. Essa é boa.

Kurt fingiu ignorar.

– Herr Gustave. Isso é a última coisa que eu desejaria, que você adormecesse agora. Só quero que relaxe para que possamos conversar. Inspektor. – Kurt olhou para Willi. – Posso dar uma palavrinha com você, por favor? Gustave, apenas... relaxe.

Kurt praguejou no corredor.

– Estou quase chegando lá.

– Você deve estar brincando.

– Viu como os olhos dele estremeceram pouco antes de sua resistência ganhar novo fôlego?

– Mas ele estava apenas...

– Preciso de tempo. Sente-se com Ruta. Tome uma xícara de café. Que horas são?

– Onze horas.

– Me dê uma hora. Uma única hora. Eu vou pegá-lo, Willi. Juro que vou.

No entanto, conforme o tique-taque do relógio continuava, Willi começou a se desesperar.

Ruta fumava um cigarro atrás do outro, folheando o *Berlin am Morgen*.

– *Lieber Gott*, veja só quem vai se casar. Greta Garbo.

– Sorte dela. – Ele manuseava várias pastas, fingindo estar procurando alguma coisa.

– Claro. Acha que ela é bonita? Comparada a Dietrich?

Ele não parava de consultar o relógio. Era meio-dia e meia. Para chegar à estação Zoo no trânsito do meio do dia seriam necessários pelo menos trinta e cinco minutos. Imaginou Kathe lá, esperando com as crianças. Quarenta e cinco, por segurança. Isso lhes dava menos de uma hora.

– Vamos, Kurt – viu-se murmurando. – Vamos...

– Esta aqui é boa. – Ruta soprava anéis de fumaça. – Um filme novo sobre um gorila que destrói Nova York. Algo para levar os netos.

Ele praticamente saltou da cadeira quando a porta escancarou-se.

Era Gunther, de volta dos Registros Centrais, os olhos acesos, o pomo de adão saltando.

— Consegui uma coisa, chefe.

Willi não queria ouvir.

— Lembra-se de que me mandou verificar se alguma queixa fora registrada nas delegacias locais a respeito de cheiros estranhos ao longo do Havel? Bem... adivinhe. Houve mais de uma dúzia em 1932. E adivinhe de onde todas vieram?

Willi lançou uma olhadela ao relógio.

Já era quase uma hora. O que estava levando tanto tempo? A força de vontade de Gustave era realmente tão forte assim? E se ele não capitulasse? E se ele fingisse?

— De onde, Gunther? De onde vieram? Eu desisto.

— Oranienburg! — Ele entregou uma pasta de arquivo a Willi.

Dentro havia várias queixas apresentadas à polícia de Oranienburg, bem como várias ao Ministério Prussiano da Saúde, na Konigsburger Strasse, a respeito de um mau cheiro que tomava partes da beira-rio quando um vento soprava do sul. Até o prefeito havia registrado queixa. Em um mapa imaginário, Willi seguiu o Havel para o sul da pequena cidade. Havia o curtume, é claro. Mas fora à falência no primeiro ano da Depressão. Ainda assim... alguém pode ter invadido o lugar. E a um quilômetro ou dois mais adiante, a fábrica de tijolos. Mas que cheiro poderia advir dali, a menos que não fossem tijolos o que eles estavam fazendo? Fora isso, tudo que havia por quilômetros e quilômetros... eram aquelas duas ilhotas. Mas ele precisava de provas. De confirmação.

Consultou novamente o relógio.

Uma e quinze. Tinham de ir embora. Se Kurt ainda não tivesse conseguido o que precisavam até agora, era simplesmente...

A porta do escritório abriu-se de par em par. Kurt surgiu de casaco e chapéu.

— Tudo bem. Vamos. Eu lhe digo tudo no caminho.

— Gunther! — Willi explodiu de tensão.

Ruta olhou para ele como se ele tivesse enlouquecido sem que ela notasse.

— Sim, senhor.

– Mantenha o nosso amigo bem confortável – sussurrou. – Atrás das grades.
– *Jawohl.*
– Bom trabalho nessas reclamações.

Do lado de fora, um frio deprimente se instalara. Uma neblina de Berlim que penetrava nos poros, até os ossos. Dando partida ao BMW, Willi calculou o caminho mais rápido. Era tortuoso, de qualquer forma. Somente duas artérias ligavam o centro de Berlim aos distritos a oeste – e ambas passavam por gargalos de arrepiar os cabelos. Sabia que a Unter den Linden estaria impossível a esta hora. A alternativa pela Friedrich Strasse, em todo o percurso sob o Portão de Brandemburgo e até o Tiergarten era estressante demais até para um berlinense vitalício. Desfiles constantes. Manifestações. Nazistas. Comunistas. Em vez disso, ele optou por Muhlendamm, atravessando o rio Spree com bastante facilidade pela Gertrauden Brucke, mas foi apanhado na mais pegajosa das teias... Potsdamer Platz.
Ao se aproximarem dela, foram engolfados por veículos de todo tipo.
– Gustave não estava mentindo sobre os sequestros – Kurt reiterou quando ficaram imobilizados. – Ele não tinha uma única lembrança ligada à taverna Cervo Negro.
Willi lançou-lhe um olhar incrédulo.
O Rei do Ocultismo finalmente se rendera – não porque sua força de vontade tivesse enfraquecido, mas porque ele era hipersensível à hipnose, Kurt informou. E tinha pavor de prisão.
– Como ele poderia não saber que enviara todas aquelas pessoas? É absurdo.
– Porque ele se hipnotizava também, Willi, repetidamente, para esquecer tudo que fazia em conexão com todo o imbróglio.
Willi remexeu-se desconsoladamente no banco.
– É verdade; eu tive de limpar a mente dele de todas as instruções pós-hipnóticas para que as lembranças voltassem.

— E então...?
— E então ele confessou que havia trinta, talvez quarenta mulheres que ele mandara a Spandau no ano passado; ele perdera a conta.
— Santo Deus!
— Além de uma família de anões húngaros... um pedido especial. Anões? Por que... Willi fechou os olhos.
— E quanto a Sachsenhausen?
— Nunca ouviu falar.
— *Scheisse!*
— Tudo que ele sabia é que depois que encontrava uma garota de que eles gostariam, ele telefonava para a Cervo Negro para alertá-los. O que acontecia depois que elas chegavam ele não fazia a menor ideia.
— Pelo amor de Deus... o que ele imaginava que acontecia com elas?
— Ele honestamente acreditava, ou ao menos se permitia acreditar, que elas fossem usadas como... escravas sexuais. Que sua "sentença", como ele chamou a isso, só durava enquanto os senhores se divertiam com elas. Fora isso, ele não queria saber. Não sabia que nenhuma delas jamais retornara. Que uma tivesse vindo à tona no Havel. Nenhuma noção de qualquer experiência médica. Nada além da taverna Cervo Negro. Mesmo lá... apenas vozes. Nunca um nome.

Willi sentiu uma leve náusea. Da janela superior de um ônibus de dois andares ele notou uma jovem com olhos verdes, nostálgicos. Por um instante, podia jurar que era Paula. Só que Paula estava em Sachsenhausen. E ele voltara à estaca zero.

Veículos rugiram quando eles abriram caminho à força e viraram na Potsdamer Platz. Durante cinquenta anos, esse redemoinho de avenidas mantivera a distinção duvidosa de ser o cruzamento mais movimentado da Europa. Enxames de carros, ônibus e táxis espremiam-se ao redor de fileiras intermináveis de bondes amarelos passando uns pelos outros em velocidades alarmantes, pedestres suicidas atravessando loucamente em meio ao caos.

— Então, o que levou Gustave a fazer o que fez, Kurt? — Willi tocou a buzina para um homem que parecia decidido a ser atropelado.

– Se ele achava isso tão detestável, precisava hipnotizar a si mesmo para não se lembrar de nada?

Ondas de pessoas derramavam-se da estação de trem Potsdamer. Do outro lado da rua, o vistoso hotel Fürstenhof acenava com as torres em *Jugendstil*. Anúncios elétricos piscavam de uma dúzia de direções: "Berlim fuma Juno!", "Chlorodont – usado por milhões diariamente!" Homens-sanduíche desfilavam os anúncios pelas calçadas. "Liquidação! Sapataria masculina Englehardt", "Delicioso! Delicatéssen Grossmann."

– Em uma palavra, Willi, chantagem.

À esquerda, os portais dourados do imponente e antigo hotel Palast pareciam oferecer um último vestígio da estabilidade da Berlim imperial. Naquela época, Willi sabia, as pessoas compreendiam suas vidas, o mundo à sua volta, por um férreo sentido de dever para com o Kaiser e seu Estado. Quando isso desmoronou, tudo se precipitou em uma corrida frenética para a frente, uma busca desesperada por algum novo centro de gravidade. Um medo terrível de que todo o fundo cairia.

– Há cerca de um ano, um sujeito chamado Heydrich descobriu um fato um pouco desagradável sobre seu passado.

Willi percebeu um desesperado sinal de alerta atrás dele. Um furioso chocalhar de sinos.

– Como o quê, Kurt?

Um carro de bombeiros tentava passar.

O que Heydrich podia ter sobre o sujeito que provocasse nele tamanho terror?

Willi conseguiu espremer o BMW junto a uma das antigas guaritas de Schinkel, as colunas do Renascimento grego emplastadas com jornais de uma banca.

Banco do Comércio Vai à Bancarrota! Hitler Reúne-se com Industriais em Colônia.

Um palhaço em pernas de pau representava na esquina, cercado de crianças aos gritos. Um homem sem pernas passou em um carrinho de madeira, sacudindo uma lata. Duas jovens em casacos de pele de raposa prateada riam histericamente enquanto se davam os braços e tentavam atravessar a rua. Um ofuscante anúncio acima proclamava: "Lux – Suas roupas vão ficar como novas!"

– Gustave Spanknoebel não é de Viena. E ele não é Gustave Spanknoebel.

A vida na Potsdamer Platz – o centro de uma nação girando para fora de controle – estava ficando parecida a um passeio em um carrossel maluco, Willi pensou. Todos mal conseguindo se agarrar ao lugar.

– Seu verdadeiro nome é Gershon Lapinsky. Ele é de um vilarejo na Boêmia. Vem de uma longa linhagem do que chamam de *Wunder* rebbes. Místicos. Curandeiros. Seu pai vendia amuletos milagrosos inscritos com símbolos da cabala. Ele é judeu, Willi. Judeu. O vidente de Hitler!

Adiante, Willi avistou o novo e impressionante arranha-céu que se erguia na esquina da Koniggratzer Strasse. Oito andares de paredes horizontais de vidro curvando-se parabolicamente com o tráfego abaixo. Columbus Haus era a obra mais espetacular de Erich Mendelsohn até então. Mendelsohn, um judeu, estava reformulando o coração de Berlim. Revitalizando-o com um futurismo otimista. Não era de admirar que os nazistas o detestassem. Diziam que era o símbolo da decadência bolchevique. Goebbels declarara que, no dia em que tomassem o poder, o transformariam em um centro de reeducação para ensinar homens como Mendelsohn o que significava ser alemão.

– Isso é completamente insano, Kurt. Eu não compreendo. Como um garoto judeu pôde se tornar o vidente de Hitler?

O primo de Willi arrancou os óculos e começou a limpá-los freneticamente.

– Muitos garotos têm esta fantasia aos doze anos, mas este realmente fugiu e se juntou a um circo. Passou como cristão desde então. Usou todos os truques conhecidos para se tornar um famoso "místico": falsos clientes para atrair outros, códigos de palavras, elaborados sinais manuais. Confessou-me tudo entre lágrimas. Anos mais tarde, já uma celebridade, foi apresentado a Hess, amigo de Hitler. Os nazistas são absolutamente patológicos a respeito de ocultismo, você sabe.

Quando Hess ligou-se a ele, todos os outros vieram. Hitler o saudou como um grande adivinho. Um visionário alemão. Pode imaginar? E o pequeno Gershon foi louco o bastante para achar que poderia se dar bem. Até que um dia, sem esperar, esse tal de Heydrich aparece de uma unidade de investigação nazista, SS ou alguma outra, e revela que havia desencavado toda a sujeira. Se Gershon não cooperasse... ou seja, se não providenciasse um fluxo contínuo de belas mulheres de forma gratuita, apenas estrangeiras... iria lamentar amargamente.

Passando o grandioso Haus Vaterland, pertencente a judeus, e a gigantesca loja de departamentos Wertheim, ocupando três quarteirões, também de judeus, o tráfego começou a melhorar.

Os nazistas proclamavam que esses estabelecimentos um dia pertenceriam aos "alemães".

– Se servir de consolo – Kurt consultou o relógio apreensivamente –, o Grande Gustave prevê um fim violento para Hitler. Naturalmente, ele nunca disse isso a ele. Mas me confessou que o mapa astrológico do Führer mostrava Júpiter em extrema oposição a Saturno, anunciando uma fantástica derrota final.

Willi olhou para ele.

Kurt sorriu nervosamente.

– Kathe vai me matar se eu perder este trem.

Não perdeu.

Willi conseguiu fazê-lo chegar à estação com dez minutos de antecedência.

Abraçaram-se na calçada.

– Muito obrigado por isso, Kurt.

– Por favor. Pode ter certeza de que vou publicar pelo menos uma dúzia de trabalhos científicos sobre isso. Só lamento que você não tenha encontrado Sachsenhausen.

– Sim. Bem, eu também. Mas... talvez eu tenha conseguido uma pista.

— Escreverei. Vou lhe contar tudo sobre Tel Aviv. — Kurt tirou os óculos, esfregando os olhos vermelhos, dando uma última olhada ao redor, respirando pela última vez o *Berliner Luft*.

— Meu Deus, vou sentir falta deste lugar.

— Ganhe um belo bronzeado por mim. — A garganta de Willi ardia. — E... peça desculpas a Kathe.

— *Ach*. Ela nem vai se lembrar mais depois que sairmos daqui. — Kurt esfregou um lenço pelo rosto. — Cuide-se bem, primo. E no ano que vem — ele sacudiu um dedo enquanto se afastava — em Jerusalém!

Willi entrou de volta no BMW. Fazendo um retorno de 180 graus na Hardenburger Strasse, sentiu-se tão vazio quanto o apartamento de Kurt. Diretamente à frente, assomava o desajeitado prédio da igreja do Kaiser Guilherme, as múltiplas e escuras torres desaparecendo na neblina. Enquanto aguardava o sinal verde, viu uma mulher ruiva fitando a si mesma na vitrine de uma loja. A igreja também estava refletida na vitrine e parecia ter criado o dobro de torres, tudo se duplicando.

Então, Gustave era judeu. E não conseguia encarar o que fizera. Achou que podia enganar o diabo. Mas o Rei do Ocultismo é um sonâmbulo tanto quanto o resto de nós...

O ar pareceu estremecer.

Ouviu-se um rufar de tambores de parada.

Uma batida de címbalos.

Willi sentiu um nó na garganta. Seus ouvidos encheram-se com batidas de botas no pavimento. Três metros à frente, duas filas cerradas de tropas de assalto dobraram a esquina, fileira após fileira de uniformes cáqui, tiras de couro no peito, tarjas vermelhas nos braços. As pessoas corriam para sair da frente, mas um homem franzino, curvado, não foi suficientemente rápido e foi empurrado para o lado. Seu chapéu caiu na sarjeta. Ao se abaixar para pegá-lo, um soldado das tropas chutou-o no traseiro e ele se estatelou no chão junto com o chapéu. "*Alemanha, acorde!*", começou a bradar toda a coluna.

Willi fez menção de ajudar o pobre coitado, mas, quando abriu a porta do carro, viu o que deviam ser uns trinta homens de bicicleta descendo a toda velocidade pela Hardenburger Strasse. Todos usavam gorros de operários e lançavam o punho cerrado para cima em uma saudação comunista. A Brigada Vermelha! Como um enxame de abelhas, eles se abateram sobre os nazistas, lançando sobre eles uma chuva perversa de tijolos e garrafas. Willi viu vários camisas-pardas caírem, o sangue fumegante lavando a calçada. Pedestres gritavam enquanto tentavam se refugiar nas lojas e embaixo de veículos estacionados.

Tornou-se uma cena de um filme expressionista. Bicicletas voando. Vitrines de lojas se estilhaçando. Manequins ali paradas, expostas, de ligas e sutiã. Golpes de soco-inglês. Cassetetes voando. Apitos. Polícia. Mangueiras d'água. Nazistas e comunistas derrubados pelos jatos de água. Pessoas correndo. Segurando a cabeça. Sangue vermelho pingando.

Uma repentina abertura no tráfego.

Pisando fundo, Willi escapou pela Kant Strasse justamente quando as tropas de choque chegavam. Ele ainda ouvia sirenes e vidraças quebradas a vários quarteirões dali, na Ku-damm, onde as pessoas bem-vestidas faziam de tudo para continuar gozando a vida.

22

O grande relógio vermelho da Superintendência de Polícia marcava duas e quarenta e cinco quando ele entrou. Seu cérebro ainda ecoava com as batidas das botas. O estilhaço de vidros. Aquele último e doloroso olhar de seu primo a Berlim. Apertando o botão para chamar o elevador, viu que sua mão tremia. Era mais do que nervosismo. Sentia-se dilacerado por dentro, como se alguém o tivesse golpeado com um cassetete. Aonde todos os seus esforços o haviam levado? Gustave – ou deveria dizer Gershon – estava trancado no subsolo em uma cela. Mas e daí? O sujeito não podia lhe dizer nada. Ele sabia que a taverna Cervo Negro era um ponto de transferência, mas podia prender todo mundo ali e ainda assim não encontrar Sachsenhausen.

Onde estava o maldito elevador?

Como se trazido pela raiva, a velha gaiola sacolejante desceu. Entrando no elevador, Willi disse a si mesmo que devia ir ver a mãe de Paula. Mas ao visualizar a velha senhora esfregando o chão de joelhos, um terror frio tomou conta dele. Balas ele podia enfrentar. Arame farpado e campos minados. Mas a fúria de uma mãe? Fechou a porta da gaiola e apertou o botão para o sexto andar.

Ela teria todo o direito de tentar estrangulá-lo. Ele nunca deveria ter deixado Paula ir. Quando o elevador deu um solavanco e começou a subir, ele teve a mais terrível visão de Paula amarrada a uma maca, sendo levada a uma sala de cirurgia, ainda procurando por ele, perguntando-se como isso podia ter acontecido.

Somente uma vez na vida, quando Vicki morrera, ele se sentira tão incompetente.

No sexto andar, foi atingido por um forte cheiro de charuto. Isso trouxe à sua lembrança aquelas queixas de Oranienburg. Aquele mau cheiro, ele recordou. O odor de charuto tornou-se mais forte à medida que ele se aproximava da sala, irritando sua garganta quando abriu a porta. Os olhos de Ruta faiscaram. De dentro do escritório, ele notou nuvens de fumaça escoando em rolos para a sala de recepção, como se houvesse um incêndio.

– O Kommissar – ela gaguejou – gostaria de dar uma palavrinha com o senhor.

Horthstaler ocupava a cadeira de Willi, os pés sobre a mesa, um enorme charuto preso entre os lábios carnudos. Tudo bem. Mas por que o pálido detetive Thurmann, com seu bigode preto e bem delineado, estava sentado no sofá, rindo tão presunçosamente?

– Finalmente. – O comissário lançou um olhar cinza a Willi. – Você encontra tempo para levar seus parentes de um lado para outro em Berlim. – Sentou-se ereto com um resmungo, o sangue abandonando suas bochechas gorduchas. – Muito atencioso de sua parte.

Por que Willi tinha a sensação de ter sido vendado e empurrado contra uma parede?

– Não estou aqui numa missão agradável. – Horthstaler retirou o charuto dos lábios, fingindo analisá-lo. – Então, permita-me falar francamente. Sua investigação da princesa búlgara mostrou-se um fracasso infeliz. O presidente Hindenburg está muito decepcionado com você, Kraus.

Por uma terrível sensação de desalento, Willi teve de lutar contra uma premente vontade de rir.

O presidente Hindenburg mal conseguia lembrar o próprio nome, quanto mais o de um Inspektor da Kripo. Willi lembrou-se do artigo no *Der Stürmer*. E que Horthstaler agora era um nazista de carteirinha. Obviamente, eles o estavam encurralando para jogá-lo no olho da rua. Seu famoso Inspektor judeu.

– Deve me agradecer por ter resistido à mais extrema ação com relação a você. – O olhar do Kommissar tornou-se afetuoso, como alguém que olha para um bichinho de estimação. – Você está há muito tempo conosco, Willi. Teve alguns sucessos espetaculares.

Sim. Engraçado. Alguns meses atrás, Horthstaler não perdia uma oportunidade para exibir a estreita relação de trabalho com o captor do *Kinderfresser*. A grande estrela da polícia de Berlim.

– Seus recentes fracassos, entretanto – o olhar tornou-se indiferente –, não me deixam escolha senão colocá-lo sob observação administrativa. O que lhe dá apenas dez dias para encontrar a princesa búlgara, sã e salva. Enquanto isso – seus lábios carnudos estreitaram-se –, estou promovendo o Thurmann a seu adjunto. No caso de esses dez dias passarem – bateu as cinzas do charuto no assoalho de Willi – e você não ter obtido resultados satisfatórios – inclinou-se para a frente, enfiando o charuto de volta na boca e tirando baforadas até ele ficar incandescente –, Thurmann assumirá seu lugar. Para tanto, você lhe dará acesso imediato a todos os arquivos do escritório. – Horthstaler suspirou, sorrindo novamente para seu fiel cão de caça. – Sugiro que você leve esta situação a sério.

Novamente a vontade de rir.

– Caso seja demitido do cargo – o chefe levantou-se da cadeira de Willi –, você não perde só qualquer possibilidade de emprego no serviço público neste país. – Pegou o charuto e amassou-o na moldura de vidro do diploma da Academia de Polícia de Willi. – Perde também a pensão que você trabalhou todos estes anos para acumular. Portanto, se eu fosse você – deu um tapinha no ombro de Willi –, eu encontraria essa princesa.

Parecia haver apenas um fato para se sentir aliviado: eles não pareciam saber nada sobre Gustave. No entanto, assim que o Kommissar saiu, o Detektiv júnior começou a fazer exigências:

– Inspektor, estou ansioso para ver os arquivos sobre a princesa búlgara, bem como os do caso da Sereia. Imediatamente.

Então, era isso. O pequeno Thurmann de rosto de cera, com seu bigode tão bem aparado, iria informar os comparsas – e caso encerrado.

– Aqui estão, Detektiv. – Ruta entusiasticamente entregou-lhe uma grande pilha de pastas de arquivo.

Willi sentiu uma faca metafórica perfurar suas entranhas.

– Preparei tudo para você com antecedência.

A faca girou devagar.

– Que eficiente, Frau Garber. – Thurmann sorriu orgulhosamente. Ela lançou um olhar a Willi. Levou apenas um segundo. Mas ele percebeu. Ela havia guardado os documentos mais importantes. Dera a Thurmann apenas uma papelada sem valor. Abençoada Ruta!

Quando Thurmann desapareceu, Willi teve vontade de beijá-la. Ela não lhe deu oportunidade.

– Alguns recados enquanto o senhor estava fora, Herr Inspektor-Detektiv. – Ela entregou-lhe duas folhas de papel, de modo muito profissional. Um pequeno brilho em seus olhos, entretanto, revelava tudo. Ela faria qualquer coisa por ele.

– Obrigado. – Ele fez um rápido sinal com a cabeça. – Obrigado.

O primeiro recado era de Fritz. Fora liberado do hospital e queria que Willi entrasse em contato com ele o mais rápido possível. O segundo era apenas um número de telefone.

– Uma senhora que parecia muito importante. – Ruta deu de ombros. – Não quis dar o nome.

– Não consigo mantê-las a distância. – Esboçou um sorriso.

– O senhor é um homem admirável, Herr Inspektor. Admirável.

Um pequeno choque percorreu-o quando ele discou o número e ouviu um mordomo anunciar que ele havia ligado para a residência dos Meckel. O choque se ampliou consideravelmente quando a viúva do falecido general da SA entrou na linha:

– Herr Inspektor – disse ela, abstendo-se da menor sutileza –, estou aguardando notícias suas há dias. O senhor é incompetente ou simplesmente não está interessado em saber quem assassinou meu marido?

Willi espantou-se. Se não tinha se sentido um idiota antes...

– Ao contrário, Frau Meckel. É da maior importância para mim. Se preferir, posso passar aí imediatamente.

— Aqui? Ficou maluco? Tem de ser em um local público. Extremamente público.

Em uma minúscula ilha no rio Spree — o verdadeiro berço de Berlim, onde um vilarejo medieval de comércio dera origem à cidade — fora erigido, no século XIX, um bem cuidado prodígio do Iluminismo. A Ilha dos Museus foi elevada a um dos principais templos de arte do mundo, um conjunto sem paralelo de galerias... o Altes Museu, a Alte Nationalgalerie, o Museu Neues, o Museu do Kaiser Frederico. E em 1930 um gracioso toque final — a coleção de antiguidades do Museu de Pérgamo. Foi ali, sob o imponente Portão de Ishtar, que Willi sugeriu que Frau Meckel o encontrasse.

Passos ecoaram pelo chão de mármore. O enorme corredor formigava de gente, mas Willi sentia-se perfeitamente à vontade. Sozinho. Um estremecimento de admiração e respeito o fez se sentir quase consagrado ao se aproximar da antiga construção que fora a porta principal para a imperial Babilônia. As ruínas deste magnífico portão haviam sido escavadas das planícies da Mesopotâmia e remontadas ali por arqueólogos alemães, tijolo por tijolo. Agora, o portal de ameias denteadas erguia-se para o teto do museu de quase quinze metros de altura, recoberto por completo de azulejos azuis-escuros, ornamentado com elaborados desenhos e baixos-relevos, estonteantemente belo em seus dois mil e quinhentos anos. Willi na realidade podia ver os antigos, de sandália, passando sob ele. Segundo a descrição em sua base, Nabucodonosor II, construtor dos Jardins Suspensos, inaugurou o portão em 562 a.C. Se Willi não estava enganado, esse mesmo Nabucodonosor havia destruído o Templo em Jerusalém e dispersado os judeus.

Bem, ele pensou com uma pitada de orgulho, veja quem ainda está por aqui.

— Herr Inspektor Kraus, imagino?

Em sua capa impermeável verde, chapéu enfeitado de penas, bolsa preta firmemente presa ao braço, Helga Meckel parecia o arquétipo da mulher alemã. A materialização loura e vigorosa do trabalho e do bom-senso. Praticidade e autocontrole.

No entanto, uma angústia completamente desenfreada transbordava de seus olhos.

– A porta reconstruída para uma civilização perdida. – Sua voz era carregada de ironia. – Escolheu um cenário muito apropriado ao nosso pequeno encontro.

– É mesmo? – Sua franqueza não foi nenhuma surpresa para Willi depois da conversa que tiveram ao telefone. – Como assim, Frau Meckel?

Encarando-o, seu olhar azul-claro fraturou-se em milhares de estilhaços de amargura.

– Porque, Herr Inspektor, isso é o que esses homens vão fazer da Alemanha um dia. Ruínas. Que terão de ser escavadas. Caso alguém se dê ao trabalho de se lembrar de nós.

Depois de tatear em busca de um lenço, ela enxugou a testa.

– Perdoe-me. Não tenho me sentido bem nos últimos dias. Se minha atitude foi imprópria anteriormente, foi apenas porque não foi fácil para mim entrar em contato com o senhor. – Ela guardou o lenço e fechou a bolsa com um estalido, oferecendo-lhe um fraco sorriso. – Nada disso é fácil para mim.

– Compreendo.

– Não... não compreende. – Suas faces pálidas inflamaram-se. – Sou uma boa nazista. Ou achei que era. Mas algumas injustiças devem ser denunciadas.

Repentinamente, ela pareceu sentir falta de ar.

– Frau Meckel – instou-a –, então a senhora deve falar.

Seus lábios pálidos tremeram.

– Meu marido – ergueu o queixo vigoroso – era um gênio, Inspektor. Ele foi o primeiro a teorizar sobre as possibilidades de transplantar ossos humanos. Depois do que aconteceu na Guerra Mundial... os milhões de amputados... ele achou que precisava fazer alguma coisa. Para compensar, não para privar. Foram os novos, essas estrelas em ascensão. – Ela baixou a voz, lançando olhares à volta. – Os que são da SS.

– Desculpe-me, Frau Meckel... seu marido era membro do Instituto de Higiene Racial, não era?

– Membro fundador! Mas a preocupação dele era com o declínio da taxa de natalidade alemã e o rápido crescimento de doenças mentais. Hermann nunca falou da questão judaica ou de "desarianização", como os que tomaram o poder dizem. Deixe-me assegurar-lhe, Herr Inspektor – seus olhos arregalaram-se dolorosamente –, todos os alemães decentes condenam essa perseguição aos judeus. *Es geht alles vorüber*, dizemos a nós mesmos. Isso, também, passará. Hitler ladra mais do que morde. Precisamos dele para manter os comunistas afastados. Mas quando ele assumir o poder, a razão e a lógica prevalecerão.

Seus lábios começaram a tremer, as lágrimas aflorando aos olhos novamente.

– Agora eu não penso mais assim. – Ela enfiou a mão dentro da bolsa de novo e escondeu o rosto no lenço. – Não penso assim de modo algum.

Olhou ao redor, com vergonha de que a vissem chorar.

Willi teve vontade de tomar a pobre viúva nos braços e aplacar a dor que ele conhecia tão bem. Mas manteve-se distante, as mãos atrás das costas.

Controlando-se, ela conseguiu continuar, a voz sussurrada transformando-se em temor:

– Mataram Hermann porque ele se recusou a compactuar com os crimes. – Seus olhos se embaciaram, frios e azuis como os azulejos da Babilônia. – Oscar Schumann foi quem ordenou, tenho certeza. Mas somente com a aprovação de Heydrich e Himmler.

– Que crimes, Frau Meckel?

Ela voltou os olhos para o céu como se suplicasse para não ter de falar disso.

– Certas... – Deu um soluço. – Experiências.

Olhando ao redor, a voz tornou-se nervosa, como o adejar de uma mariposa:

— As esterilizações começaram há uns seis meses e depois Schumann quis fazer transplantes ósseos. Meu marido ficou perplexo. Ele terminou a associação com o instituto imediatamente. Deixaram-no em paz, desde que ele mantivesse a boca fechada. Afinal, ele era o mentor. Mas, então, uma jovem, uma americana, conseguiu fugir — seu olhar tremeluziu malignamente — e Schumann tentou culpar Hermann. O único outro médico que poderia ter realizado essa cirurgia. Com a ajuda de Heydrich, ele armou todo esse caso da princesa búlgara e fez questão de colocar o senhor no caso. O senhor, o famoso Inspektor judeu, atraído para a perseguição da pista falsa, meu pobre Hermann. Mas no final a piada devia se voltar contra o senhor. A princesa... bem, deixe-me ser franca, Inspektor... ela é um deles. Não me pergunte como, mas eu soube, sem nenhuma sombra de dúvida, que essa Mata Hari búlgara já está há algum tempo confortavelmente em casa, de volta ao palácio real em Sófia!

Nesse instante, Willi teve vontade de rir. Horthstaler lhe disse que ele tinha de achar a princesa. Sã e salva. Portanto, ali estava. Uma grande armadilha.

Os olhos brilhantes de Frau Meckel fitaram-no com fúria.

— O senhor, Inspektor, e não meu marido, deveria ser o cordeiro do sacrifício. — Ela cerrou os dentes, revirando os olhos por receio de ter falado alto demais. — A questão toda deveria ter morrido com o senhor! Ninguém imaginava que o senhor fosse falar diretamente com Von Schleicher, e certamente não com Roehm. O senhor é um homem com, como dizem em sua língua, *chutzpah*?

— Minha língua é o alemão.

Ela pareceu não ouvi-lo.

— Infelizmente para meu marido, quando a SS ficou sabendo que Roehm estava cooperando com o senhor na investigação, bem...

Willi quase foi tolo o suficiente para querer pedir desculpas.

— Frau Meckel — sua voz tornou-se imperiosa —, deve me dizer imediatamente: onde fica Sachsenhausen, o lugar onde realizam essas horrendas experiências?

Seus olhos se arregalaram, como se ele estivesse louco.

– Acha mesmo que tenho conhecimento dessa informação? – Seu sussurro estava à beira da histeria. – Nunca sequer ouvi esse nome. Esse assunto sempre foi altamente sigiloso. E quando se tornou "extralegal", como costumam dizer, bem... uma palavra podia custar a vida de uma pessoa!

Willi ergueu os olhos para o majestoso Portão de Ishtar sentindo, imaginava, como muitos babilônios se sentiram ao verem a aproximação das hordas da Pérsia.

– Como podemos acabar com isso? – disse tanto para Frau Meckel quanto para quaisquer outras forças de justiça que existissem no universo.

Seus olhos vermelhos e inchados estreitaram-se ferozmente.

– Não será fácil. – Seu sussurro tornou-se ainda mais ameaçador. – A menos que ache que possa vencer a SS. Mas há uma noite em que todos eles se reúnem. Todos do instituto. *Thurseblot. A Festa de Thor.* – Ela viu o rosto dele. – Sei que pode soar ridículo, Inspektor, mas deve se lembrar, esses homens são verdadeiramente... pagãos.

Uma visão pareceu formar-se diante dela.

– Há uma taverna em Spandau. – Uma de suas sobrancelhas louras se ergueu. – Bem em frente à estação de trem. – Os cantos de seus lábios contorceram-se. – Na lua cheia de janeiro – ela virou-se para ele, o rosto afogueado de sede de sangue – é onde encontrará todos eles.

23

Os passos de Willi ecoavam conforme ele deixava o museu – o notório homem de quem haviam puxado o tapete. Anoitecera. Um frio cortante infiltrava-se pelo sobretudo. Já sabia há algum tempo que estavam preparando uma armadilha para ele, mas não imaginava que fosse tão grave. Erguendo os olhos à procura de um sinal de lua, viu apenas escuridão.

Nunca se sentira tão sozinho.

Na ponte para pedestres sobre o Kupfergraben, foi assolado pela ironia insana de tudo aquilo. Ernst Roehm salvara sua vida, inadvertidamente. Himmler e Heydrich ficaram com medo de tornar inimigo um homem com meio milhão de camisas-pardas sob seu comando. Assim, livraram-se de Meckel. Mas por quanto tempo esse santuário duraria?

Enquanto caminhava pesadamente pela calçada fria da Georgen Strasse, apenas uma certeza assomava: sua carreira na polícia de Berlim estava acabada. A busca mítica em que o puseram – resgatar a princesa desaparecida – fora uma missão ridícula e infrutífera. Horthstaler pintou todo o quadro com o charuto. Queriam a saída do judeu. E eles o pegariam. De um modo ou de outro.

A menos que...

A menos que ele pudesse desmascarar Sachsenhausen. Então, o caso seria alardeado por toda a Alemanha. A mente das pessoas muda. Veja-se Frau Meckel. Ao menos agora, ele abaixou o chapéu contra o vento, havia uma chance de pegar todo o bando de depravados. *Thurseblot*. Só o nome já o fazia estremecer. Mas ele teria de encontrar Sachsenhausen primeiro. Não era possível pegar apenas um ou outro. Alertas seriam enviados. A doença sobreviveria. Tudo teria de ser cauterizado simultaneamente.

O problema é que ele não sabia quando seria a lua cheia.

Do outro lado da rua, havia uma livraria. Um velho com um colete de lã estava prestes a fechar as portas. Correu para alcançá-lo.

— Senhor. Posso entrar para ver um calendário e verificar quando será a próxima lua cheia? É extremamente importante.

O velho empertigou-se com desdém.

— Pela maneira como as pessoas dependem das estrelas e da lua atualmente, parece até que nunca houve o Iluminismo.

Willi não tinha nenhuma energia para um debate filosófico.

— É uma investigação policial. — Exibiu o distintivo.

— Muito bem, então, a Era da Razão certamente chegou ao fim — o sujeito resmungou — se a própria polícia está consultando os astros.

Talvez ele tenha razão, Willi pensou.

Mas qualquer que fosse a era, um distintivo da Kripo fazia as coisas acontecerem na Alemanha e logo ele pôde verificar a data.

Impossível. Somente no dia 24? Mais três semanas? Ele não podia esperar tanto tempo. Paula não podia. E no entanto... que escolha havia? *Thurseblot* era a única noite em que todos se reuniam. Santo Deus!

Enrolando ainda mais o cachecol ao redor do pescoço, ele continuou morbidamente na direção da Friedrich Strasse. Bem à frente, as luzes da estação de trem pareciam chamá-lo.

A mãe de Paula, ele compreendeu.

O cheiro da pobreza invadiu seu nariz quando ele aproximou-se do velho distrito de casas de cômodos. Olhos vagos e distantes fitavam-no de janelas rachadas. Crianças sujas espreitavam do corredor. A mãe de Paula atendeu à porta, porém mal conseguia se manter em pé. Os cabelos desgrenhados. Os olhos semicerrados. O fedor de gim barato rodeava-a como um roupão amarfanhado.

— Frau Hoffmeyer. — Seu estômago queimava de ácido. Como se conta a uma mãe que sua filha está desaparecida? Que a culpa fora

inteiramente sua? – É o Inspektor-Detektiv Kraus. Preciso lhe falar por um instante... sobre Paula.
– Paula? – Sua voz parecia amônia em seu rosto. Acre. Cáustica. – Está um pouco atrasado, meu caro.
– Como?
– Já estiveram aqui. Já sei de tudo.
– Quem esteve aqui?
Seus olhos flamejaram, como se ele fosse um completo idiota.
– Vocês mesmos. Schupo. Polícia de Segurança.
– Eu sou da Kripo.
– E daí? Vai me contar uma história diferente? – Ela enfiou a mão no bolso do roupão e tirou uma carteirinha de identidade, brandindo-a furiosamente para ele. A carteirinha de Paula; mas não podia ser; ela a levara consigo naquela noite. Ele a vira colocá-la na bolsa.
– Vai me dizer que minha filha *não* foi assassinada?
Ele perdeu completamente a respiração.
– Na profissão dela e com os maníacos soltos por aí hoje em dia... não chegou a ser realmente uma grande surpresa. – Ela fingiu cuspir. – Dominatrix. Eu sabia que alguma coisa ia acabar acontecendo. Mas não pense que não doa mesmo assim. Saber que seu crânio foi rachado ao meio. – Seus olhos injetados fixaram-se nele. – Ao menos, ela morreu rápido. – A voz áspera se alquebrou: – É só o que me consola. Agora, pelo amor de Deus, me deixe em paz!
Ela bateu com a porta em sua cara.
Ele ficou ali parado, como se seu próprio crânio tivesse sido rachado. Aos poucos, por uma dor lancinante, começou a reunir os pedaços outra vez. Paula deve ter mantido a farsa de ser polonesa... até Sachsenhausen. Só que... então já era tarde demais. Ela já vira demais. Não podiam libertá-la. Uma mãe alemã, entretanto, merecia ser notificada... e assim enviaram a Schupo até sua casa com uma história. Não era inteiramente uma mentira. Eles provavelmente racharam seu crânio ao meio. Os filhos da mãe.
Ele tentou se controlar, mas a cada passo, conforme descia as escadas, podia sentir suas molas internas se soltando. Quando chegou na

portaria, suas pernas cederam. Ele deslizou pela parede. Agachou-se no chão, emitindo uma espécie de gemido, protegendo a cabeça com os braços, como se estivesse sendo surrado. Imagens de Paula assaltavam sua mente. Com que clareza podia vê-la pavoneando-se pela Tauentzien Strasse em um paletó de fraque masculino e os shorts curtos. A maneira como dançava o cancã, os seios brancos balançando-se. Toda envolvida naquele vestido de noite, justo, cor-de-rosa, brindando a 1933.

Ficou ali agachado, soluçando incontrolavelmente, os ombros sacudindo-se em espasmos.

Ele seria melhor do que os nazistas que a mataram? Por que permitira que ela fosse?, perguntou-se. Porque ela era uma viciada em morfina? Porque gostava de ser espancada? Isso a tornava menos humana? Algo com o qual... fazer experiências?

Mas, por outro lado, teve de lembrar a si mesmo, ele não a forçara. A ideia, para começar, fora inteiramente dela. Ela suplicara para ir. Amaldiçoou-o por negar-lhe a única oportunidade de fazer algo significativo com sua vida.

O que quer que isso quisesse dizer.

Ela era uma mulher espetacular. A vida simplesmente nunca lhe dera uma chance. Quem sabe, as poucas semanas que tiveram juntos podem ter sido as melhores que já teve.

Também não tinham sido ruins para ele.

Por fim, não lhe restaram mais lágrimas. Pegando o lenço, enxugou o rosto e lentamente ergueu a cabeça. Através de seus olhos lacrimejantes, exaustos, ele notou um bando de crianças no corredor olhando petrificadas para ele, como se ele fosse Charles Chaplin ou algo assim.

O céu parecia pintado de azul na manhã seguinte quando ele, com todos os músculos latejando, e Gunther partiram em um Opel sem identificação, rumo a Oranienburg. Este mundo em que viviam estava começando a afetá-lo. Impossível acreditar que Paula já não estivesse nele. Que fora ele quem a deixara ir. Como pôde ser tão idiota, tão estupidamente descuidado? Pobre Paula! Apesar de chocado com a ação disciplinar adotada contra Willi, Gunther fazia questão de manter o queixo erguido.

– Nós ainda vamos encontrar essa princesa búlgara – repetia. – Você vai ver. Dez dias é um longo tempo, chefe.

Willi não teve coragem de lhe contar. Até *Thurseblot* ele estaria fora da polícia. Desamparado. Com o resto dos desempregados.

Mas nem tudo estaria perdido.

O chanceler da Alemanha ainda estava do seu lado. E as forças armadas.

– Mantenha olhos e ouvidos bem abertos. – Willi instintivamente continuava a treinar o rapaz. – E o nariz, Gunther. Para aquele mau cheiro.

Pelo menos não tinha mais de se preocupar com Paula. Terrível consolo, mas agora que ela se fora, ele podia agir devagar e adequadamente. Preferia tê-la de volta. Mas só Deus sabia quantas almas mais ainda estavam lá esperando para serem resgatadas. Ele iria encontrá-las, ainda que isso lhe custasse um último suspiro.

A menos de uma hora da Superintendência de Polícia, Oranienburg parecia um vilarejo de conto de fadas. Todas as casas eram pintadas de branco com telhados íngremes e vermelhos. Cavalos puxavam carroças de feno, seus cascos soando ao longo do calçamento de pedras. Cisnes tomavam sol à margem do rio. Na prefeitura, o *Bürgermeister* fingiu estar encantado em vê-los, vindos do centro de Berlim. O que trazia dois Inspektors da Kripo logo à sua tranquila cidadezinha?

– Herr Bürgermeister, em julho o senhor apresentou uma queixa junto ao Ministério da Saúde na Konigsburger Strasse.

O prefeito franziu o cenho, exibindo grande dificuldade em se lembrar.

– *Ach*, sim. – Pareceu uma revelação. – Aquele cheiro de peixe podre no verão passado. Bem... *Gott sei Dank,* já passou completamente. Alguns *Idioten* do curtume derramaram um barril de ácido tânico. Matou todo um cardume de carpas. Pode imaginar? Multamos os desleixados em cem marcos. Mais os custos da limpeza. Não farão mais isso.

Certamente não, Willi sabia. Aquele curtume estava fechado desde 1930.

– Mas houve muitas reclamações – acrescentou ao prefeito. – Inclusive várias somente no mês passado. Um cheiro fétido, picante. Ao longo do rio, como de carne podre.

– Bem, ao longo do rio naturalmente sempre há cheiros estranhos. – O prefeito continuou sorrindo. – Poderia ser uma dezena de coisas. Deus sabe que temos nosso quinhão de gambás por aqui.

Willi viu que estava perdendo seu tempo.

Entre julho e agora, obviamente, alguém deixara bem claro ao prefeito que não havia nenhum mau cheiro em Oranienburg.

– Bem, se não há nenhum problema... – Willi guardou o bloco de notas.

– Claro que não. Absolutamente nenhum problema!

– Então, viemos até aqui à toa, Gunther.

– Posso lhes sugerir – o prefeito entusiasticamente apontou para fora da janela – um passeio ao nosso palácio barroco. Uma experiência encantadora, posso lhes assegurar.

– Tenho certeza. – Willi piscou o olho.

Do lado de fora, Gunther assoviou de espanto.

– Mais falso do que um olho de vidro.

Ótimo, Gunther. Aguce seus sentidos. Continue sempre atento.

Willi inspirou fundo. O ar estava realmente puro. O ar do campo, que fazia uma pessoa perceber a poluição que se respirava na cidade. Paula teria adorado o lugar.

Deixaram de lado o palácio e dirigiram-se a seis endereços de pessoas que haviam apresentado queixa de mau cheiro. Todas concordavam que os fétidos odores haviam desaparecido por inteiro. Questionaram o barbeiro. O florista. A costureira. Surpreendentemente, os habitantes de Oranienburg eram unânimes em sua convicção de que em nenhum outro lugar do mundo o ar era melhor do que o dali mesmo, ao longo do suave rio Havel.

— Sem dúvida, há algo de podre nesta cidade — Gunther observou finalmente. — Todos agem como marionetes.

— Então, temos de meter nosso nariz um pouco mais por aqui. Descobrir quem anda mexendo os pauzinhos nos bastidores, hein, Gunther?

Pegando novamente o pequeno Opel, tomaram a direção sul, ao longo da estrada paralela ao rio. Segundo o mapa, a cerca de um quilômetro e meio pela floresta ficava o curtume abandonado. De fato, atingido o topo de uma pequena elevação, avistaram a alta chaminé. Willi freou o carro bruscamente.

Não havia nenhuma dúvida sobre a grossa fumaça negra que saía da boca da chaminé.

— Abandonado uma vírgula — Gunther disse.

Depois da curva seguinte, o velho curtume surgiu a uns cem metros à direita, uma longa construção semelhante a um barracão de madeira, sem pintura, ao longo do rio. Willi tirou o carro da estrada. Carregaram as pistolas. Escalando uma elevação próxima, ouviram vários gritos lancinantes.

— Deus Todo-poderoso! — Gunther lamuriou-se.

Embaixo, avistaram um campo pequeno e malcuidado. Na outra extremidade do campo, o curtume caindo aos pedaços, soltando fumaça. No meio do campo, uma dúzia de crianças berrando furiosamente, de joelhos, formava uma fila reta, absortas por completo em um jogo de pular carniça.

Willi riu.

A Grande Depressão deixara milhares de pessoas sem casa. Algumas dezenas evidentemente haviam se refugiado ali. Do lado de fora da velha construção, várias mulheres em andrajos lutavam contra o vento para pendurar roupa lavada no varal. Dois homens descarregavam caixotes de um caminhão também caindo aos pedaços. Ali definitivamente não era Sachsenhausen.

De volta ao carro, a mais um quilômetro abaixo na estrada, eles se aproximaram da fábrica de tijolos de Oranienburg. Caminhões empilhados de tijolos vermelhos saíam roncando pelo portão, passavam por eles e tomavam a estrada em direção à cidade. Uma poeira quente, arenosa, pairava no ar. Nada estragado.

Segundo o mapa, dali a mais um quilômetro havia o desvio para uma ponte que dava diretamente na Ilha do Hospício – Asylum Insel. O problema era que, depois da fábrica de tijolos, a estrada pavimentada acabava. Uma deplorável trilha de terra levava para dentro da floresta.

– Bem, garoto – Willi mudou de marcha –, é melhor segurar o chapéu.

O Opel enfrentou cada buraco e cada solavanco como se fosse o último. Várias vezes, a cabeça de Gunther bateu no teto. Mas seguiram em frente, os nervos de Willi ficando mais tensos a cada minuto. Ele odiava aquelas malditas florestas sombrias. Nunca se sabia o que haveria depois da próxima curva. Felizmente, encontraram o desvio e viram a ponte bem à frente. Mas uma cerca de arame farpado bloqueava o caminho.

Desceram do carro.

Um grande cartaz proclamava com clareza: *Eintritt Streng Verboten!* Parecia relativamente novo. Um segundo cartaz do outro lado da cerca de arame farpado exibia uma caveira e ossos cruzados. Ao lado, um aviso inconfundível: minas!

– É um blefe. – Gunther não tinha dúvida. – Quem plantaria bombas a uma hora de Berlim? Onde eles iriam ao menos arranjar bombas?

Ele queria cortar o arame e simplesmente seguir adiante.

Talvez ele tenha razão, Willi considerou. Talvez fosse como aquelas pessoas que colocam avisos "Cuidado com o Cão" quando tudo que têm é um poodle. Mas bastava uma única mina. E ele queria ver seus filhos outra vez.

– Melhor fazer um teste, Gunther.

O rapaz pegou uma braçada de pedras e começou a lançá-las por cima da barricada. Pedra após pedra aterrissou sem nenhum problema.

– Está vendo? Um grande blefe! Vamos, chefe. Vamos cortar a cerca.

Um farfalhar ruidoso os silenciou. Um javali, por incrível que pareça, saiu correndo do meio dos arbustos e disparou em direção à ponte, resfolegando como se estivesse furioso por terem perturbado seu repouso. Gunther e Willi desataram a rir.

Até que a coisa explodiu.

24

Correram de volta pela estrada esburacada em direção a Oranienburg. Não era de admirar que o sorriso de todo mundo naquela cidade parecesse grudado no rosto, Willi pensou. Qualquer que fosse a mão movendo os pauzinhos, era desgraçadamente determinada. E bem armada. Quando emergiram de novo da floresta, ficou evidente que o tempo havia piorado. O céu pintado de azul tornara-se cinza-escuro. Soprava um vento forte do sul.

— Gunther. — Ele sentiu os pelos de sua nuca se arrepiarem. — Respire fundo.

— Santo Deus. — Gunther tossiu.

Não havia erro. Já sentira esse cheiro centenas de vezes. No front. Nos necrotérios na Alex.

Carne putrefata.

Nem uma alma na cidade reconheceu a existência do fedor.

Gunther confrontou uma jovem mãe empurrando um carrinho de bebê.

— Sabe me dizer que cheiro horrível é esse?

— Desculpe-me. — Ela apontou para suas narinas. — Uma gripe terrível. Não sinto cheiro de nada.

— Mau cheiro? — O carteiro pareceu estupefato. — Não, a menos que venha daquele *Italiener* lá. — Indicou um restaurante. — Sempre usa alho demais. Não importa quantas vezes a gente diga a ele: "Vincenzo, não estamos na Itália. Somos alemães aqui!"

— Estas pessoas estão loucas. — Gunther finalmente segurou um lenço no nariz. — Como alguém pode ignorar isso?

Willi concordou. Elas estavam loucas mesmo.

De medo.

A vila de conto de fadas se tornara sombria. Escurecidas pelas nuvens, as casas brancas pareciam hostis. Os cisnes haviam desaparecido. Pela primeira vez, Willi considerou a possibilidade de que aquilo contra o qual estavam lutando fosse realmente grande demais, monstruoso demais para ser parado agora. Que a única coisa que restava era fugir.

Do outro lado da rua, ele notou uma senhora de meia-idade fitando-os da vitrine de uma loja. Quando ela percebeu que tinha sido vista, rapidamente refugiou-se atrás das cortinas.

Ele cutucou Gunther.

— Vamos tentar um último lugar.

Era uma loja de móveis usados, apinhada até o teto de velhas escrivaninhas, abajures, armários de escritório. A mulher da vitrine mostrou-se ocupada com um espanador de penas, fingindo não notar a presença deles. De feições comuns e cabelos grisalhos curtos, ela possuía um tique nervoso que fazia sua bochecha estremecer como se tivesse recebido um choque elétrico.

— *Nachmittag* — disse finalmente quando não pôde mais ignorá-los. — Posso ajudá-los?

Willi não conseguiu responder. Do outro lado do corredor, seus olhos haviam identificado o que parecia um verdadeiro milagre. Na lateral de uma antiga escrivaninha de madeira, em grandes letras pretas, estava claramente impresso *Propriedade do Hospício de Oranienburg*.

Seu corpo inteiro levitou naquela direção.

— Hospício de Oranienburg. — Fez o máximo para não soar como se estivesse tendo uma visão. — Eu tinha a impressão de que tivesse sido fechado há anos.

O tique da mulher se intensificou.

— *Ach so*. — Sua bochecha inteira entrou em convulsão. — Sim, claro que foi. Mas, bem... sabe... — Começou a bater com força na sineta do freguês, em cima do balcão.

— Está louca, Lisel? — Seu marido emergiu dos fundos da loja. — Acha que estou surdo ou... — Ele se transformou em um modelo de amabilidade.

— Cavalheiros... como vão? Se é mobília de escritório que estão procurando, vieram ao lugar certo.

Ela estendeu a mão.

— Mas *Liebchen*, estes homens são...

— Centenas de peças em dezenas de estilos. — Ele a afastou. — Esse é o nosso lema. Talvez tenham ouvido nossos anúncios no rádio: "Greitz: centenas de peças em dezenas de estilos."

— Notei que tem uma escrivaninha aqui do antigo Hospício de Oranienburg.

— Uma? Temos *dezenas* de escrivaninhas do manicômio, meu caro. Mesas, cadeiras e armários. Temos até antigos relógios do asilo. E muito mais da mesma fonte...

A mulher deu um puxão no braço do marido, lançando-lhe um olhar desesperado, como se dissesse "Pelo amor de Deus, cale a boca!".

— Se estiver interessado em comprar por atacado — desvencilhou-se dela bruscamente —, eu lhe asseguro que não vai encontrar nada melhor.

— O senhor tem esses móveis desde que fecharam o hospício, há tantos anos?

— Santo Deus, claro que não! Comprei um grande carregamento no ano passado. Estão fazendo reformas lá.

— Reformas? Quem está fazendo reformas?

— Quem? — O sorriso do negociante perdeu a premência. — Bem... Só pode ser o novo administrador. Mobília maravilhosa, não acha? Antiga, mas sólida. — Deu umas batidinhas na mesa. — Como já não se fabrica mais hoje em dia.

— Mas quem exatamente assumiu a administração do hospício? Quem lhe vendeu a mobília?

O sorriso desapareceu completamente.

— Não vejo que diferença isso faça.

— Só estou curioso.

– Olhe, se não está interessado em comprar...
– Eu não disse isso. Eu disse que tinha curiosidade de saber quem lhe vendeu os móveis.

Greitz balançou-se para frente e para trás na ponta dos pés, lançando à sua mulher um olhar furioso por não tê-lo avisado.

– Não discuto minhas fontes, senhor. É mau negócio.
– Às vezes – Willi exibiu o distintivo da Kripo –, é bom negócio.

O homem empalideceu.

Sua mulher começou a se benzer. Com um terrível soluço, ela desatou a chorar:

– Pelo amor de Deus, deixe-nos em paz! Faz alguma ideia do que farão conosco se...
– Lisel, você perdeu a cabeça?

Willi não deu trégua:

– Se sabem o que é bom para vocês, vão cooperar – ameaçou. – A menos que queiram conhecer o calabouço da Alex.
– Bom para mim? – O rosto de Greitz tremia quase tão violentamente quanto o de sua mulher. – Se eu soubesse o que é bom para mim, eu os poria para correr daqui com uma barra de ferro!

Willi poderia ter prendido o sujeito por isso. Mas, mesmo no campo de batalha, nunca vira duas pessoas mais aterrorizadas. Obviamente, qualquer que fosse a coerção que enfrentavam ali em casa era pior do que qualquer punição que ele pudesse lhes aplicar. Ele abrandou o tom:

– Se você me puser para correr daqui, Greitz, eu simplesmente voltaria amanhã com mais homens da Kripo para prendê-lo. E se eu o prender hoje, amanhã ou semana que vem, todo mundo nesta cidade vai ficar sabendo. E quem quer que seja de quem vocês têm tanto medo vai ficar sabendo também.

O tique nervoso da mulher tornou-se alarmante. Willi começou a temer que ela fosse ter um ataque epiléptico. Mas não estava disposto a ceder:

– Meu parceiro e eu falamos com dezenas de pessoas hoje. Ninguém precisa nem sequer suspeitar que vocês tenham dito qualquer coisa para nós. Na realidade, se você se sentir melhor assim, não precisa dizer nem uma palavra. Basta... me mostrar a nota fiscal.

Willi partiu de Oranienburg como um zepelim à toda, a paisagem inteira repentinamente descortinada à sua frente. Segundo a nota fiscal, em janeiro de 1932 o Empório de Móveis Usados Greitz adquiriu duzentas e cinquenta cadeiras, escrivaninhas e outros itens diversos do antigo Hospício de Oranienburg, sob nova administração agora por uma agência que usava apenas as iniciais: IHR. E fora rebatizado de Campo Sachsenhausen.

Ele encontrara o maldito lugar.

Tudo que ele tinha de fazer agora era levar a cabo uma missão de reconhecimento que funcionasse.

Ele ainda precisava saber quantas pessoas estavam lá, quantos guardas, como estavam armados. De modo que quando chegasse a *Thurseblot*... eles poderiam destruir a organização inteira.

Lembrou-se de Fritz. Aquela mensagem do dia anterior.

– Gunther. – Ele deixou o rapaz em Tegel. – Pegue um trem até a Biblioteca Estatal. Não pare nem para almoçar. Consiga tudo, absolutamente tudo que puder sobre o antigo hospício.

– Sim, chefe. – Os olhos de Gunther cintilaram. – E, chefe?

– O que foi?

O brilho embaciou.

– Obrigado. Por tudo.

Ele surpreendeu Willi com um fervoroso abraço antes de sair correndo.

A enorme casa de vidro de Fritz em Grunewald reluziu no bosque. O guerreiro ferido saudou-o à porta, o ombro completamente curado, segundo ele – muito embora seu braço ainda estivesse na tipoia.

– Apesar de todo aquele sangue, não passou de um ferimento superficial. Entre, entre. Tome uma bebida. Esta deve ter sido a *décima* vez que você salvou minha vida, Willi.

Tomando avidamente um uísque com soda, Willi informou-o sobre tudo que havia ocorrido desde aquela terrível manhã na floresta. O Grande Gustave. O encontro com Frau Meckel. O período probatório. Paula.

A cicatriz de duelo de Fritz escureceu de raiva.

– Santo Deus! Eles não se detêm diante de nada, esses animais. E ameaçá-lo...

– Não se preocupe comigo.

– Vou telefonar para Von Schleicher. – Fritz fez menção de pegar o telefone.

Willi impediu-o:

– Fritz, o que eu preciso de você é que me ajude a planejar outra incursão de reconhecimento. Uma que funcione desta vez.

O rosto de Fritz mostrou sua emoção.

– Quer dizer que... você encontrou Sachsenhausen?

Willi não pôde deixar de sorrir.

Uma hora mais tarde, de volta à sua mesa na Superintendência de Polícia, não demorou muito para seu novo "adjunto" aparecer.

– Bem, bem, Inspektor. – O detetive Thurmann entrou sem bater. – Parece que você tem amigos no alto escalão. No mais alto. Ao menos temporariamente.

– Não faço a menor ideia a que você está se referindo. – Willi continuou separando a correspondência.

– Não?

Willi ergueu os olhos o tempo suficiente para ver o risinho sob o bigode fino de Thurmann.

– Você pode ter ganhado a batalha, mas não vencerá a guerra, Kraus, eu lhe garanto. O dia do ajuste de contas está chegando. Heil Hitler! – Ergueu um braço à frente e saiu.

Willi ficou perplexo.

Obviamente Fritz havia telefonado a Von Schleicher, afinal de contas.

O período probatório deve ter sido revogado.

Mas ele não sabia ao certo se estava mais surpreso com a rápida intervenção do chanceler da Alemanha a seu favor ou com o fato de que Thurmann, tão confiante em vencer a "guerra", tivesse se dirigido a seu superior com tão infame petulância.

Na manhã seguinte, Gunther apareceu com um verdadeiro tesouro. Não só livros, mas mapas detalhados e plantas baixas explicando todo o traçado e disposição do Hospício de Oranienburg.
— Fiz amizade com uma das bibliotecárias. — Esticou o queixo com orgulho. — Que belezinha!
— Um toque de Don Juan nunca fez mal a um detetive.
— Mas seja como for — seu queixo se afrouxou —, não conte a Christina.

Willi passou a manhã inteira com os documentos, ficando completamente absorvido não só pelo complexo layout das antigas instalações, como pela fascinante racionalidade por trás da construção. Erguido em 1866 durante o governo do Kaiser Guilherme I, o Hospício de Oranienburg para Loucos e Débeis Mentais fora, ele ficou sabendo, o primeiro na Europa projetado de acordo com os princípios de um certo dr. Thomas Kirkbride, o defensor americano do determinismo ambiental. Prédios racionais, o médico acreditava firmemente, contribuíam para a racionalidade das pessoas.

Segundo Kirkbride, um hospício ideal tinha de ser construído em um belo cenário, junto à água ou no alto de uma colina, compreendido em um único edifício de várias alas dispostas de maneira a formar Vs rasos, de modo que todos os pacientes pudessem desfrutar de paisagens tranquilas e brisas frescas proporcionadas por ventilação cruzada. Um ambiente saudável altamente organizado, o médico estava convencido, restauraria "o equilíbrio natural dos sentidos" e criaria um sentimento de "vida familiar".

Dieta, exercícios e trabalho eram essenciais à sua terapia. Os pacientes cultivavam a terra, ordenhavam vacas, alimentavam os porcos. Uma guinada radical da crença milenar de que o encarceramento era a única solução para os loucos, a filosofia do dr. Kirkbride representara o mais avançado pensamento da época – o de que, na realidade, os doentes mentais podiam ser tratados.

Durante cinquenta anos, Oranienburg fora o principal manicômio da Alemanha, abrigando até dois mil internos de cada vez – até à Guerra Mundial e o bloqueio dos Aliados, quando se tornou impraticável manter uma instalação tão gigantesca em uma ilha tão isolada. Em 1916, Willi lamentou ler, o local foi despido de todos os metais úteis e abandonado às intempéries. Até, pensou, o ano passado, quando o Instituto de Higiene Racial se instalou ali.

O telefone tocou, deixando-o por um estranho momento suspenso entre o hospício e o escritório. Às vezes, ele se perguntava que diferença havia entre os dois. Era Fritz, insistindo para que fossem almoçar. Não aceitava um não como resposta. Willi suspirou e concordou em encontrá-lo dentro de meia hora na Pschorr Haus. Uma estranha escolha, Willi pensou, desligando.

Assomando acima da Potsdamer Platz como um castelo medieval, Pschorr não era apenas uma cervejaria, mas um *palácio* da cerveja, como apregoava a propaganda, atendendo os berlinenses como realeza – porém em massa. O Grande Salão acomodava novecentas pessoas sentadas, com suas longas mesas, elaborados entalhes de madeira e brilhantes brasões. Dezenove tipos de salsichas, dezesseis espécies de bolinhos, sete variedades de mostarda – sem mencionar o mundialmente famoso pé de porco em conserva – a preços que até um camponês podia pagar. Era a magnífica cidadela gastronômica do pequeno burguês. Por que Fritz, um consumidor de champanhe no café da manhã, no almoço e no jantar, iria querer se encontrar com ele ali, Willi não sabia.

O lugar estava, como de costume, abarrotado para o almoço, temperado com camisas-pardas demais para o seu gosto. Passando pelas alas em busca de Fritz, perguntando-se de que se tratava tudo aquilo, ele começou a...

Parou de repente, como se tivesse recebido um soco no estômago.

Bem à frente, em uma pequena mesa, estavam não só Fritz, mas os outros três homens de sua antiga unidade de reconhecimento: Geiger, Richter, Lutz.

Ao vê-lo, levantaram-se simultaneamente.

Willi teve de lutar contra a ardência em seus olhos.

Geiger, o ex-estudante de medicina, agora pediatra em Dresden, bateu continência:

— Companhia K se apresentando ao serviço, senhor!

Durante anos depois da guerra, eles fizeram questão de se reunir periodicamente. Mas com o passar do tempo, tornou-se cada vez mais difícil conciliar uma data. Até 1928, Willi calculava, quando marcaram o décimo aniversário do Armistício. Tantos anos... Entretanto, que diferença fazia o tempo para homens como esses cinco? Os laços que forjaram eram indestrutíveis. As cicatrizes que carregavam, ainda tão vívidas.

A orelha de Geiger, horrivelmente deformada por um estilhaço, era motivo de pelo menos uma dúzia de piadas apresentadas pelo próprio Geiger, de modo que os pacientes riam, em vez de se retraírem diante dela. Richter, o melhor cortador de arame do exército do Kaiser, havia perdido mais de um naco de pele para aquelas garras farpadas. Um rosto como o que ele tinha agora era um distintivo de honra no exército. Que é onde ele permanecera todos estes anos. Lutz, o ex-especialista em inteligência, capaz de distinguir unidades de infantaria francesa pelos palavrões que usavam, enriquecera como contador em um dos grandes bancos de Frankfurt — apesar de ter deixado três dedos na França. Fritz, também, sofrera de pesadelos durante anos e de vez em quando ainda acordava no meio da noite encharcado de suor. Somente Willi escapara praticamente incólume. Por que, ele não fazia a menor ideia. Talvez, ele às vezes pensava, o destino o tivesse poupado para a sobremesa.

— Lutz pegou o trem noturno de Frankfurt. — Fritz irradiava alegria. — E Geiger chegou à estação Potsdamer há menos de vinte minutos.

— Não compreendo...

– Capitão Kraus. – Lutz bateu continência com a mão de dois dedos. – Soubemos que tem uma missão.

Willi sentiu aquela terrível ardência nos olhos outra vez.

O cabeça do bando Hohenzollern apresentou o relatório:

– Richter está baseado no Campo de Tiro de Tegel agora, Willi.

– Intendente. – O peito de Richter se estufou.

– Ele diz que há balsas infláveis lá com motor externo. Nem vinte minutos até Oranienburg. Podemos levá-las rio acima, desligar os motores e remar para dentro do canal; vamos descobrir o que aqueles filhos da mãe estão fazendo no manicômio.

O nó na garganta de Willi estava tão apertado que ele mal conseguia falar.

– É muito perigoso. Lutz e Geiger... suas famílias. E Fritz...

– Não tem importância. – A cicatriz de Fritz ficou vermelha. – Está tudo arranjado, Willi. Hoje, à meia-noite.

25

Como a noite estava um breu. Como o ar era frio. Esperança e medo encapelavam-se como ondas no coração de Willi. Já atravessara tormentas de emoção como esta antes, com estes homens – nos campos ao largo de Passchendaele, ao longo das margens do Somme. Mas desta vez os riscos pareciam ainda maiores. Já não eram garotos. E não apenas o destino da pátria, mas de todo o mundo civilizado, parecia equilibrar-se em seus ombros.

Infelizmente, alguém de fora poderia com facilidade ter confundido a operação com uma comédia-pastelão. Cinco homens de trinta e poucos anos – um sem orelha, outro sem dedos, um com o braço na tipoia e um cujo rosto estava tão desfigurado que parecia o monstro de Frankenstein – saindo na ponta dos pés de um depósito na base militar de Tegel para furtar duas balsas motorizadas por uma noite. Já fazia quinze anos que eles haviam trabalhado em equipe, arrastando-se pelas linhas inimigas, até a borda de plataformas de artilharia e das tropas. Na época, um erguer de sobrancelha era sinal suficiente. Agora, tentando chegar à beira do rio talvez a uns cem metros dali, todos os seus gestos frenéticos faziam com que esbarrassem uns nos outros e colidissem com as árvores, praticamente furando as balsas. Richter, seu rosto de monstro rígido de ansiedade, não parava de fazer sinal para as barracas próximas, suplicando-lhes para fazerem silêncio. Os deveres de intendente dele incluíam supervisionar essas embarcações de patrulhamento, mas tirá-las sem autorização o levaria à prisão.

Esforçando-se para sustentar a ponta da balsa, Willi se viu cada vez mais irritado com a sensação de que já estivera ali antes. Não uma, mas muitas vezes. Até que, como uma granada de obus, a lembrança o atingiu. Claro... o campo de zepelins. Era neste campo de tiro que as naves mais leves do que o ar costumavam decolar e aterrissar. Como ele adorava os zepelins quando era criança. Costumava adular seus pais o tempo inteiro para que o trouxessem ali. A imagem do LZ6 – de três quarteirões de comprimento – flutuando no céu sem nuvens como um gigantesco charuto branco estava gravada em sua memória. Milhares de pessoas haviam enchido esses campos naquele dia de 1906 para testemunhar o voo inaugural. E não apenas Willi, com nove anos, tinha certeza, mas todos eles acreditavam firmemente que a maravilha do conde Zeppelin simbolizava a própria Alemanha – erguendo-se para assumir seu posto no mundo. Seria absurdo para eles imaginar que menos de uma década depois os mesmos zepelins estariam lançando bombas em Londres. Que tudo que aconteceu depois de 1914 pudesse um dia se tornar realidade. E tudo se tornou.

As trincheiras. Os tanques. O gás venenoso.

Por um instante, uma brecha se abriu na cobertura de nuvens acima deles. Uma única estrela brilhou. Finalmente, o largo rio Havel surgiu diante deles. Willi se animou quando colocaram as balsas na água. Embarcando e ligando os motores, toda a ansiedade reprimida que ele vinha arrastando consigo transformou-se em férrea determinação. Do outro lado desta escuridão estava Sachsenhausen. Desta vez ele sabia exatamente a localização.

Geiger, Richter e Lutz partiram em uma das balsas, ele e Fritz na outra. Respingos gelados açoitavam seus rostos conforme roncavam pela água. Ao menos ele estava mais bem preparado desta vez. Casaco acolchoado de lã, luvas de couro. O estômago inteiramente vazio. Todos eles estavam vestidos de preto, os rostos enegrecidos para se fundirem à noite. A velha equipe de reconhecimento em ação. Mas as águas estavam turbulentas. Toda vez que batiam em uma onda, os ossos de Willi chocalhavam como dados. Mas não demoraria muito mais, segundo os mapas, para chegarem ao local do desvio.

Quando a minúscula enseada finalmente surgiu à frente, seu coração começou a disparar. Desligaram os motores. Para entrar no canal, tinham de remar contra correntes rápidas. Tendo memorizado os mapas, ele sabia que depois da próxima curva haveria uma estreita faixa de terra, depois a ilha com o cemitério de valas comuns. Mais acima da correnteza, haveria um cais onde as barcas que transportavam os mortos costumavam atracar. Poderiam parar ali, esconder as balsas e seguir a pé para a ponte que dava acesso à Ilha do Hospício.

Tudo seguia conforme planejado. A estreita faixa de terra e, depois, bem à frente... a Ilha dos Mortos. Coberta de ervas daninhas e abandonada, era um matagal melancólico e deserto. Nenhum sinal dos incontáveis milhares de indigentes enterrados ali. Ao se aproximarem das docas, entretanto, um calafrio percorreu sua espinha. Na água fria e cinzenta, um esqueleto – uma barcaça parcialmente afundada, despojada de tudo, do sino ao leme. O nome ainda visível no esqueleto de sua estrutura, *Rio Styx*. O que antes fora o píer não estava em muito melhor estado. Ao subir nele, tiveram de ter cuidado para não cair por um dos enormes buracos. Arrastaram as balsas para fora da água e as camuflaram no meio dos arbustos.

O capim da altura da cintura farfalhava conforme cedia sob seus pés. O ar era carregado dos odores do pântano. Cada passo, Willi sabia, era sobre o lugar de repouso de alguma pobre alma. Por meio século, os indigentes de toda Berlim/Brandemburgo haviam sido enterrados naquele ermo lamacento. Que infortúnios cada um deles devia ter enfrentado para acabar ali, onde por toda a eternidade permaneceriam anônimos e esquecidos como se fossem animais, em vez de seres humanos. De repente, o capim alto terminou e eles se viram diante de algo que não estava nos mapas. Um horror paralisante foi envolvendo-os aos poucos. Aos seus pés, estendiam-se duas trincheiras paralelas, com aproximadamente dois metros de largura e pelo menos quinze metros de comprimento, cobertas com terra preta fresca. Não havia dúvida sobre o que eram. Pessoas estavam sendo enterradas ali novamente na Ilha dos Mortos. Muitas delas.

– *Mein Gott!* – exclamou Geiger, gaguejando. – O que anda acontecendo naquele asilo?

Com ar severo e um silêncio implacável, Willi respirou fundo. O vento forte que soprava do norte carregava apenas um cheiro úmido de terra. Nenhum odor de carne em decomposição.

Aquele fedor que pesteava Oranienburg não era dali.

Tinha de vir mais do sul... do lado do hospício.

Willi ficou imensamente grato por não encontrar um único homem da SS guardando a ponte de pedestres. Nenhuma luz. Nenhum aviso a respeito de minas. Somente nuvens escuras, pesadas, e folhas farfalhantes.

– Avante! – sussurrou, nem um pouco embaraçado quando sua voz ficou embargada de emoção. Estava aliviado por ter finalmente chegado àquele lugar.

O custo fora muito alto.

Ele tinha toda a rota, toda a missão, dolorosamente mapeada na mente. Para cobrir o máximo de terreno possível, eles iriam circundar a Ilha do Hospício de nordeste a sudoeste, observando as instalações, a disposição dos prisioneiros e o número exato de guardas. Esperava apenas que não houvesse um grande número de soldados da SS. Na pior das hipóteses, imaginava uma batalha em grande escala eclodindo na noite de *Thurseblot* entre tropas do exército e nazistas. Deus sabia... poderia ser o estopim de uma guerra civil. Entretanto, esta noite, enquanto avançavam furtivamente pela costa nordeste da ilha, nem mesmo um pássaro piou. Ouviam-se apenas as suaves pancadas da água contra as rochas.

Quando se voltaram diretamente para o norte, alcançaram a ponte para a terra firme, a que estava semeada de minas. Ele desviou o grupo do local, tomando o acesso ao antigo manicômio, cuja silhueta escura tornava-se visível no topo da colina. O caminho de cascalhos que levava a ele era ladeado por fileiras de árvores retorcidas, além das quais se abriam vastos gramados, tomados pelo mato. Esses mesmos gramados, Willi sabia, um dia haviam sido cuidados por legiões de pacientes. Agora, a sensação de abandono, e a desolação era aterradora.

Nem uma centelha de luz atravessava a escuridão. Nem uma voz no vento. Como se a ilha inteira estivesse deserta. O que não estava.

Guiados pelas lanternas, uma rápida caminhada encosta acima os levou à guarita de granito, as paredes uma cena pastoral de cordeiros e rostos de santos esculpidos, um lema em letras grandes gravado acima: *Trabalho é Terapia*. Os portões de ferro, há muito tempo reduzidos a material de guerra, tinham sido substituídos recentemente por rolos de arame farpado estendendo-se de cada lado para dentro da escuridão. Sem dúvida, uma cerca em todo o perímetro. Willi estava preparado. Em condições um pouco melhores do que tinham tido no front, Richter não só cortou uma boa passagem pela cerca, como religou o arame atrás deles. A qualquer custo, não podiam deixar que ninguém soubesse que haviam estado ali.

Depois da guarita, o caminho continuava a subir, fazendo uma curva ao redor de um gramado oval que havia sido um lago de patos. Willi pôde ver as ruínas de um obelisco em estilo egípcio e a estátua de uma deusa tocando uma harpa, agora estrangulada até o pescoço por trepadeiras. Então, em uma repentina explosão de teatralidade, a cortina de nuvens se abriu e uma luz bruxuleante recaiu sobre o próprio hospício. Todos eles ficaram paralisados, fitando-o – um convento de um quilômetro e meio de comprimento para loucos. Bem à frente, o imponente prédio da administração – um castelo neogótico com meia dúzia de pináculos perfurando o céu. À direita e à esquerda, as infindáveis alas de três andares, de tijolos vermelhos, recuando em ângulos retos para formar um gigantesco V. Torre após torre. Janela após janela – todas com grades de barras de ferro cimentadas à parede. Se havia um prédio mal-assombrado, era esse. Cortinas encardidas ondulavam ao vento. Seções inteiras com o telhado desabado. Morcegos voando para dentro e para fora. Mas com que clareza ele ainda podia ver as figuras... espreitando das barras das janelas... caminhando pelas enfermarias... cuidando dos jardins. Nem uma centelha de luz. Nem um vestígio dos vivos. Apenas fantasmas por toda parte.

Permanecendo no meio do capim alto, mantiveram uns cinquenta metros entre eles e o monstro abandonado, circundando-o prudentemente, ala por ala, enfermaria por enfermaria, em busca de sinais de vida. O modelo de Kirkbride exigira uma organização altamente estratificada de pacientes por idade, gênero, classe e diagnóstico. Os menos perturbados eram mantidos mais perto do centro, os mais violentos, nas alas mais distantes. Quando se aproximaram da última esquina da última ala, número 27, Willi sentiu-se pronto a ir verificar os mais dementes. O prédio estava vazio. Como alguém podia realizar cirurgias em um lugar como este? Não fazia sentido. Ele teria entendido errado?

Não era possível. Era?

Um braço na tipoia o fez parar. Fritz fez sinal para que continuassem em frente. Logo depois da esquina... um clarão inconfundível.

Recolhendo-se ainda mais para trás, eles avançaram furtivamente pelo capim alto, na direção dos fundos do prédio. A luz ficava cada vez mais distinta. Willi viu que ela não vinha de dentro do asilo, mas de várias lâmpadas de arco voltaico presas a uma parede externa. Elas iluminavam uma casa de guarda abaixo. Dentro, havia dois homens de uniforme preto. Focalizando neles o binóculo, Willi divisou caveiras prateadas e ossos cruzados nos quepes. A parte do prédio que eles guardavam certamente havia sido reformada. Janelas novas. Telhado novo. Sentiu a garganta seca quando viu a inscrição em letra moderna e elegante acima da entrada principal: *Instituto de Higiene Racial – Campo Sachsenhausen.*

Fritz deu um tapa em seu ombro.

– Você é um gênio, Willi! Mas como entrar?

Ele não era um gênio. Apenas alguém que trabalhava arduamente. Ele estudara os mapas do asilo durante horas a fio e, segundo seus cálculos, devia haver uma usina de força exatamente à esquerda de onde estavam. Ele apontou o binóculo; de fato, lá estava. A alta chaminé a menos de cem metros de distância. Durante meio século, a vigorosa construção alimentara todo o edifício com vapor, transportando-o por túneis através de enormes canos de cobre. Os canos, obviamente, haviam sucumbido com a guerra. Mas os túneis ainda tinham de estar lá.

A madeira podre da porta da velha usina cedeu com um chute rápido e preciso. Uma centena de morcegos bateu em retirada, escapando pelos buracos no telhado. O lugar era cavernoso. Ele já vira fotos dos geradores do tamanho de uma casa e das correias de ventilador de um quarteirão de comprimento que na época funcionaram ali dia e noite. O equipamento desaparecera, mas uma busca de alguns minutos revelou uma escada escura, em caracol, para o subsolo. Ali, viram-se diante de meia dúzia de túneis da altura de um homem, cada qual levando a uma direção diferente.

Os homens olharam para Willi.

O túnel 15-27 estava escuro como breu, um lugar acanhado de tijolos e teias de aranha, onde quase não se conseguia respirar. Sufocantemente quente. Agachando-se e seguindo adiante, tinham apenas lanternas e ratos para escoltá-los. Parecia não ter fim. Quando a claustrofobia começou a se instalar, surgiu uma passagem para a direita, assinalada 27. Continuaram avançando às escondidas e emergiram em um piso de cimento limpo com paredes recobertas de painéis de madeira compensada há pouco tempo. Uma reluzente caldeira emitindo calor. Haviam chegado ao subsolo do instituto.

Pelo lado de fora, ele não tinha visto nenhuma luz, de modo que Willi duvidava de que houvesse alguém lá em cima. As janelas não tinham grades. E só havia dois guardas. Podiam ser apenas laboratórios, imaginou. Ninguém estaria por ali a esta hora. Levaria Geiger... com seu conhecimento médico. Os outros podiam permanecer ali, confortavelmente aquecidos ao lado da caldeira.

– Se não voltarmos em dez minutos – ordenou –, encontre-nos.

Ele e Geiger subiram a estreita escada. O lugar estava silencioso. Estranhamente tranquilo. Uma brisa gelada rodopiou pelo ar. Podiam sentir o cheiro do rio, da mesma forma como Kirkbride planejara. Willi não sabia o que esperar do outro lado da porta assinalada *Três*, mas o que encontraram foi argamassa se esfarelando. Paredes apodrecidas. Absolutamente nenhuma reforma. A porta *Dois* estava nas mesmas condições. O Instituto de Higiene Racial ainda era uma operação restrita ao térreo.

Abrindo a porta *Um*, animou-se ao ver os novos ladrilhos do assoalho. Paredes recém-pintadas. Como fora difícil encontrar este lugar! Estava prestes a entrar, mas Geiger puxou-o para trás.

– Willi... – Apontou. Os sapatos estavam sujos do túnel. Não havia como limpá-los. Não tinham escolha senão tirá-los e explorar o escuro corredor de meias.

Moveram-se com agilidade. Em silêncio. Lanternas apontadas para o chão. O piso gelado congelando a sola dos pés. Willi mantinha uma das mãos livre, pronta para agarrar a pistola. Mas o corredor estava afortunadamente vazio. A primeira porta que encontraram estava identificada – *Sala de Cirurgia*. Quando deslizaram para dentro, as lanternas mostraram não uma ou duas, mas cerca de uma dúzia de mesas de operação. O local inteiro estava repleto de equipamentos médicos, armários de bisturis, brocas, reluzentes conjuntos de facas cirúrgicas, tudo novo em folha. Com um sussurro estupefato, Geiger gaguejou:

– Não há um único hospital na Alemanha com equipamentos iguais a estes.

A próxima porta era *Radiologia*. Geiger também nunca vira nada igual. Vários aparelhos de raios X estranhamente arrumados em conjuntos, um de frente para o outro. Entre cada um deles, um estranho arreio de madeira com longas tiras de couro. Levou algum tempo para Willi perceber que aquilo devia ser para imobilizar pessoas.

– Não é possível – disse Geiger com voz rouca. – Radiografias anteroposteriores feitas simultaneamente? Mas é radiação excessiva. Isso queimaria uma pessoa. Pode até matar, e de uma forma terrível.

Mas logo veio a terceira porta. A terceira sala.

A identificação dizia apenas *Espécimes.*

Dentro, havia dezenas de armários abarrotados de pequenos recipientes de vidro, cheios de líquido. Um olhar mais de perto revelou que esses frascos continham objetos flutuando. Um olhar mais atento ainda revelou que esses objetos eram órgãos.

Órgãos humanos.

Meticulosamente classificados e numerados.

ovários – 32:
Sérvios – 12. Russos – 14. Tchecoslovacos – 16.

testículos – 16:
Gregos – 8. Romenos – 4. Espanhóis – 4.

cérebros – 89:
Deficientes Mentais – 42. Paranoicos – 34. Esquizofrênicos – 13.

Willi teve de se apoiar em um armário de arquivos. Era pior do que qualquer coisa que tivesse visto na guerra. Muito pior. Não conseguia olhar para aquilo. Virando-se de costas, seu rosto inteiro começou a suar copiosamente. O estômago revirou. Teve de se concentrar em não vomitar. Para manter a calma, olhou para o chão e tentou controlar a respiração. Estava indo bem, até que seus olhos recaíram em uma gaveta aberta... as pastas ali dentro...

– Efeitos da radiação em órgãos reprodutivos gregos
– Características únicas de testículos de anões

Um forte formigamento tomou conta de seus braços e pernas. Uma nítida sensação de que estava tendo um pesadelo. Que aquilo não podia ser real. Que ele era sonâmbulo e devia voltar para a cama. Mas a realidade se refletiu nos olhos de Geiger.
Eles recuaram, fugindo como de uma casa de horrores.
Seguindo para a porta seguinte, viram-se em uma espécie de sala de clube dos médicos, com painéis de madeira e grandes poltronas de couro, um fogão a gás, jornais recentes. De repente, congelaram. Alguém estava entrando pela porta da rua! Encostando-se na parede, perceberam que eram os guardas.
– Por que eu deveria, se há banheiros bons e aquecidos aqui dentro? – dizia um deles.

Estavam no vestíbulo... atrás da porta da sala dos médicos. Os banheiros ficavam do outro lado do corredor.

– Sabe o que esses nababos receberam ontem? Café fresco. Vamos levar um bule. Eles não vão notar. Algumas colheres.

Willi agarrou a pistola, os olhos grudados no chão. Sua meia tinha um buraco, seu dedão completamente para fora. Nada de café, ele rezou. Não entrem aqui para pegar café.

– Sabe o que aconteceu com Huber quando descobriram que ele andou comendo as guloseimas dos médicos? Dez chibatadas. Não para mim. Vamos ao banheiro e depois de volta para o canil, ouça o que estou dizendo.

Um assoviava alegremente enquanto o outro fechava a porta do banheiro.

– Amanhã. – O assovio parou. – Transporte, dez da manhã. Vai ser um inferno. O maior lote até agora.

Transporte?, Willi se perguntou, limpando o suor do rosto.

O outro gritou de volta de trás da porta:

– Se não fossem tão sovinas, colocariam mais uns homens aqui. – Peidou ruidosamente. – Só doze... para lidar com noventa e cinco?

Uma dúzia, Willi pensou. Seria esse o total de guardas que tinham?

– Desde que sejamos nós com as metralhadoras.

Noventa e cinco? Quem seriam essas pessoas?

– Só que metade dos malucos do hospício nem sabe o que é uma metralhadora.

Ouviu-se a descarga.

Os guardas voltaram ao "canil" sem o café.

Willi e Geiger estavam tão desesperados para fugir dali que quase esqueceram os sapatos na escada. Embaixo, foram empurrando os outros à frente, de volta para dentro do túnel. Andando depressa pelo subsolo quente e escuro, Willi tremia de horror. A cada passo, um espasmo de compreensão da realidade o dilacerava. Aquela ordem de trânsito que Gunther lhe mostrara algumas semanas atrás... para "Tratamento Especial". Agora ele compreendia. Os sonâmbulos de Gustave eram apenas a cereja do bolo. O sangue estrangeiro. Mas Sachsenhausen estava sendo abastecido com doentes mentais alemães, sequestrados de manicômios locais. Era isso que "Tratamento Especial" significava – candidatos a experiências. Para esterilização por radiação. Para remoção de testículos, ovários, cérebros. Algum dia teria havido essa maquinação na história da humanidade?

Do lado de fora, ele não conseguia obter oxigênio suficiente do ar. Tossia, ofegava, resfolegava. Os outros queriam saber o que eles tinham visto, mas nem ele nem Geiger conseguiam falar. Haveria palavras para descrever o que esses médicos, esses cientistas estavam fazendo lá em cima?

Quem eram os loucos neste asilo?

Lutz ergueu a mão de dois dedos.

– Ouçam!

Havia música na brisa fria, uma cantoria de bêbados.

A uns duzentos metros de distância, Willi sabia, havia um grupo de cabanas usadas no passado para abrigar os funcionários. A SS deve ter reformado uma delas para uso próprio. Descendo um caminho de cascalhos, de fato, depararam-se com cinco cabanas pequenas em um semicírculo. Uma delas estava feericamente acesa, lançando luz por todas as janelas. Um gramofone trombeteava lá dentro.

Agachando-se no capim alto, através do binóculo puderam ver homens dentro da cabana. Alguns estavam na sala, se embebedando. Em cima, um dançava sozinho, derrubando objetos. Outro estava sentado na cozinha, chorando tragicamente, como se a música fosse triste demais para suportar. Montar guarda em Sachsenhausen sem dúvida cobrava seu preço, Willi constatou.

Então, abruptamente, o disco terminou e seguiu-se um momento de absoluto silêncio. Foi quando ele ouviu. Não vindo da casa, mas da cabana ao lado.

Um perceptível queixume.

Estava às escuras, nem um vislumbre de luz. Silêncio, salvo pelas estranhas lamúrias. Pareciam emanar do porão. No começo, Willi achou que podia ser um animal ferido, mas conforme se aproximaram às escondidas, não restaram dúvidas. Os sons vinham de uma laringe humana. E não de apenas uma. A janela do porão estava aberta, mas solidamente bloqueada com uma tela metálica. Dentro, estava tudo escuro. Não ousaram acender uma lanterna. Fritz fez um sinal para o céu, sugerindo que esperassem por uma das periódicas brechas nas nuvens, de modo que recuaram e sentaram-se na escuridão.

Quantas vezes haviam esperado daquele jeito?, Willi se perguntou. Que as nuvens se apartassem. Que tropas se movessem. Que um ataque começasse. Fritz enfiou um cigarro entre os lábios, sem acendê-lo. Como era familiar aquela expressão paciente, tensa em seus olhos. Como era extraordinário que se vissem mais uma vez nessa sinistra pausa entre dois atos. Mal ousando respirar.

Então, a cortina de nuvens se abriu. Do alto, um bilhão de galáxias distantes lançou uma claridade platinada sobre o mundo.

Fritz e Willi espreitaram pela tela metálica.

Silhuetas tomaram forma no porão embaixo. Duas. Em pé.

Mulheres. Muito novas. Com grandes seios.

Completamente nuas.

A garganta de Willi ardeu quando ele percebeu que elas estavam acorrentadas à parede, os braços bem acima da cabeça, os corpos pendendo frouxamente. Elas reviravam os olhos e gemiam em conjunto. Quase em sincronia. Do outro lado, em frente a elas, havia uma cama, os lençóis amarfanhados e imundos com manchas de sangue. Algemas penduravam-se das colunas da cama como uma câmara de tortura medieval. Ele afastou-se de repente, reprimindo uma nova ânsia de vômito, tentando compreender aquilo.

Os guardas precisavam de distração. Claro. Seus deveres eram odiosos. Haviam selecionado algumas garotas para diversão. Os soldados faziam isso desde tempos imemoriais. Mas mantê-las acorrentadas a uma parede, semimortas... por quê? O prazer deles aumentava com isso... com o sofrimento? A que grau de insanidade bárbara esses homens haviam descido? Em termos de puro sadismo, pura crueldade calculada, nada do que ele vira na Guerra Mundial poderia se comparar ao que acontecia nesta ilha.

Os outros se revezaram para olhar. Descargas elétricas de indignação os atravessavam. Willi teve de impedi-los de invadir o local para libertar as pobres criaturas. Isso comprometeria a missão. Tinham de agir corretamente ou a loucura apenas se espalharia. Só Deus sabia quantos outros estavam sendo torturados ali.

Forçou o resto do grupo a seguir em frente, a se ater à rota planejada. As árvores desapareceram e a paisagem abriu-se em grandes campos cobertos de mato. Willi sabia que aquela parte da ilha um dia fora uma zona agrícola. Quase todos os alimentos que os internos de Oranienburg consumiam eram cultivados por eles mesmos. Ele vira fotos dos campos de trigo e dos canteiros de melões, as enormes hortas. Ovelhas e vacas pastaram naquelas campinas. Havia estábulo para os cavalos e instalações modernas para a ordenha. Onde estava tudo isso agora? E onde estava o resto dos prisioneiros mantidos ali? Um pensamento aterrador lhe ocorreu – não, Deus nos livre, naquelas sepulturas que vimos anteriormente.

E aquele fedor? Certamente não era fruto de sua imaginação. Qualquer que fosse a fonte, tinha de ser na direção em que estavam indo. Mas cada passo os levava para mais perto do final da ilha. Dali a um quilômetro e meio aproximadamente, estariam de volta à ponte de pedestres para a Ilha dos Mortos. A cobertura de nuvens, ao menos, parecia ter se desfeito. Agora, uma brilhante meia-lua iluminava o caminho. Através dos emaranhados de trepadeiras mortas e mato alto, depararam-se com as ruínas de um galinheiro. Um celeiro destruído pelo fogo. Os alicerces de uma estufa, placas de vidro quebradas ainda espalhadas em volta. Então, como um jato de ar vindo das próprias profundezas do inferno – ele os atingiu. Pior do que carne em decomposição. O mais nauseante cheiro que já atingiu suas narinas.

Todos eles cambalearam, tossindo, engasgando, agarrando a garganta como se atingidos por gás de mostarda. Willi achou mesmo que iria desmaiar, se não fosse por uma brisa cruzada que vinha do canal.

A cada passo à frente, o fedor ficava mais insuportável, até que por fim não restou mais dúvida sobre sua fonte. Uma série de barracões de madeira compridos diante deles, agora claramente visíveis ao luar.

Por um segundo, Willi teve de vasculhar mentalmente as fotos antigas que ele havia examinado até compreender o que aquele lugar havia sido... o chiqueiro. Oranienburg era famosa por sua carne de porco e presuntos curados. Houve uma grande criação e processamento de porcos ali. Centenas e centenas de porcos. Agora, as construções decrépitas estavam completamente cercadas com carreiras duplas de arame farpado. Um cartaz acima de um portão trancado alertava *Quarentena!* O fedor era tanto que Lutz começou a vomitar.

Deixando-se cair sem forças no chão, arfando para inalar o ar vindo do lado do canal, esperaram enquanto Richter cortava o arame. Quando ele terminou, reuniram o que restava de suas energias e arrastaram-se furtivamente para dentro. Através das fendas das janelas em ruínas, a claridade do luar iluminava o chiqueiro. Beliches em três níveis de tábuas puras estendiam-se ao longo de todo o comprimento do barracão. Amontoados em cada centímetro quadrado dessas prateleiras havia seres humanos. Devia haver uns cem, homens à esquerda, mulheres à direita, empilhados uns contra os outros como achas de lenha, todos vestidos com as mesmas batas de asilo com que a Sereia fora encontrada. Todas as cabeças raspadas. Quanto mais Willi olhava, mais claro se tornava que todos eles haviam sofrido... experiências. Alguns tinham enormes cicatrizes no peito ou queimaduras hediondamente putrefatas. Outros tinham bizarras erupções na pele em desenhos geométricos perfeitos, como se tivessem sido infectados de propósito. Havia uma prancheta ao pé de cada beliche. Geiger confirmou que eram prontuários.

A maioria parecia adormecida ou já morta. Uns poucos aglomeravam-se ao redor de um aquecedor a lenha no corredor central. Entre eles, Willi notou três mulheres cadavéricas, uma delas apoiando-se em um par de muletas improvisadas, as outras amontoadas em uma tábua mais baixa. Todas tinham pernas como as da Sereia, Gina Mancuso. Viradas para trás! Com um brusco solavanco de horror, ele reconheceu uma delas. Os grandes olhos escuros tão cheios de orgulho e superioridade antes de ser hipnotizada no iate de Gustave estavam agora completamente vazios. A condessa grega, Melina von Auerlicht. Alguns beliches mais adiante... ele reconheceu duas mulheres miúdas examinando seus seios – as anãs húngaras. Mas por que estavam no lado dos homens? Num lampejo, lembrou-se dos frascos com pequenos órgãos flutuantes e a pasta do arquivo onde se lia *Características únicas de testículos de anões*, e agarrando-se com sombrio entendimento, soltou um gemido.

26

Três dias depois ele estava em um trem para Paris.

Conseguira dormir durante a maior parte do percurso, mas, quando seus olhos se abriam, as lembranças voltavam de roldão. Em alguns momentos, tinha certeza de que os últimos dias não passaram de uma alucinação, todos os tormentos daquela pequena ilha um sonho grotesco do qual estava prestes a acordar. Então, lembrava-se outra vez dos frascos de órgãos flutuantes, das jovens semimortas acorrentadas à parede, dos fétidos alojamentos apinhados de prisioneiros – e compreendia que tudo era muito real.

A missão inteira funcionara como um relógio. Voltaram nas balsas motorizadas pelo Havel. Devolveram os botes. Richter permaneceu no acampamento militar. Geiger e Lutz pegaram trens de volta para casa. Mas nenhum deles jamais seria o mesmo. Como poderiam, depois do que haviam testemunhado? Aqueles médicos da SS eram cem vezes mais insanos do que o mais louco dos esquizofrênicos. Contudo... eram especialistas conceituados, os mais importantes em suas áreas. Alguém estava gastando uma fortuna financiando a operação. Após tantos anos na polícia, todos os horrores que vira na guerra... Willi achava que não poderia mais ficar chocado com as profundezas a que os seres humanos podiam afundar. Mas estava. Profundamente.

Chegando à Gare du Nord, tomou um táxi diretamente para a residência de Hedda, desesperado para ver a expressão dos meninos quando ele aparecesse de surpresa.

– *Mon Dieu!* – exclamou a tia-avó à porta. – Por que não nos disse que vinha? – Beijou-o sonoramente em cada face, sufocando-o de

Chanel Nº 5. Com as pulseiras chocalhando, os anéis cintilando, ela o conduziu à sala de estar.

— As crianças saíram, Willi. Estão no centro da cidade com os avós. Almoço. Museus. E as Galeries Lafayette, para comprar casacos mais leves. Os que trouxeram de Berlim são muito pesados. Não temos esses ventos terríveis que sopram da Sibéria como vocês.

A irmã de sua sogra casara-se com um francês há décadas e vivia em Paris desde então. Apesar de seu ridiculamente pesado sotaque francês, ela agora se considerava uma verdadeira grande dama e insistiu com Willi para que tomasse um aperitivo imediatamente "para se reanimar".

— Você não parece bem, *mon fils*. — Manuseava o colar de pérolas. — Nem um pouco. Tão pálido. E esses olhos. Mas as pessoas nunca parecem bem quando chegam da Alemanha. Alguns dias aqui e ficará novinho em folha. Quanto tempo pretende ficar? Temos muitas camas.

— Apenas alguns dias. Eu precisava ver os meninos.

— Claro que sim. Mas não tem com que se preocupar. — Ela acompanhou-o em um copo de xerez. — Seus adoráveis meninos estão se divertindo como nunca. Stefan me disse outro dia que poderia viver para sempre em Paris. Uns anjinhos. E muito bem comportados. Ambos.

— Graças a Ava. Ela está com eles?

— Creio que Ava só volta na quinta-feira. — Uma das bem delineadas sobrancelhas de Hedda arqueou-se enfaticamente. — Ela está de férias, na Provence.

Willi sentiu um aperto no peito.

— Sozinha?

Os lábios da grande dama esboçaram um sorriso irônico.

— Não, claro que não, meu caro. Ela foi com uma jovem absolutamente encantadora. Marianne. Ou algo assim. — O olhar escuro de Hedda estreitou-se. — Willi, você precisa dormir um pouco, meu caro. Você parece debilitado.

Mas o tipo de fadiga que abatia Willi não podia ser aliviado por cochilos. Ao invés disso, ele optou por uma longa caminhada. Já fazia anos desde a última vez que andara pelas ruas de Paris e ficou surpreso com seu prazer em ver novamente as elegantes senhoras pavoneando-se nos Champs-Élysées. Casais namorando nos bancos dos parques. A conversa animada nos cafés. Tudo era tão menos frenético, menos tenso do que em Berlim. Tão mais bonito. Atravessou o rio, vagando pelas ruelas estreitas do Quartier Latin, até os Jardins de Luxemburgo. As estátuas reluzentes e os caminhos formais pareciam a ele o epítome de civilização. A natureza domada. Da Terra e do homem. Lenta e imperceptivelmente, como Hedda previra, ele de fato começou a se sentir melhor. Mais feliz por pertencer à raça humana.

No entanto, mesmo neste oásis, ele não conseguia parar de pensar em Paula, no que teriam feito a ela. O que *ele* fizera a ela. Algum dia poderia se perdoar? Talvez somente... se conseguisse varrer aquele campo nazista de tortura da face da Terra. Não seria fácil. Seu mais forte aliado, Von Schleicher, ficara incrédulo, quase hostil, ao ouvir o relatório. "Coisas assim simplesmente não acontecem!" Ele agira como se tudo não passasse de invenção de bêbado. "Onde estão as provas? Suas provas, Inspektor!" Cerrando os punhos nos bolsos da calça agora, Willi acrescentou outro detalhe a preparar para a noite de *Thurseblot*: uma equipe de filmagem.

Hedda também estava certa sobre o tempo, ele reconheceu. Era mais quente do que em Berlim. O ar de algum modo mais leve, mais fácil de respirar. Ele desabotoou o casaco e deixou o cachecol pender dos ombros. Em Paris, quase se podia esquecer de coisas como os nazistas. Entretanto, ao passar pela magnífica Fontaine des Médicis, quem ele encontra senão um ex-colega de escola, Mathias Goldberg.

– Willi! – Abraçaram-se como irmãos.

O sucesso de Goldberg como artista de "alta voltagem" fizera dele uma pequena celebridade em Berlim. Paris pode ter sido um dia a Cidade Luz, mas perdera o posto. Agora nenhum outro lugar era tão fulgurante como a capital da Alemanha. As ruas flamejavam com anúncios luminosos, um desfile de luzes piscando que obliteravam a noite, e Mathias era um de seus pioneiros. Em sua obra mais engenhosa, ele havia usado quatro mil lâmpadas na Breitscheidplatz para representar um vestido sujo sendo lavado: cintilante água azul, sabão em pó saindo dançando de brilhantes pacotes verdes, um esplendoroso vestido amarelo como resultado. Como ele ficara chocado ao descobrir seu nome em uma lista nazista de influências culturais "decadentes", um fornecedor de propaganda judaica.

– Ainda bem que você conseguiu sair. Os filhos da mãe estavam atrás de você, *Freund*?

Willi compreendeu que estava sendo tomado por um *émigré*.

– Não, não. Só estou aqui para...

– Há tantos outros. – Mathias agarrou a manga do casaco de Willi. – Precisa ver para acreditar.

Ele arrastou Willi para o famoso Dôme Café, onde um bando de verdadeiros emigrantes alemães sentava-se, acabrunhado, ao redor de mesas no fundo. Devia haver uns trinta. Judeus principalmente, mas não todos. Willi sentiu-se obrigado a unir-se a eles ao menos por alguns minutos. Havia artistas. Social-democratas. Um pastor protestante. Vários haviam recebido sérias ameaças de morte: "Deixe a Alemanha ou vai morrer!" Outros não conseguiram suportar mais uma vidraça quebrada ou uma suástica em suas portas. Todos haviam abandonado as casas e o meio de vida, arrancado as raízes, e agora perambulavam em um país estrangeiro. Advogados sem clientes. Médicos sem pacientes. Homens de negócios sem negócios.

– A mente europeia está capitulando – falavam em tons sombrios, assustadores.

– Os sedimentos da alma humana estão vindo à tona.

– O sentimento humano não vale mais nada. Só a força bruta.

Quanto mais ouvia, mais Willi sentia uma necessidade urgente de fugir, não da Alemanha, mas deles. Deprimentes tremores percorriam sua espinha. Seria este um vislumbre de seu próprio futuro? Por favor, Senhor, não. *Thurseblot*, ele não parava de repetir a si mesmo. Tudo se resume na Festa de Thor.

– E quanto prazer no sofrimento. Quanto sadismo!

Uma tosse violenta sacudiu seu corpo e ele se levantou da mesa de um salto, arfando em busca de ar. Pedindo licença, voltou apressadamente para o sol parisiense, prometendo entrar em contato com Mathias antes de partir, o que ele estava certo de que jamais faria.

Em vez disso, passou três dias magníficos com os garotos. Deus, como os amava!

– Seu francês melhorou muito. – Não conseguia deixar de cumulá-los de atenções. – E como vocês já aprenderam a circular pelo metrô!

Seus avós haviam lhes comprado não somente casacos largos ao estilo parisiense, como boinas combinando também, e agora eles pareciam verdadeiros francesinhos. Eles o arrastaram ao teleférico que levava ao topo de Montmartre. Posaram para fotos no terraço da Sacré Coeur. Fizeram-no prestar homenagem no túmulo de Napoleão. Mas durante todo o tempo a fadiga que o atormentava desde sua incursão na Ilha do Hospício o atacava seriamente. Seus membros e articulações, seus músculos, parecia que alguém injetava cimento neles.

– *Komm doch, Vati!* – Os garotos ficavam impacientes. – Você está andando mais devagar do que a vovó. – Sua tosse parecia piorar a cada hora.

Na véspera do dia em que deveria retornar a Berlim, ele prometera levar os garotos onde quer que quisessem ir em Paris. Os meninos não tiveram nenhum problema em decidir. Em algum lugar, haviam lido sobre um grande complexo de túneis que corria por baixo das ruas da cidade... e assim lá foram eles para Les Catacombes. De volta de suas férias, Ava juntou-se a eles animadamente, apesar de não fazer nenhum segredo sobre a má ideia do destino escolhido.

– *Mein Gott!* Com tantos lugares lindos nesta cidade!

A entrada para as catacumbas na Place Denfert-Rochereau era uma simples porta que você atravessava, mas os meninos sabiam exatamente onde ficava. Após pagar os bilhetes de entrada, viram-se em uma longa escadaria de pedra descendo em espiral para dentro do abismo.

– Não é fantástico? – gritou Erich, correndo na frente.

Ao fim das escadas, o cascalho úmido era triturado sob seus pés conforme avançavam por um túnel escuro. O rosto de Stefan se iluminou enquanto apontava para uma placa indicando que estavam a vinte e cinco metros abaixo da rua. Quando ele agarrou Willi com uma das mãos e Ava com a outra, alegremente saltitando entre os dois, Willi sentiu seu peito se contrair com uma sensação confusa, que um instante depois eclodiu como uma tosse profunda e seca.

– Pelo amor de Deus! – Um ar de preocupação tomou conta do rosto de Ava.

– Este ar. – Tinha a sensação de estar sendo sufocado. – É seco demais.

Apesar de poderem ouvir água gotejando e ver estalactites projetando-se do teto, uma poeira arenosa parecia tornar-se mais densa quanto mais fundo penetravam no túnel. Durante todo o tempo Willi teve a impressão de que Les Catacombes tinham a ver com o sistema de águas. Agora, quando entraram em uma câmara pouco iluminada, uma pequena sala de exposição o esclareceu. Remontando à época dos romanos, esses trezentos quilômetros subterrâneos eram no início minas de pedra calcária localizadas bem fora da cidade. Conforme a cidade se expandiu e os imóveis se tornaram escassos, o governo reivindicou as áreas de vários cemitérios antigos transferindo os restos mortais para aqueles túneis. Foi assim que o velho sistema de minas agora diretamente sob Paris transformou-se em um vasto ossuário contendo os restos de cinco a seis milhões de antigos residentes, que os trabalhadores enterraram mais uma vez com habilidade artística.

Por Favor, Siga com Cautela.

Cinco a seis milhões?

Arrête! C'est ici l'empire de la mort, avisava uma placa acima da próxima porta.

– Pare! Este é o império da morte.

– Vamos, papai. Você não está com medo, está?

Com medo? Papai? Como papai poderia estar com medo? Ele abriu a porta.

A poeira ficou tão densa que podia senti-la na pele.

Descendo outro corredor longo e escuro do qual não parecia haver saída, por fim chegaram a uma ampla câmara semelhante a uma capela toda construída de ossos. Ossos humanos. Paredes, teto, tudo – ossos. Milhares e milhares deles, todos meticulosamente arrumados. Tíbias e fêmures empilhados uns em cima dos outros, emoldurados por fileiras perfeitas de crânios. Clavículas e ossos do quadril formavam elaborados corações e cruzes. Ava fez uma careta e suspirou de angústia, mas os meninos não podiam estar se divertindo mais morbidamente. Entretanto, sala após sala, túnel após túnel, osso após osso, esses mostruários começaram a desgastar Willi, até que ele passou a ver esqueletos levantando-se e dançando diante de seus olhos. Ao redor de sua cabeça. Em seguida, tudo começou a girar em sua cabeça. Seu próprio esqueleto recusava-se a sustentá-lo nem sequer mais um minuto, e suas pernas simplesmente desapareceram.

Quando voltou a si, sentiu a mão fria de alguém em sua testa, afagando-a com delicadeza.

Foi necessário um grande esforço para abrir os olhos.

– Ava...

– Shhh. Você está no hospital, Willi. Com pneumonia dupla.

Um olhar à sua volta confirmou isso. Que absurdo! Nunca ficara doente sequer um dia em sua vida. Mas juntamente com uma precipitação de lembranças, veio um medo real.

– Há quanto tempo estou aqui?

– Shhh.

– Quanto tempo?

– Cinco dias, Willi.

Meu Deus!

– Que dia é hoje?

– Vamos, você precisa descansar.

– A data, Ava. A data.

– Dezoito de janeiro. Vamos, Willi...

Ele soltou um suspiro de alívio, esforçando-se para levantar o torso. *Thurseblot* era no dia 24.

– O que acha que está fazendo?

– Tenho de...

O quarto inteiro de repente se transformou em ossos – e em frascos de testículos e cérebros flutuantes.

– Você tem de permanecer exatamente onde está. – Os olhos escuros de Ava arregalaram-se. – Ainda tem febre alta. – Ela apertou sua mão, seus olhos amendoados brandos de ternura.

Sua cabeça caiu de volta no travesseiro, mas seu sangue fervia.

– Ouça-me – ouviu-se dizendo, sem saber ao certo quem ou o que estava falando. – Não quero que os meninos voltem para a Alemanha. Está entendendo? Nem na semana que vem. Nem no mês que vem. Nunca, Ava. Nenhum de vocês. Diga a seu pai que está na hora de liquidar os negócios. Matricule as crianças em uma escola daqui. Encontre um apartamento. Faça o que for preciso, só não...

– Pare. – Seus dedos recaíram sobre os lábios dele. – Discutiremos isso depois. Quando você estiver bem.

Ela inclinou-se e beijou sua testa, provocando um terno suspiro de seu peito.

Mas não haveria depois. Pouco antes do amanhecer, ele saiu sorrateiramente do hospital e arrastou-se até a Gare du Nord, onde pegou o primeiro trem de volta a Berlim.

27

Um vento incômodo dançava pelo rio Havel. A lua cheia de janeiro lançava Spandau sob um feitiço crepuscular. Quando a sombra do *Terceiro Olho* assomou sobre a taverna Cervo Negro, Willi agarrou o corrimão de ferro da ponte, o olhar fixo nas docas abaixo, onde o Grande Gustave recebia os convidados, a capa preta agitando-se loucamente. Era *Thurseblot* – enfim. O ar parecia fervilhar de demônios.

Gente da cidade subia ruidosamente a rampa de embarque. Reprimindo uma tosse profunda e seca que ainda assolava seu corpo, Willi observava das trevas. Na semana desde que fugira do hospital, ele se obrigara a recuperar a saúde por pura força de vontade. Toda vez que pensava em Sachsenhausen, sua febre diminuía. Agora que a hora da verdade estava ali, não havia mais nada a fazer senão observar – como o Meistersinger da ópera de Wagner, sabendo que tudo, toda a felicidade futura, dependia deste esquema que ele havia engendrado.

Planejara tudo meticulosamente, até os mínimos detalhes. Revisara os planos inúmeras vezes, certificando-se de que nada poderia dar errado. Mas alguma coisa sempre podia, ele sabia. Como Paula. Sentiu um aperto na garganta ao imaginá-la desaparecendo naquele barco. Tudo que podia fazer era deixar o mínimo possível na dependência da sorte.

Sob o luar prateado, a taverna do Cervo Negro, com todas as vigas transversais e os pontudos frontões triangulares, parecia uma ilusão de conto de fadas. Lá dentro, divertindo-se em uma festividade pagã, havia seis monstros muito reais. Elaborar um plano para capturá-los daria a Willi uma grande dor de cabeça. Invasões simultâneas em Spandau e Sachsenhausen estavam fora de questão. Ele não tinha os recursos necessários. Mas uma incursão de cada vez era arriscada demais. Uma chance grande demais de que alguém conseguisse escapar. Um médico. Um guarda. Um rápido telefonema e tudo estaria perdido. Assim, ele não tivera escolha senão empregar um pouco da famosa astúcia judaica de que os nazistas estavam sempre se queixando.

A ideia lhe ocorrera no hospital, enquanto estava lá deitado, delirante. Ele achou ter ouvido uma cantoria outra vez – aquela canção da manhã na floresta com Fritz. *Valderi, Valdera-ha-ha-ha-ha-ha.* E uma estranha imagem tomou forma em sua mente. O homem de casaco multicolorido, saltitando pelas ruas de Hamelin, tocando uma flauta, todos os ratos dançando. *Rio Weser, largo e profundo... Um lugar mais agradável você nunca viu.* Claro. É isso que eu tenho de fazer, compreendeu. *Atrair* os ratos para fora. Como o flautista de Hamelin.

Mas como?

A resposta sobreveio lentamente.

Lá embaixo, na Superintendência de Polícia...

Assim que voltou de Paris, correu para lá, mas não encontrou o Grande Gustave em lugar algum. Todo o floreado, toda a magia que fazia parte do Rei do Ocultismo desaparecera. Na cela, restava um homenzinho melancólico, Gershon Lapinksy. Um homem subjugado não só pela certeza de que seus dias de riqueza e glória haviam terminado, mas por um terrível conhecimento que já não podia ser apagado de sua memória. Durante a sessão de hipnotismo, Kurt havia deixado Gustave plenamente consciente de tudo que ele conseguira apagar de sua mente até então... o rosto de cada pessoa que ele enviara como sonâmbula para seu fim.

– Há dias estou tentando me hipnotizar novamente – confessou. – Mas não funciona mais. E quer saber por quê? – Seus olhos encheram-se de um orgulho amargo. Porque um hipnotizador precisa de um objeto complacente, Inspektor. E eu já não sou mais.

Quando Willi lhe contou de Sachsenhausen, todo o seu corpo pareceu desmoronar.

– Foi isso que aconteceu com aquelas jovens? – Dedos trêmulos cobriram seus olhos. – Oh, meu Deus! Com a SS, eu sabia que não podia ser nada de bom. Mas isso... – Sua cabeça encolheu-se dentro dos ombros. – Nem um vidente poderia imaginar. – Começou a chorar convulsivamente. – Sabe, Kraus – disse, fungando –, eu nunca fui um sujeito de sorte. Desde o começo. – Enxugou os olhos com o lenço que Willi lhe deu. – Fui o décimo terceiro filho de minha mãe. Pode imaginar? Treze. Se ao menos eu tivesse permanecido ao lado dela... Mas todos os outros doze morreram... e eu não queria ser o próximo. Assim, fugi e me juntei ao circo.

Ele jurou que faria qualquer coisa para levar os médicos da SS à justiça.

Desta vez Willi não precisou de um sexto sentido para saber que o sujeito falava sério.

Agora, sob a claridade leitosa da lua cheia de inverno, Gustave retornara à vida. O Grande Gustave, exercendo o fascínio sobre os cidadãos, fazendo reverências, batendo os calcanhares, apertando mãos, dando boas-vindas a cada um que chegava. Willi notou que, a cada intervalo de poucos segundos, ele lançava um olhar na direção da taverna Cervo Negro, a bandeira da suástica acima da entrada ondulando incessantemente. Ambos esperavam aquela porta abrir. Era bom que os locais tivessem comparecido, mas se os médicos daquele instituto não aparecessem logo, tudo teria sido em vão.

Por que não haveriam de vir? Uma festa em honra a Thor. Uma noite de música e suntuoso bufê – cortesia do Grande Gustave a bordo do famoso iate. Por que olhar os dentes de um cavalo dado? Não tinham nenhum motivo para suspeitar. Todas as figuras mais proeminentes da cidade haviam recebido convites. Nada poderia ser mais inócuo. Entretanto, aquela porta recusava-se a abrir.

Mas embaixo, na rampa de embarque, o restante dos convidados continuava a fluir a bordo, todos vestidos em seus melhores trajes, tão coloridos em faixas vermelhas e pretas nos braços. Como estavam agradecidas por serem brindadas com uma noite como esta. Como estavam completamente alheias ao pesadelo mais acima no rio, gerado por sua insanidade. Willi tinha vontade de perdoá-las. Duas décadas de guerra, luto, fome, revolução e desastre econômico haviam criado um solo fértil para o extremismo, ele compreendia. Mas o que ele vira naquele asilo era o resultado de suas grandiosas fantasias insanas – a obsessão lunática pela supremacia do sangue. Exploração cruel, calculada, e assassinato. Era difícil de perdoar. Impossível de esquecer.

Ele consultou o relógio. Oito horas da noite, exatamente. Estes médicos não eram do tipo que se atrasa. Era agora ou nunca.

Eu sou o Deus Thor,
Eu sou o Deus da Guerra.

Lembrou-se do famoso poema.

Os golpes do meu martelo
Ressoam nos tremores da Terra!

Docilidade é fraqueza,
A força triunfa.

Longfellow deve ter conhecido alguns nazistas, Willi pensou com ironia. De repente a porta da taverna abriu de par em par. Risadas estrondosas encheram a noite. Homens de uniforme negro saíram atabalhoadamente, carregando canecos de cerveja, batendo nas costas uns dos outros. Dois. Três. Quatro. Willi contou conforme eles embarcavam. Mas somente quando a rampa de embarque foi retirada é que ele sentiu um momento de alívio. Todos os seis na armadilha. Os ratos haviam mordido a isca.

Para a apresentação musical, Gustave conseguira tirar do chapéu a grande Irmgard Wildebrunn-Schrenk em pessoa, uma das maiores sopranos da Europa. Heiner Windgassen, renomado tenor do Festival de Bayreuth, uniu-se a ela e, com uma visita surpresa do Coro do Exército de Potsdam, eles ofereceram uma emocionante seleção de *Götterdämmerung*: "A jornada de Siegfried pelo rio Reno", "Imolação de Brunhilde". A plateia sacudia o iate com aplausos.

– Só o melhor para meus amigos de Spandau! – O Rei do Ocultismo estendeu os braços enquanto os artistas agradeciam com uma reverência. – Em homenagem à nossa tradição. Nosso futuro. Nosso Führer. *Sieg Heil!*

– *Sieg Heil!*

As portas do bufê foram abertas. Leitões inteiros e pernas de cordeiro assados espalhavam-se entre montanhas de batatas e chucrute. Cerveja e vinho para todos.

Willi observava de um esconderijo ideal – atrás de um espelho de dupla face que dava para a galé. Diante dele, um painel de interruptores identificava vinte microfones ocultos, permitindo-lhe ouvir qualquer conversa no deque. Esse avançado sistema de espionagem, aparentemente instalado em especial para ele, era na realidade de Gustave – o meio pelo qual o Rei do Ocultismo costumava reunir informações úteis para as demonstrações de "leitura da mente".

– Mas por onde você tem andado? – Willi aumentou o volume do microfone com interesse especial na conversa de Gustave com vários médicos do instituto. O locutor não era outro senão Oscar Schumann, o gênio da ortopedia. – Pensamos que tivesse sido abduzido por homens de Marte ou algo assim.

Houve infinitas especulações em seguida à prisão de Gustave. O Mestre estava doente. O Mestre estava morto. O Mestre estava fazendo cirurgia plástica. Finalmente, com a ajuda de Fritz na Ullstein, começaram a aparecer fotos nos jornais do Mestre desfrutando a solidão de um retiro monástico nos Cárpatos.

– Precisava recarregar um pouco minhas baterias espirituais – Gustave respondeu num sussurro. – Diga, Schumann... você e seus companheiros vão ficar por aqui depois que o resto dos convidados for embora, não é? Tenho umas guloseimas especiais que vocês não vão querer perder.

Com sublime satisfação, Willi observou o cirurgião passar o braço cordialmente pelos ombros do Grande Gustave.

Uma banda foi apresentada. Ouviram-se canções folclóricas e polcas desenfreadas. Era uma noite que o povo de Spandau não iria esquecer com facilidade – mas ainda assim, noite de um dia útil. Precisamente às onze horas a banda encerrou as atividades. Os cidadãos inebriados se despediram, com mil agradecimentos a Gustave. À meia-noite, não restava mais ninguém, salvo os seis médicos do Instituto de Higiene Racial, ansiosos para descobrir que guloseimas de *Thurseblot* Gustave havia reservado para eles.

Pelo estudo dos dossiês, Willi conhecia cada um deles de cor. Ao lado de Schumann, com o nariz comprido e as sobrancelhas peludas, estava Theodor Mollbaecker, um especialista em infecções em tecidos moles e principal defensor do uso de sulfonamidas antibacterianas. Wolfgang Heink, ao seu lado, era o neurologista especializado em distúrbios dos membros inferiores. O gordo bêbado que mal conseguia se manter de pé era Sigmund Wilderbrunn, o maior especialista em métodos de esterilização da Alemanha. O baixinho com o estranho topete postiço era Horst Knapperbusch, endocrinologista e principal teórico sobre os efeitos do raios X nas glândulas genitais. Por último, mas não menos importante, o sr. Dentes de Coelho, Josef – cujo sobrenome Willi, a essa altura, sabia ser Mengele –, um especialista em diferenças raciais na estrutura anatômica, ultimamente concentrado nas características genéticas de gêmeos e anões. Ele teria algemado todos os seis agora mesmo se Gustave não preferisse um método mais suave.

– Não sabem que honra é para mim receber cientistas tão renomados. – Gustave estendeu a mão num gesto de boas-vindas. – Por favor, senhores... me acompanhem até minha suíte particular. Venham! Esperei a noite inteira por esta surpresa.

Willi observou os médicos seguirem como patinhos ansiosos, fantasiando sem dúvida com *Fräuleins* peitudas e magicamente enfeitiçadas. Dez minutos depois, Gustave fez soar a campainha para ele descer. Entrando na suíte pouco iluminada, Willi sentiu sua garganta se contrair, como se estivesse sendo apertada com um torniquete. Os seis médicos jaziam como mortos no chão – em profundo transe hipnótico.

Os motores do *Terceiro Olho* roncaram, conforme navegaram rio acima, para Sachsenhausen. No caminho, Gustave ordenou a Oscar Schumann que se levantasse, o seguisse e usasse o transmissor de rádio que lhe entregava.

– Você deve convocar cada guarda na Ilha do Hospício a ir imediatamente para o píer. Quando chegarmos, eles embarcarão neste iate e se juntarão às festividades como meus convidados.

De fato, quando atracaram, todos os doze guardas da SS, caveiras e ossos cruzados brilhando ao luar, aguardavam ansiosamente. Um a um, conforme subiam a bordo, eram presos pelos soldados do Coro do Exército de Potsdam – que já haviam trocado os trajes de noite pelos uniformes. Os olhos de Willi ardiam de lágrimas.

Ele pegara até o último rato.

O problema agora eram os cuidados médicos para todos aqueles confinados na fazenda de porcos. Se o transporte de noventa e cinco tivesse realmente chegado naquela manhã depois da incursão que fizeram, poderia haver centenas de pessoas lá. Tudo que ele poderia fazer era ajudá-las a chegar ao Centro Médico de Brandemburgo. Como os médicos de lá iriam lidar com a chegada de tantos semimortos era outra questão.

A lua de *Thurseblot* lançava longas sombras enquanto ele conduzia vinte e cinco soldados pela rampa de desembarque. Uma equipe de fotografia e filmagem seguia logo atrás. Através dos campos, cobertos de mato até a cintura, apressaram-se na direção dos alojamentos. Mas com o forte vento do sul soprando, o ar noturno era límpido, ele notou, e fresco. Mais surpreendente ainda, quando alcançaram a fazenda de porcos, o portão estava escancarado. Os barracões compridos, decrépitos, estavam vazios. Willi recostou-se em uma porta para se apoiar. Como era possível? Para onde podiam ter levado tantas pessoas moribundas? Haviam se passado apenas duas semanas. Uma sensação hedionda percorreu suas veias. Andando rápido, depois correndo, ele levou o destacamento de volta pelo canal até a Ilha dos Mortos. Em uma clareira cercada por mato pisoteado, havia três enormes e inconfundíveis trincheiras novas cobertas com terra fresca e preta.

Livro quatro
—
CREPÚSCULO DOS DEUSES

28

Nem um único prisioneiro encontrado vivo. As cabeças raspadas e os rostos esquálidos pairavam acusadoramente diante dos olhos de Willi. Mas, pelo amor de Deus, ele tinha de reconhecer, não se saíra tão mal. Derrotara os desgraçados. Estancara toda a macabra operação. Prendera toda a doentia corja de médicos. Os guardas. E mais importante ainda, conseguira provas. Duas dúzias de caixas de espécimes. Dois armários de arquivos cheios de relatórios. Filmes. Fotos. Todo o inferno de Sachsenhausen agora tinha um histórico registrado. Ele só precisava revelá-lo ao mundo.

Navegando de volta pelo Havel, não viu nenhuma razão para impedir Gustave de despertar os malignos cientistas do esquecimento hipnótico e confrontá-los com sua fúria.

— Você, Schumann. — O rosto do Mestre tremia. — E você, Mengele. — Gustave suspendeu no ar um frasco com um cérebro humano. — Com tanto a oferecer ao mundo... como pôde?

Porém, mesmo algemados, aqueles monstros recusavam-se a se deixar abater:

— Nosso trabalho é para o mundo. — Schumann revirou os olhos, como se estivesse entediado. — Só que não para o *seu* mundo. Em doze meses aprendemos mais do que a maioria dos cientistas em uma vida inteira.

— Tanto sofrimento. Tantas mortes! O que lhes dá o direito de bancar Deus?

Mengele arreganhou os dentes.

— Acha que pode nos impedir? Construiremos Sachsenhausens ainda maiores, você verá. Mais eficientes. Por toda a Europa. A hora está mais próxima do que você pensa, Gustave. Nós, alemães, temos sido fracos por tempo demais.

Atracando em Spandau, o peito de Willi encheu-se de orgulho ao enviar todo o bando depravado no caminhão do exército para a prisão de Moabit e seus famosos muros impenetráveis. Rezou para que nunca mais fossem libertados. O que fazer com as provas era uma escolha mais difícil. Metade dele queria largar tudo no colo de Von Schleicher. "Tome, mostre ao mundo!" Mas, na prática, ele sabia, essa quantidade de material iria apenas assoberbá-los, a menos que fosse organizado, resumido. O lugar lógico para trabalhar nisso era a Superintendência de Polícia, só que ele não ousava. Teria levado o material para o seu apartamento se houvesse espaço suficiente. Mas levou-o para a casa de Fritz. Como parecera incongruente os veículos militares sujos de lama diante da elegante casa envidraçada. "O que é isso, uma invasão?", Fritz disse, rindo, ao vê-los. Mas depois que entendeu o conteúdo, Fritz usou o braço em bom estado para ajudar a carregar as provas para dentro.

Durante um dia e meio, os dois sentaram-se no sofá branco, sob os quadros de Klee e Modigliani, separando o hediondo material. Quando compreenderam que era demais, trouxeram Gunther para ajudar. Mesmo com todos eles filtrando e separando, foram capazes apenas de montar parte do quadro geral. As atividades macabras dos cientistas loucos de Sachsenhausen pareciam não ter limite.

Em doze meses, eles haviam esterilizado à força centenas de pessoas. Vasectomia, castração, ovariotomia, ligação de trompas, radiação – cada qual testada em comparação às outras. Resultado: a radiação por raios X, a esperada "onda" do futuro, mostrara ser lenta, cara, dolorosa demais para ser usada em qualquer programa de esterilização em massa. Para homens, a castração cirúrgica era o método mais eficaz, rápido e barato. Para mulheres, os resultados ainda estavam "sendo pesquisados". Outras centenas de prisioneiros haviam sido infectadas com todo tipo de doença, de botulismo a tifo, depois medicadas com remédios experimentais. Resultado: as drogas de sulfonamida, em que Theodor Mollbaecker depositara tanta esperança, não demonstraram ser de particular valor antibacteriano. Josef Mengele havia conduzido as experiências mais terríveis. Obcecado pelo papel da genética na hereditariedade, ele havia anestesiado ao menos quatro pares de gêmeos e cinco anões, depois os dissecado enquanto ainda estavam vivos, fotografando e registrando os órgãos. O trabalho de Oscar Schumann havia produzido os resultados mais significativos. De vinte e cinco transplantes de braços e pernas conduzidos durante o período de dois meses, apenas sete foram bem-sucedidos. No futuro, o transplante ósseo, segundo Schumann, seria rotina.

Pelo que podiam calcular, ao menos oitocentos e cinquenta homens, mulheres e até crianças haviam sido vítimas de experiências médicas em Sachsenhausen. Não houve sequer um sobrevivente. Cada uma das mortes fora registrada. "Sucumbiu ao tifo." "Sucumbiu às queimaduras da radiação." Uma fatura encontrada em uma gaveta de escrivaninha indicava que dois outros transportes de setenta internos cada um eram esperados na semana seguinte.

Fritz era inteiramente a favor de estampar todo o caso nas primeiras páginas e dar a isso o título que devia ter: o maior crime na história da Alemanha.

– Em vinte e quatro horas, teremos o colapso de todo o Partido Nazista – insistiu. – "Oitocentos e cinquenta torturados e mortos!"

Mas Willi não podia fazer isso. Como precondição para usar a guarnição militar de Potsdam, Von Schleicher fez Willi prometer que todas as provas dos crimes médicos da SS iriam diretamente para ele.

Na sexta-feira à tarde, Fritz e ele entregaram pessoalmente um relatório de dez páginas e uma caixa cheia de provas à Chancelaria do Reich. Após examinar com atenção as páginas e ver o conteúdo de diversos frascos, Von Schleicher ficou verde.

– É absolutamente inconcebível. Além da imaginação humana.

– Obviamente, não – Willi disse.

– Leve tudo para Von Hindenburg – exigiu Fritz. – Faça-o assinar um decreto presidencial. Declare os nazistas fora da lei!

Von Schleicher teve de apoiar-se na mesa.

– Não posso. Von Papen envenenou o Velho de tal forma contra mim que no momento não posso sequer chegar perto do Palácio Presidencial. Não, neste aspecto estou de mãos atadas.

De mãos atadas? Willi sentiu um baque no estômago. Von Schleicher?

– Certamente algo desta magnitude...

– Ouçam-me, vocês dois. – O rosto do chanceler se tornou rígido como uma máscara mortuária. – Se tem uma coisa que eu aprendi nesta maldita função é que política é escolher o momento certo. Quero que tudo que vocês me trouxeram permaneça aqui. Compreendem? Não deixem nada para trás. No momento certo, eu lhes asseguro... o machado cairá.

– Quem sabe – Fritz tentou reunir algum otimismo enquanto deixavam a chancelaria –, talvez o homem saiba o que está fazendo desta vez. Vamos, vou lhe pagar o jantar.

Mas Willi perdera o apetite.

Mais tarde naquela noite, Fritz estava ao telefone infernizando Willi, por incrível que pareça, sobre uma mulher:

– Lembra-se, Willi... aquela que eu disse que era perfeita para você? Bem, você não vai acreditar. Acabo de topar com ela na Kudamm. Ela virá amanhã à noite como minha convidada ao Baile da Imprensa. Você tem de vir também. Promete? Você tem fraque e gravata branca?

Willi tinha quase tanta vontade de ir ao Baile da Imprensa quanto ao dentista, mas na noite seguinte ele, com obediência, calçou meias longas formais e prendeu-as em ligas de panturrilha. O frio estava cortante do lado de fora, ele viu da janela quando entrava nas calças de seda listrada. O vento fazia os fios dos bondes baterem loucamente uns contra os outros. Agora que ele se recobrara da pneumonia, fechara Sachsenhausen e levara todas as provas para a Chancelaria do Reich; o que ele realmente precisava era de um pouco de sono, concluiu, enfiando os pés nos sapatos de couro legítimo. Sentia falta dos meninos. De Paula também. Tirando do armário a ridícula camisa com os enormes punhos franceses, amaldiçoou a si mesmo por ter concordado com aquilo.

O Baile da Imprensa não era uma festa comum, mas o ápice absoluto da temporada de eventos sociais de Berlim. Nos salões de banquetes dos Jardins do Zoológico, o champanhe transbordava. Estolas de chinchila e penas de garças provocavam cócegas em seu nariz quando ele se espremia para passar entre damas da sociedade, rainhas do cinema, ministros de Estado, membros do Parlamento. Qualquer um cujo rosto Willi já vira nos jornais – inclusive chefes do *Ringverein*, as famosas gangues do crime organizado da cidade – bebia e fofocava sem parar.

Por fim, ele chegou às fileiras de camarotes reservados à grande imprensa, onde Fritz combinou de encontrá-lo para apresentar-lhe a supermulher. Havia um camarote para o grupo Mosse. Outro para o grupo Bertelsmann. Numerosos camarotes para as delegações estrangeiras. Por que aquele grande no meio estava vazio, onde o chanceler devia estar? Bem ao lado dele estava o camarote da Ullstein, os cinco famosos irmãos ao redor de uma mesa com suas mulheres cobertas de joias. Com eles, estava Erich Maria Remarque, autor de *Nada de novo no front*, e a *très* elegante Vicki Baum, celebridade de *Grande Hotel*. Outras mesas estavam cheias de editores, colunistas, fotógrafos. Onde estava Fritz? Willi por fim o localizou, de pé com uma loura alta, cujo vestido decotado revelava um físico singularmente musculoso.

– Um *putsch* para derrubar Von Hinderburg? – As palavras de Fritz já começavam a ficar arrastadas, a cicatriz, vermelha.

– Iiissso é muito engraçado. Conheço Von Schleicher há váaarios aaaanos, querida. Astuto como uma raposa, mas acrrrredi... não tem... ora, Willi! – Atirou o braço ao seu redor.

A loura alta, Willi reconheceu imediatamente, era Leni Riefenstahl – estrela dos populares filmes de alpinismo e notória beldade. Era ela que Fritz achava que seria perfeita para ele?

– Você conhece Leni, é claro.

— Para meu constrangimento, receio que não — Willi mentiu, chocado com a escolha absurda do amigo.

— Mas eu o conheço. — A musculosa atriz ofereceu-lhe um vigoroso aperto de mãos. — O grande captor do *Kinderfresser*. As fotos nos jornais não lhe fizeram justiça. — Seus olhos azul-celeste examinaram-no como se o fizessem através de várias lentes. — Venha ao meu estúdio um dia destes. Deixe-me fotografá-lo. Vou revelar suas qualidades heroicas.

— Leni, eu não fazia a menor ideia que você tivesse tantos talentos — Fritz declarou. — Fotografia agora!

— Só estou aprendendo, Fritz. Tenho um ótimo olho.

Entregou um cartão a Willi.

— Por favor — insistiu. — Estou experimentando uns incríveis ângulos de câmera novos que eu adoraria tentar em você.

Aposto que sim, Willi pensou, perplexo que aquela pudesse ser a mulher de quem Fritz vinha falando há meses. Willi ficou ainda mais estarrecido quando Riefenstahl soprou um beijo para ele e se afastou.

— Quer dizer que ela não é...

— Ela? — Fritz quase se dobrou de rir. — Santo Deus, Willi! Eu preferia ter arranjado um encontro entre você e Goebbels. Não, a mulher que eu tinha em mente é... — Seus olhos se arregalaram, a cicatriz no rosto estendendo-se com visível satisfação. — Bem... ela está vindo agora mesmo.

Willi virou-se. Jurou que reconhecia um par de olhos castanhos se aproximando. Uma figura esbelta em um vestido de gala rosa pálido com uma ampla cauda de veludo. Aquela curva longa e bela do pescoço. Agora ele compreendia Fritz quando disse que um sujeito grosseirão quis saltar sobre ela.

— Pelo amor de Deus!

Willi virou-se furiosamente para Fritz.

— Não seja cabeça-dura, seu tolo. Só porque ela é irmã de sua falecida esposa...

— Desta vez, você realmente extrapolou, Fritz — Willi rosnou baixinho. Mas a onda de felicidade que se apoderou dele conforme ela se aproximava era irreprimível. Quando ela os alcançou, Willi conseguiu parecer surpreso. – Ava, pelo amor de Deus! O que está fazendo em Berlim?

– Eu podia lhe fazer a mesma pergunta. – Seus olhos escureceram. Willi pôde ver pelo olhar que ela lançou a Fritz que estava tão perplexa com este encontro arranjado quanto ele. E ainda furiosa com a fuga de Willi do hospital em Paris. – Bem, de qualquer modo fico contente em ver que você está melhor, Willi. – Ela lançou a cauda do vestido para o lado.

Percebendo que o encontro não estava se desenrolando como esperado, Fritz ergueu o dedo como se quisesse endireitar a situação, quando de repente todo o salão de baile pareceu estremecer com um choque elétrico. Alguma notícia decididamente sensacional eletrizava a multidão. Não levou mais do que uma fração de segundo para alcançá-los. Willi sentiu como se uma bigorna tivesse atingido sua cabeça.

– Já soube? Von Schleicher e todo o seu gabinete foram depostos! Forçados a se demitir!

Mas não era possível; teve de se apoiar para manter o equilíbrio. Von Schleicher em desgraça? Era catastrófico. O que teria sido feito de nossas provas?

– Não entre em pânico. – O rosto de Fritz se anuviou. – Iremos à Chancelaria logo pela manhã.

– Amanhã é domingo!

– Bem, então na segunda-feira!

Willi não achava que conseguiria sobreviver até lá. A música continuava a tocar. Os casais continuavam a dançar. Mas isso era realmente demais. Não lhe restava nenhuma capacidade de fingir. O chão sumia sob seus pés. Ava também parecia perceber isso. *Depois de Von Schleicher, quem?*, perguntavam seus olhos.

– Vamos. – Willi agarrou-a pela cintura. – Vamos sair daqui. – Dirigiram-se em linha reta para o vestiário. Estava tumultuado. Metade dos convidados estava indo embora. – Que diabos você está fazendo

em Berlim, de qualquer modo? – sussurrou com voz tensa enquanto aguardavam na fila. – Eu lhe disse para não vir.
— Oh, é mesmo? Então, agora recebo ordens de você? – Seus olhos faiscaram. – Você também nos disse para vender a casa e os negócios.
— Shhh!
Ele retomou a conversa quando chegaram ao lado de fora:
— Seu pai deveria ter vindo.
— Ele veio. – Ela agarrou a gola do casaco para se proteger do vento. – E eu vim também, para que ele não ficasse sozinho. Não tem nenhum direito de me criticar. Não fui eu quem fugiu do hospital com pneu...
— Não tive escolha, Ava. Havia muita coisa a fazer. Coisas cruciais.
— Oh, sim. Com você sempre há coisas cruciais. O trabalho é mais importante do que a vida, não é? Dane-se a sua saúde. Sua família!
Willi mal conseguia ouvi-la. Tudo em que conseguia pensar era que Von Schleicher fora banido e que aquelas caixas de provas estavam no escritório. O vento açoitava furiosamente quando o táxi parou. Ava entrou, lançando-lhe um olhar exasperado. Por um instante, teve vontade de envolvê-la nos braços. Abraçá-la. Beijá-la. Mas ela bateu a porta, deixando-o ali na noite gelada.

29

Logo de manhã na segunda-feira, Willi e Fritz se encontraram em frente à Chancelaria do Reich. A polícia ocupava toda a Wilhelm Strasse, multidões já enchiam as calçadas. Por trás daqueles muros, todos sabiam que o destino da Alemanha estava sendo decidido por Hindenburg e um punhado de cartolas.

– O que quer dizer com não posso entrar? – disse Fritz, estupefato, para o guarda no portão. – Franjo. Você me vê aqui toda semana há anos.

– Sinto muito, Herr Fritz. A decisão não é minha. Seu nome não está mais na lista de imprensa.

– É impossível. Eu escrevo para vários jornais. Sou primo em terceiro grau do Kaiser! Diga-me ao menos se o chanceler Von Schleicher ainda está no prédio.

– Não, não está. Nem o general é mais o chanceler. Ele e todos os seus pertences foram removidos.

A notícia fez Willi sentir uma onda de náusea.

Pegaram o carro e dirigiram-se imediatamente para a Lichtenstein Allee, onde Fritz sabia que Von Schleicher tinha um apartamento. A mulher do general recebeu-os à porta.

– Mas receio que ele não queira atender ninguém esta manhã. – Ela mantinha a cabeça erguida com amarga dignidade.

– Está bem, *Schätzchen*. Estes dois podem entrar.

Sentado diante da lareira, usando um smoking, o monóculo de prata empoleirado em um dos olhos, Von Schleicher mal se deu ao trabalho de olhar para eles.

— Aquele miserável von Papen. — Chamas dançavam do monóculo. — Não se contentou enquanto não se vingou de mim por tê-lo demitido em novembro.

— Herr general... todas aquelas caixas de provas que deixamos com o senhor.

— Hindenburg jurou que jamais cederia a Hitler. Mas Papen acha que consegue amansar a besta.

— As provas — pressionou Willi. — O que foi feito com elas?

— Eles realmente acham que podem surgir com uma coalizão mais forte do que a minha? Que tentem! Cinquenta e oito dias eu tive. Míseros cinquenta e oito dias.

— Por favor, senhor. Todas aquelas caixas, todas aquelas fotos e pastas de arquivos de Sachsenhausen?

O ex-chanceler virou-se para eles, tirando o monóculo.

— Aconteceu tão rápido. — Ele parecia ter cem anos. — Em uma hora, eu estava banido. Podem imaginar, eles fizeram eu mesmo empacotar minhas coisas. Eu não sabia o que fazer com as caixas, então chamei Eckelmann.

— Eckelmann, o socialista membro do Parlamento?

— Socialista. E se for? Eu o conheço há trinta anos. Elizabeth e eu tivemos um jantar muito agradável com ele em Aschinger uma noite dessas. Quando tomávamos conhaque, ele me disse com clareza: "Kurt, se algum dia houver alguma coisa que eu possa fazer..." Assim, eu o chamei. Naturalmente, eu não lhe disse o que continham, apenas que eu tinha caixas cheias de material vital que precisava de proteção. Arranjamos para que tudo fosse levado de caminhão para o escritório dele.

— O escritório dele... no Reichstag?

— Sim. Eles têm montes de coisas com que ninguém se importa. No almoxarifado. Estão seguras como em um banco lá embaixo, eu lhes garanto. — Von Schleicher pestanejou várias vezes. Recolocando o monóculo lentamente no olho, voltou o olhar para a lareira outra vez.

Willi sentia-se doente. Dirigiram-se imediatamente para o Reichstag, mas todo o prédio estava cercado por cordão de isolamento.

Tentaram ligar para Eckelmann no trabalho, em casa, mas não obtiveram nenhuma resposta. Não havia nada que pudessem fazer. Fritz não parava de murmurar:

— Por que diabos fui removido da lista de imprensa da Chancelaria?

A caminho do escritório dele, notaram que pequenos ajuntamentos de pessoas haviam se formado em volta das bancas de jornais e revistas. Aqui e ali, explodiam vivas e aplausos. Fritz inclinou-se para fora da janela.

— O que está havendo?

— Estamos salvos! — gritou uma adolescente. — Hitler está no poder!

Fritz deixou-se cair de volta no banco do carro.

— Não é de admirar que eu esteja fora da lista de imprensa. — Olhou fixamente para a frente. — Estamos acabados. — Voltou-se para Willi. — E não apenas nós. A Europa.

Talvez seja um engano, Willi pensou, como da primeira vez que soube da morte de Vicki. Por que então as lojas de judeus estavam cerrando as portas? Inúmeras vezes, Hitler prometera que no dia em que assumisse o poder, cabeças iriam rolar. Quem imaginaria que os idiotas iriam lhe entregar o poder legalmente, sem uma gota de sangue?

As pessoas agarravam edições especiais com grandes manchetes.

— Talvez não seja tão ruim quanto parece. — Fritz praticamente arrancou uma das mãos de um vendedor ambulante. Ele parecia estar rezando enquanto seus olhos varriam a primeira página. — Hugenberg... ministro das Finanças. Von Papen... vice-chanceler. Talvez eles possam realmente tomar o controle.

— Você sempre disse que Von Papen era um idiota frívolo.

Quando chegaram à Leipziger Strasse, até o humor negro desaparecera. Grupos de tropas de assalto percorriam as calçadas. *"Hoje a Alemanha, amanhã o mundo!",* gritavam, fisicamente acossando as pessoas que entravam e saíam da Wertheim. Ouviu-se um estrépito. Uma das grandes vitrines da loja de departamentos se estilhaçou.

— Não é tão mau quanto parece. — Willi desviou-se dos cacos de vidro. — É pior.

Na Koch Strasse, o prédio do grupo Ullstein já dava a sensação de um castelo sitiado, funcionários correndo para se refugiar.

– Encontrarei Eckelmann, de uma maneira ou de outra – disse Fritz ao descer do carro. – Assim que encontrar, eu lhe direi.

Willi foi direto para Dahlem. Na luminosa luz de inverno, a vila coberta de hera dos Gottman permanecia tão serena como em um quadro.

– Willi! – Max abraçou-o quando ele entrou. – O país inteiro enlouqueceu. Hitler vai fazer um pronunciamento no rádio a qualquer momento. Depressa! Estamos ouvindo para ver se ele se modera agora que está no poder, como todo mundo prevê. Sabe, mais como um estadista, conciliatório.

Ava, sentada no sofá com um xale bordado ao redor dos ombros, pareceu bem menos feliz em rever Willi.

– Olá – disse friamente, ligando o rádio. – Certamente, não o esperávamos.

– Seu senso de oportunidade foi extraordinário, Willi – Max disse tempestuosamente, quase fora de si de nervosismo. Teias de veias saltavam de suas têmporas. – Você me disse para sair bem na hora. Consegui liquidar tudo, casa, móveis, a empresa, a um preço bastante razoável, considerando-se tudo. Só Deus sabe o que as propriedades dos judeus valerão amanhã.

Um gongo soou no rádio. "O novo chanceler vai falar à nação." Um momento de silêncio, depois... uma voz tensa e ríspida:

"Alemães! Por quinze anos uma república corrupta está pendurada como um laço de forca ao redor do nosso pescoço. Milhões de desempregados. Milhões sem moradia. Mas agora, finalmente, eu agarrei as rédeas do poder!"

– Que arrogância – balbuciou Max.

"Os financistas internacionais, os bolcheviques internacionais e a facção secreta internacional da corja judia não vão mais sugar o sangue do povo alemão. O dia do ajuste de contas está próximo. Eu sou seu Führer!"

Apertando mais o xale ao redor do corpo, Ava virou-se para seu pai.

– Acho que isso derruba a teoria sobre "quando-ele-estiver-no-cargo".

— Meu Deus, ele parece estar ainda mais histérico! — As veias nas têmporas de Max latejavam. — Eu não descartaria a possibilidade de esses demônios fecharem as fronteiras, nos prenderem aqui como moscas em um vidro. Acho que devemos ir embora. Antes hoje do que amanhã.

Willi combinou de ir comprar as passagens para o trem da noite para Paris.

Antes de sair, Ava o fez parar, os olhos escuros implorando.

— Mais tarde, então?

— Sim, claro. — Willi apertou sua mão. De repente, havia tanta coisa que gostaria de dizer a ela. Mas não havia tempo.

Na estação Zoo, a fila da bilheteria estendia-se por todo o quarteirão. Ele podia sentir o medo, o desespero no ar, a incredulidade de que aquilo realmente acontecera. Os nazistas no poder! A tensão era pior mais tarde, quando se encontrou com Ava e Max na plataforma. Montanhas de bagagens mal deixavam espaço suficiente para todas as pessoas que tentavam se despedir dos que estavam partindo. Uma pequena multidão se formou para se despedir de Kurt Weil e Lotte Lenya. Vicki Baum, Erich Mendelsohn, arquiteto por excelência da República de Weimar, e a própria Marlene Dietrich já estavam a bordo. Willi esperou até ver Max e Ava sentados antes de lhes dizer que ele não estava indo.

— Compreendo. — Ava empalideceu mortalmente. — Coisas mais cruciais, não é? — Willi abaixou a cabeça. Se ao menos pudesse fazê-la compreender. — E se eles realmente fecharem a fronteira, Willi? E aí?

— Lembre-se, eu sou um herói de guerra condecorado. Já consegui escapar por terras de ninguém.

— Você já não é criança. — Seus olhos escuros faiscaram. — Você é pai, pelo amor de Deus! Aqueles meninos precisam de você.

— Eu preciso deles — Willi suspirou. — E de você também. — Abraçou-a rapidamente, saindo às pressas do trem. Já fora longe demais para desistir agora. Pode me chamar de idiota, ele pensou minutos mais tarde, entrando no BMW. Mas de jeito nenhum irei embora sem as provas. Quando o mundo vir o que aconteceu em Sachsenhausen, vai escorraçar Hitler da Chancelaria. Da civilização.

Mas quando se aproximava da Ku-damm pela Hardenburger Strasse, uma estranha claridade refletiu dos prédios. O trânsito parou. As pessoas saíam dos carros. Willi desligou o motor. A cada passo na direção do cruzamento, seu desconforto aumentava. O clangor de címbalos atingiu seus ouvidos. Uma fumaça começou a irritar suas narinas. Na esquina, ele teve de ficar na ponta dos pés. Todo o seu corpo congelou. Até onde a vista alcançava, por todo o grande bulevar, uma torrente infinita de camisas-pardas marchava em direção ao centro da cidade em um grande desfile de tochas. Um exército conquistador. Bandeiras desfraldadas. Tambores retumbando. Todos os anúncios luminosos da Ku-damm não se comparavam àquele revolto rio de fogo.

Ele mal cerrou os olhos naquela noite. A única coisa em que conseguia pensar era em tirar aquelas caixas do Reichstag. Fritz disse que seu editor, Kreisler, falara com um dos irmãos Ullstein. A empresa se arriscaria a publicar a história – se ficasse provada a veracidade. As caixas podiam até ficar estocadas em um depósito da Ullstein. Se eles pudessem transportá-las para lá.

De manhã bem cedo, Willi e Fritz pegaram o bonde na esperança de encontrar esse membro do Parlamento socialista na casa dele no norte de Berlim. Fritz estava animado, convencido de que nem tudo era tão ruim quanto parecia. Inúmeras fontes haviam reforçado as suspeitas de que uma aliança secreta entre os conservadores de Von Papen e os nacionalistas de Hugenberg iria emparedar Hitler, desacreditá-lo, fazê-lo perder o prestígio e, quando chegasse o momento certo, retirar seu apoio a ele.

– Von Schleicher teve cinquenta e oito dias. Eu dou quarenta e dois a Hitler. Seis semanas. Não mais do que isso. Pode apostar. Eu já o fiz: dez mil marcos!

Na Bulowplatz, entretanto, parecia que haviam saído diretamente do bonde para o set de filmagens de um filme de terror de Fritz Lang. A enorme sede do Partido Comunista, do outro lado da praça, coberta com enormes faixas do rosto de Lenin, estava cercada por inteiro por milhares de nazistas gritando: *"Vermelhos, fora! Vermelhos, fora!"* As pessoas lá dentro eram agarradas pelos cabelos, atiradas pela porta e forçadas a passar entre fileiras de homens desfechando golpes de cassetetes, indo embora depois com a cabeça ensanguentada. Ouviu-se um tremendo estrondo. Uma janela de um dos andares superiores estilhaçou-se e dois camisas-pardas dependuraram um homem aos berros seis andares acima da calçada. O coração de Willi parou. Não era possível! Não fariam isso! Mas como romanos no Coliseu, a multidão incitava, polegares virados para baixo, e a vítima caiu com um grito lancinante, batendo os braços contra o destino.

Fritz e Willi praticamente correram pelo resto do quarteirão. Na residência de Eckelmann ninguém atendeu a campainha. A faxineira disse-lhes que ele tinha se escondido, como todos os socialistas membros do Parlamento, ao menos os que tinham juízo. Eles ficaram ali parados, impotentes e desamparados.

– Vamos – disse Fritz. – Vamos tomar um táxi de volta.

No táxi, ele tocou cuidadosamente a cicatriz em seu rosto.

– Sei que parece muito ruim, mas é apenas temporário, você vai ver. Depois que os comunistas forem esmagados – virou-se para Willi –, toda esta loucura vai recuar. Aposto minha vida nisso. – No entanto, quando chegaram à Alexanderplatz, ele recusou-se a deixar Willi ir embora antes de se abraçarem. – Cuide-se, irmão, está bem? – Fritz tinha lágrimas nos olhos. A garganta de Willi doía. Não havia um adversário mais franco dos nazistas na Alemanha do que Fritz. Ambos estavam no mesmo barco agora.

Quando Willi desceu do táxi, tudo parecia igual. Multidões ainda entravam e saíam da Tietz. Os bondes longos e amarelos ainda circulavam. Mas ao atravessar a Dircksen Strasse em direção à Superintendência de Polícia, ele viu uma suástica já tremulando acima da Entrada Seis. Acima de todas as entradas.

— Você não devia ter vindo para cá. — Ruta fitou-o quando ele entrou.

Willi perguntou-se por que teria. Orgulho? Teimosia? Pura estupidez?

— É horrível demais até mesmo para descrever — ela sussurrou, girando o moedor de café mecanicamente. — Eles expurgaram a força inteira... todo policial que não é nazista foi demitido. Inauguraram toda uma nova polícia secreta. Oh, Willi... por que você voltou?

— Bem, bem. Veja só quem está aqui. Não achei que você teria a desfaçatez.

Era Thurmann, o bigodinho fino enviesado com um sorriso afetado.

— Minha previsão estava certa, hein, Kraus? Você ganhou a pequena batalha. — Um distintivo novo e brilhante pendia de seu peito. — Mas nós vencemos a guerra. — Seu falso sorriso transformou-se em um esgar de desdém. — Agora pegue suas coisas e saia antes que eu lhe dê o que o espera. E quanto a você, vovó — olhou furiosamente para Ruta —, é melhor ver onde pisa. É um novo dia, caso não tenha percebido. Agora, ande logo com este café.

Enquanto Willi arrumava suas coisas, Gunther entrou, a cabeça baixa. Usava um uniforme cinza-claro, uma faixa com a suástica no braço.

— Sou da *Geheime Staatspolizei* agora. — Sua voz tremia. — Polícia secreta. *Gestapo,* abreviado. — Willi desviou o rosto. — Por favor, entenda, chefe: minha vida, minha família, tudo está aqui. Não falo outras línguas.

Willi continuou empacotando. Ele poderia dizer honestamente que agiria de forma diferente se estivesse no lugar de Gunther?

Gunther engoliu em seco, o pomo de adão descendo pelo pescoço branco e comprido.

— Eu não posso fugir. Mas você vai ter de fazer isso.

— Eu não vou a lugar algum.

— Você vai ter de fazer isso. — De repente, os olhos azuis do rapaz fitaram-no de forma penetrante. — Se quiser ver seus filhos crescerem. – Willi parou de empacotar. As faces de Gunther estremeceram. – Todos os nazistas na prisão receberam perdão. Uma ordem do próprio Hitler. Os médicos de Sachsenhausen já estão soltos. Eu seria preso se soubessem que estou lhe contando isso, mas... seu nome está... em uma lista de execução! – Gunther olhou para o alto, a voz embargada: – Oh, por Deus, chefe, como eles conseguiram escapar disso impunes? Não existe nenhuma justiça. O senhor me ensinou tudo. Agora, como vou usar o que aprendi?

Willi passou o resto da tarde no Café Rippa, fingindo ler um jornal. Não conseguia raciocinar. Sabia que precisava, mas era como se sua mente fosse um carro afogado no meio do trânsito. Permaneceu ali sentado, tomando café. Sentado, tomando café. Somente à noite, um doloroso solavanco fez o motor de seu cérebro pegar outra vez. Seu nome em uma lista de execução significava que não podia mais ir dormir em casa.

Resolveu passar pelo apartamento para pegar o que pudesse. Na Nuremberger Strasse, várias mulheres discutiam em frente ao edifício: "Tire suas mãos daí!", "Eu peguei primeiro!". Era sua mesa de jantar, ele percebeu. Olhando para cima, viu que as janelas do apartamento estavam abertas. Todas as luzes acesas. Tropas de assalto jogavam os livros pelas janelas, as fotografias. O retrato de seu avô se estilhaçou na calçada. Ele recuou. Voltando ao carro, seu corpo e sua mente dividiram-se em dois. Metade dele simplesmente não podia aceitar que aquilo estivesse acontecendo. A outra partiu a toda velocidade.

As árvores da floresta estendiam-se como dedos ameaçadores enquanto ele corria pela estrada sinuosa e escura que levava à residência de Fritz. Aqui e ali, vilarejos brilhavam na noite. Teve vontade de gritar do fundo de seus pulmões, se isso ajudasse. Mas entrou no longo caminho que levava à casa de Fritz em sombrio silêncio. No alto da colina, a casa envidraçada estava às escuras. Pisou no freio, a respiração interrompida. Dois sedãs pretos estavam estacionados na frente. Seus dedos agarraram o volante com força. Meu Deus! Fritz estava sendo empurrado pela porta por meia dúzia de soldados das tropas de assalto, o rosto branco como o de um fantasma, os olhos escuros e brilhantes de medo. Ele resgatara Fritz muitas vezes. Mas aqueles criminosos tinham fuzis automáticos. Só podia rezar para que não o vissem. Ouviu a voz de Fritz naquela manhã: "É apenas temporário, Willi, aposto minha vida nisso." Quando Fritz estava prestes a ser empurrado para dentro de um carro, o velho companheiro de guerra de Willi ergueu a cabeça e seus olhos encontraram os de Willi. *Fuja, seu idiota!*, eles gritavam.

Willi deixou o carro escorregar para trás.

– Ei, você aí!

Uma rajada de tiros espocou. Ouviu o estrépito de um tiro de raspão no teto do carro. Mudou de marcha como um louco e pisou fundo no acelerador. Ouviu mais tiros enquanto passava da primeira para a segunda e zunia na escuridão. Portas de carro bateram, um motor roncou, pneus guincharam pelo cascalho.

Estavam atrás dele.

Se conseguisse sair da floresta, poderia deixar os desgraçados para trás, ele sabia. Mas as estradas de Grunewald eram estreitas e sinuosas, escuras demais, completamente estranhas a ele. Pelo espelho retrovisor, podia avistar faróis, bastante para trás para ele ainda ter uma chance de se livrar deles, mas que avançavam sem trégua. Ele virou bruscamente à direita na primeira rua com que se deparou, depois para a esquerda. Os faróis seguiram-no. Avistando uma clareira, ele pisou nos freios e fez um retorno de cento e oitenta graus com os pneus derrapando. Correndo de volta, ele viu de relance os rostos furiosos dos nazistas. Encolheu-se enquanto eles atiravam loucamente, conseguindo estilhaçar um de seus faróis. Ele ganhara meio quarteirão. Os perseguidores fizeram o mesmo retorno e retomaram a caçada. Ao descer por uma ladeira íngreme abaixo e subir em uma curva, foi imediatamente ofuscado por luzes vindo em sua direção. Se fossem os outros nazistas, ele estava morto, pensou, desviando-se bruscamente para a direita o máximo possível. Quando o carro passou por ele, conseguiu enxergar outra vez. Quer dizer, enxergar a escuridão. Absoluta. Guiado por um único farol, pisou fundo e seguiu em frente a toda velocidade.

Isto não pode estar acontecendo, sua mente não parava de repetir. Ele não estava realmente sendo perseguido por Berlim por criminosos que haviam se tornado policiais. Outra rápida saraivada de balas quase o separou de seu corpo, fazendo-o pairar acima da floresta. Ele de fato podia ver o BMW fugindo do sedã preto. Ele, o Inspektor-Detektiv que havia descoberto e perseguido os mais perniciosos assassinos da sociedade, agora era ele próprio um criminoso caçado. Como fora ingênuo em acreditar que a justiça era um direito do homem na vida! Da sua visão do alto, ele observava a si mesmo se perdendo na escuridão. Detestava a floresta. Quanto mais desesperadamente procurava se livrar dela, mais confuso, mais enervado ficava, até que a desesperança começou a escurecer sua visão, fazendo-o se sentir como se estivesse se afogando.

Uma luz brilhante puxou-o de volta. À beira da estrada, uma placa luminosa com uma longa seta apontando como o próprio braço de Deus: *Entrada – Autoestrada Avus.* O ar encheu seus pulmões outra vez quando ele zuniu pela estrada vazia. Acelerando o máximo possível, o BMW rugia. Apesar de poder ver o sedã preto seguindo-o, agora isso apenas o fazia rir. Quando o pequeno cupê esportivo prateado entrou no modo corrida – 100-110-120 –, não poderiam mais acompanhá-lo.

30

De volta à cidade, ele não sabia para onde ir. Não tinha casa em sua própria cidade. Os letreiros de néon piscavam nas ruas vazias, Berlim assustadoramente morta nesta segunda noite do governo nazista. Sem rumo, dirigiu durante horas, lembrando-se por fim daquele cartão na carteira, a garganta tão tensa quando chegou à casa na Tiergarten Strasse que mal conseguia emitir uma palavra.

— Você disse que se um dia eu precisasse...

— Pelo amor de Deus! — Sylvie o fez entrar às pressas, os olhos azuis brilhando tanto de surpresa quanto de compreensão. As notícias sobre Fritz a deixaram abalada. — Oh, meu Deus, não! Você não acha que eles...

— Durante anos ele os chamou de facínoras, Sylvie. Porcos, animais desprezíveis.

— Pobre Fritz. — Ela deixou-se cair no sofá. — Sempre falando demais. — Seus olhos fitaram o vazio por um longo tempo, depois encolheu-se nos braços de Willi, chorando. — Graças a Deus que você ao menos está a salvo — disse finalmente, com um suspiro, apertando seu braço. — Ninguém pensará em vir procurá-lo aqui. Fique quanto tempo quiser. — *Para sempre*, sua voz ferida parecia dizer. — Vou preparar um chá e um bom banho quente para você. Que tal? — Ele viu piedade nos olhos dela, como se estivesse tentando compensar pelos seus pares arianos pisoteando em tudo lá fora. Um banho era mais do que ele podia resistir.

Submerso em água quente, cada músculo doendo, ele encolheu-se quando Sylvie entrou sem bater, os cabelos louros soltos ao redor dos

ombros. Sem dizer nem uma palavra, ajoelhou-se ao lado da banheira e começou a esfregar seu peito com uma toalhinha.
— Nunca me dei conta do quanto você é forte. Que ombros largos.
— Você estava sempre apaixonada demais por Fritz. — Ele sorriu, afastando sua mão com tristeza.
— E você — suspirou — estava sempre apaixonado demais por Vicki. — Ela torceu a toalhinha e levantou-se. — E agora está apaixonado demais pela irmã dela. — Ela o viu paralisar-se. — Isso não é nenhuma vergonha, Willi. — Ela puxou os cabelos para trás. — Ava é a mãe dos meninos agora. Se vocês dois descobriram sentimentos verdadeiros um pelo outro agora, bem — ela abriu a porta —, *mazel tov*.

Como um morto, ele adormeceu no sofá. Até que o som estrondoso de uma campainha quase o fez cair no chão.
— Relaxe. — Sylvie emergiu do quarto de dormir vestindo um roupão. — Tropas de assalto não se dão ao trabalho de tocar a campainha.

Era Rudolf Kreisler, editor de Fritz, e sua mulher gorducha, Millie, arriada sob o peso de meia dúzia de malas. Willi os vira na outra noite no Baile da Imprensa. Ela estava bêbada como um ganso, desinibidamente dançando, sapateando descalça. Agora o ganso parecia bem cozido, o rosto rechonchudo pálido e desfeito.
— Dirigimos por aí durante horas para ter certeza de que ninguém nos seguia. — Kreisler enxugou a testa suada. — Prenderam dois diretores da Ullstein ontem. A companhia está cheia de células nazistas. Eles estão assumindo o comando. Os irmãos serão expulsos. Estamos fugindo para Praga à tarde, mas... bem... eles sempre vêm à noite, sabe.
— Perdoe-nos — disse Millie com voz rouca.
— Me deem seus casacos. — Sylvie estendeu os braços. — Eu lhes disse que estaria aqui, e aqui estou.

Mais gente chegou e partiu da casa de Sylvie naquela primeira semana do novo "Terceiro Reich" do que da estação Zoo. Alunos da universidade. Professores da Escola Bauhaus. Um violoncelista da Filarmônica. Seu cabeleireiro. Todos em fuga. E todos tinham o que acrescentar na crescente coleção de histórias de horror. Histórias apavorantes de masmorras. Tortura. Corpos entregues às famílias em caixões lacrados. Willi não tinha nenhuma dificuldade em acreditar em tudo aquilo. Absolutamente nenhuma.

Como um homem possuído, ele agora estava convencido de que somente ele poderia salvar a nação. De que o conteúdo daquelas caixas no almoxarifado do Reichstag era o único elixir suficientemente poderoso para despertar a Alemanha do sonambulismo demoníaco. Se a Ullstein já não podia publicar a história, outro o faria. Em algum lugar. De algum modo. Ele cuidaria disso. Mas o Reichstag permanecia sob sete chaves. O Parlamento atual fora dissolvido por Hitler no dia em que assumiu o governo. Os nazistas tomaram as rédeas do poder, mas ainda não tinham maioria no Legislativo. Convencido de que por fim poderia "extinguir" toda oposição – *Um único povo! Um único partido! Um único Führer!* –, Hitler convocara novas eleições para o dia 5 de março. Willi tinha de conseguir entrar no prédio antes disso. Entrar, ele sabia, seria a parte fácil. Sair com todas aquelas caixas pesadas é que era o desafio.

Um dos hóspedes de pernoite de Sylvie, um jovem e vigoroso físico de partida para a América, expôs sua teoria de que os nazistas sabiam muito bem que jamais conseguiriam vencer eleições livres. A maioria dos alemães ainda se opunha a eles. Os sindicatos de trabalhadores resistiriam. Todas as garantias da Constituição – liberda de de imprensa, o direito de reunião – continuavam legalmente em vigor. Não, ele estava convencido, os nazistas precisavam de algum plano muito mais maquiavélico para assumir totalmente o poder, antes de 5 de março.

– Digamos que um tiro seja deflagrado – especulou durante o jantar. – Qualquer atentado contra a vida de Hitler, ainda que não seja real, bastando que pareça real, seria o pretexto necessário para declarar estado de emergência. Anulando a Constituição, os direitos civis. Banindo a imprensa. Declarando ilegal a oposição. Bam, bam, bam. Uma reação em cadeia resultando em uma monstruosa fusão de poder.

Willi ouvia o sr. Oppenheimer mortificado. Caso a teoria se mostrasse correta, era razão maior ainda para fazer o que fosse necessário... antes que fosse realmente tarde.

Durante vários dias, Willi vigiou o prédio do Reichstag. De vários ângulos do meio das estátuas e fontes da Praça da República, ele examinou a portentosa escadaria e as grandiosas rampas de acesso de carruagens que levavam às portas de entrada. Da Tiergarten, ele analisou as fachadas neorrenascentistas e o imponente domo de vidro que permitia que a luz incidisse sobre os parlamentares. Da Dorotheen Strasse, examinou as fileiras de janelas encaixadas em reentrâncias e as torres pontiagudas erguendo-se de cada um dos quatro cantos. Era uma estrutura monumental. Bismarck o construíra nos anos 1890. Scheidemann proclamara a república de sua sacada em 1918. Agora Hitler estava determinado a transformá-lo em um mausoléu.

Das margens congeladas do rio Spree, ele vasculhou as entradas de serviço encardidas pelo tempo, quem entrava, quem saía, com que frequência, a que horas. Tudo foi anotado em um bloco. As precauções de segurança eram cuidadosamente mantidas, ele observou. Com o Reichstag desativado, somente a Entrada Cinco estava aberta, no lado norte do prédio. Visitantes, empregados, até membros do Parlamento eram inspecionados cuidadosamente antes de entrar. Na hora exata, como um relógio suíço, às sete horas da noite, um vigia noturno circulava, verificando se cada porta, cada janela estavam bem fechadas. O lugar parecia uma fortaleza. Entretanto, ao final do terceiro dia, ele havia arquitetado um plano básico.

A noite caía. Um vento gelado levantava ondas espumantes no rio atrás dele. Ao longo da Sommer Strasse, o posto de controle para as entradas de serviço do Reichstag estava mergulhado em sombras profundas. Ele iria precisar de um caminhão. Vários iam e vinham com regularidade, ele notara. Toda manhã às oito, um caminhão amarelo dos correios. Toda manhã às nove, um caminhão preto de recolhimento do lixo. Às segundas-feiras às dez da manhã, um caminhão da lavanderia para toalhas de mesa e guardanapos, que retornava no mesmo dia, às nove da noite. O que ele precisava descobrir era apenas onde aquele depósito ficava. Uma planta baixa. Amanhã, a primeira coisa a fazer, iria à biblioteca, registrou mentalmente, permitindo-se por fim fugir do vento de fevereiro.

Ao longo da margem elevada do Spree, mal se via uma alma enfrentando o frio. Aliviado por encontrar um ônibus perto do Memorial a Bismarck, ele olhava pela janela tentando aquecer as mãos geladas quando avistou um jornaleiro. Sob a luz de fortes refletores, um olhar sombrio e hipnótico saltava da primeira página de uma dúzia de jornais. **Gustave, o Rei do Ocultismo, Assassinado em Tiergarten!** Todo o esôfago de Willi se fechou. A mesma foto de publicidade que ele me deu quando nos separamos, ele percebeu. Ele a autografara: *Ao Inspektor-Detektiv Kraus – um verdadeiro herói alemão.* "Quando eu estiver morto, quem sabe pode valer alguma coisa", ele dissera. Pela expressão de seu olhar, era evidente que Gustave sabia que ele era um homem morto. Desta vez, ele vira o futuro.

O diabo vitorioso.

A principal sala de leitura da Biblioteca Estatal Prussiana deixava o usuário tonto com as mesas dispostas em círculos concêntricos. Quando Willi chegou na manhã seguinte, vinte minutos após a abertura, o lugar já estava praticamente lotado. Ele retirou as plantas baixas do Reichstag e sentou-se no único lugar vago que encontrou, com nevorsismo protegendo o bloco de anotações dos vizinhos enquanto desenhava as plantas do prédio. Não vendo ninguém sequer lançar um olhar em sua direção, relaxou, pensando que ali devia ser o lugar mais seguro de Berlim. Respirou fundo, a mente acelerada com possibilidades, quando por fim terminou por volta do meio-dia. O almoxarifado do Reichstag, como ele verificou, ficava bem em frente ao quarto de suprimento de toalhas de mesa e guardanapos.

Saindo pelas antigas portas de bronze, surpreendeu-se de ver que nevava, e muito. As famosas fileiras de tílias da Unter den Linden, a magnífica estátua de Frederico, o Grande, tudo já estava recoberto de branco. Somente tarde demais notou que a multidão em frente à biblioteca se reunia para um discurso do novo ministro da Propaganda: repórteres, cinegrafistas, oficiais nazistas, todo um destacamento de camisas-pardas transformando-se em bonecos de neve conforme Josef Goebbels declarava guerra à "decadência cultural".

– Esta gloriosa biblioteca – gritava o homenzinho, lutando para manter a neve fora de seu chapéu de feltro de abas largas –, fundada por nossos antepassados há quatrocentos anos, passará por uma limpeza de alto a baixo! Todas as mentiras, toda a imunda pornografia, toda a depravada propaganda judaica serão relegadas às chamas!

Chamas?, Willi se perguntou. O que planejavam fazer, incendiar a biblioteca? Com um estremecimento, lembrou-se da previsão do Grande Gustave de um enorme incêndio neste mês de fevereiro, do qual, como uma fênix, uma nova e grandiosa Alemanha se ergueria. Seria isso que ele quis dizer? As contemplações de Willi sofreram uma parada brusca quando a menos de três metros avistou um amplo conjunto de dentes de coelho e dois olhos demoníacos fixos nele.

Eles realmente o haviam libertado.

Os loucos estavam de fato comandando o hospício.

– Parem este homem! – O dedo de Mengele apontou. – Este judeu roubou minha pesquisa!

Trabalho, Willi pensou, saltando na única direção que podia – diretamente no meio do tráfego para oeste. Isso é tudo com que o maníaco se importa – seu trabalho. Ouviu-se o som agudo de um apito. Engraçado. Foi o que Ava disse a meu respeito. Desviando-se de um ônibus e de vários automóveis, dirigiu-se para o canteiro central, onde as tílias pesadas de neve se emaranhavam no alto. Ousando se virar, ficou mortificado de ver o que devia ser um bando de uns trinta camisas-pardas em sua perseguição. Com um grande gole de ar, ele saltou pela frente de Frederico, o Grande, no meio das pistas para leste. A Unter den Linden já estava coberta com alguns centímetros de neve e no meio da corrida seu pé escorregou e atingiu-o com força no traseiro. Assustado, ele ergueu os olhos no momento de ver um caminhão avançando sobre ele, tocando a buzina loucamente.

O motorista pisou com toda força nos freios e o caminhão derrapou para o lado, parando a apenas alguns metros dele.

O motorista abaixou o vidro da janela.

– Idiota!

Um coro gritava do outro lado:

– Peguem esse homem! Ladrão!

O homem escancarou a porta.

– Ladrão, hein? – disse, arremetendo contra Willi. Mas no instante em que seu pé tocou o chão, ele perdeu o equilíbrio e Willi aproveitou para fugir.

Em frente ao Teatro da Ópera, uma dúzia de apitos emitia um som agudo num coro infernal. As pessoas paravam para olhar através da cortina de neve, tentando identificar quem era o vilão. Uma senhora de idade tentou agarrá-lo pelo braço. Um garoto atirou alguma coisa nele. Mas escorregando e deslizando, ele conseguiu chegar à Ponte do Palácio. A bela ponte parecia a fotografia de uma brincadeira, todas as divindades de mármore envoltas em togas de neve. Meia dúzia de homens uniformizados empurrava vassouras de tamanho industrial para tirar a neve das calçadas. Quando viram que ele estava fugindo dos camisas-pardas, afastaram-se para o lado para deixá-lo passar. Do outro lado do Spree, viu que eles haviam cerrado fileiras outra vez, fingindo não perceber que estavam atrapalhando a perseguição dos camisas-pardas. Que Deus os abençoe, trabalhadores da limpeza pública!

Impulsionado pelo mais puro medo, ele praticamente passou patinando pelo palácio dos Kaisers, lembrando-se de como costumava, quando era criança, ficar observando os generais desfilarem para dentro e para fora daquelas grandiosas entradas com as botas até os joelhos e capacetes emplumados. Agora, os enormes portões de ferro estavam trancados e enferrujando-se. Primos dos Kaisers estavam sendo arrancados das belas casas envidraçadas. O mundo virara de cabeça para baixo – várias vezes em sua curta vida.

Nevava cada vez mais forte, era impossível enxergar. Cada passo à frente exigia total concentração, como se aquele fosse um campo minado. Os apitos se aproximavam outra vez. Os gritos de "Parem-no!". Tudo que precisavam era de tochas e cães, pensou, estreitando os olhos para a mancha amarela em movimento à frente, e ele seria o monstro de Frankenstein.

Um ônibus de dois andares parara na esquina. Graças a Deus pelo transporte público. Ele saltou para dentro do ônibus sorrindo desajeitadamente para o enorme motorista, tentando não ofegar muito enquanto buscava dinheiro trocado nos bolsos. Um delicioso momento de alívio se apoderou dele quando a sineta tocou e eles começaram a andar. Mas apenas por um momento. Através da neve espessa, ele percebeu que o ônibus estava andando mais devagar do que os pedestres. O coro de "Pega o ladrão!" crescia. O motorista lançou-lhe um olhar e adiantou-se para bloquear a porta de entrada. Willi lançou-se para a escada em espiral. O deque superior estava cheio de neve. Os passos pesados do motorista ressoaram atrás dele. O sujeito devia ter o dobro do seu tamanho, pensou, espreitando por cima da lateral. O bando de camisas-pardas estava quase os alcançando. "Papai!" Ele jurava ter ouvido seus filhos. Se ao menos pudesse estar com eles. O enorme motorista aproximava-se, o nariz fumegando. Um bonde amarelo passou por eles rumo a leste. No mesmo instante, quando um braço maciço estava prestes a agarrá-lo, Willi arremessou-se por cima do parapeito.

– Lá! – ele ouviu. – Ele fugiu!

Aterrissando de costas com um baque surdo, ele agarrou-se com todas as forças enquanto o bonde corria, dobrando várias esquinas a toda velocidade, até a Konigs Strasse. Seu rosto ficou inteiramente coberto de neve. Com medo de se mexer, ele apenas continuou lá, estatelado, piscando diante dos prédios que passavam voando e das ofuscantes faíscas de eletricidade dos fios, rezando para ficar invisível, para não cair, para não ser eletrocutado. Aos poucos percebeu que os apitos estridentes haviam desaparecido. Sacudindo a neve, levantou a cabeça. Viu que as pessoas estavam por demais concentradas em enfrentar a tempestade de neve para se incomodarem com ele. Tão discretamente quanto possível, ele deslizou para a rua, bateu a neve do chapéu e continuou andando com dificuldade com todo mundo que passava pelo prédio vermelho da prefeitura. Meu Deus. Essa tinha sido por pouco. E ele com as plantas do Reichstag no bolso.

Chegando à Alexanderplatz, ficou aliviado em se misturar na massa de chapéus e ombros cobertos de neve em frente à Tietz. Cada osso de seu corpo gritava: *Você é velho demais para isso, Willi. Está na hora de assumir a idade, como Ava disse.* Percebendo um ronco crescente atrás dele, Willi virou-se, todo o pescoço doendo. Três motocicletas com carrinho de passageiro desciam a Konigs Strasse a toda velocidade. Sua espinha dorsal se enrijeceu quando ele percebeu que era Mengele na moto da frente, de pé, esquadrinhando ao redor. Um golpe de azar fez seus olhos negros fitarem diretamente os de Willi. Os dentes separados apareceram.

– Pare! É um ladrão!

De todas as coisas ultrajantes que podia me chamar, Willi pensou furioso.

Compreendeu que só podia tomar um caminho: por baixo do globo de vidro que era a marca registrada da Tietz e pelas portas giratórias. Como o enorme saguão, com os elevadores musicais e as barulhentas multidões, lhe era familiar. Quantas vezes entrara ali – quando criança, segurando a mão de sua mãe, como adulto, de mãos dadas com sua mulher e seus filhos. E quantas vezes ouvira seu sogro enaltecer o lendário fundador judeu, Hermann Tietz. Como todos riam em 1904 com os planos de construir um paraíso do varejo na desmantelada Alexanderplatz. "Eu não preciso de um bom lugar", Max nunca se cansava de citar, "eu *faço* um bom lugar." E Hermann fez. A mais bem-sucedida loja de departamentos da Alemanha. A mais magnífica, por dentro e por fora. Grandiosas abóbadas. Colunatas de mármore. Sofás estofados para descanso de pés cansados e mogno polido para exibir a infinidade de mercadorias de alta qualidade a preços acessíveis. Berlim, como dizia a propaganda, não seria Berlim sem a Tietz.

No mesmo instante, ele viu que era a Semana Branca. Mais um dos milagres de marketing da loja – uma gigantesca liquidação de roupas de cama e mesa em fevereiro –, todo o átrio, de cinco andares de altura, transformado em um mundo encantado, candelabros e balcões decorados com mais branco do que a tempestade de neve do lado de fora. Abaixando o rosto, ele se misturou à multidão. As estrepitosas escadas rolantes de madeira pareciam fazer força para erguer as hordas de donas de casa carregadas de sacolas de compras. Olhando ao redor, percebeu que era um dos poucos homens no local. Afundou a cabeça ainda mais nos ombros. Exatamente quando quase alcançava o caos da Liquidação Branca do Mezanino que poderia camuflar sua presença, suas costas inteiras se contraíram. "Parem o ladrão!" Mengele, ladeado por dois homens da SS, dirigia-se às escadas rolantes.

Abrindo caminho entre duas senhoras, sentiu a cabeça ser golpeada por uma bolsa. Seus ouvidos se encheram com um berro vingativo: "Em todos os anos em que faço compras aqui!" Passando pela seção de lingerie no segundo andar e a de roupas masculinas no terceiro, uma resistência semelhante impedia seu progresso. Socos. Pontapés. Os perseguidores, entretanto, é claro não tiveram melhor sorte entre estes clientes, porque ao chegar à seção infantil, no quarto andar, ele mal conseguia ouvir Mengele. Infelizmente, dois seguranças uniformizados da loja o ouviram e uniram-se à perseguição. O suor encharcava as costas de Willi, sua testa, seu pescoço. Estava começando a se sentir como uma raposa em uma sebe. A Tietz tinha apenas seis andares.

Quando se arremetia das escadas de madeira em movimento ao meio dos corredores apinhados de clientes na seção de utensílios de cozinha, no quinto andar, uma voz antiga dentro dele gritou: *Esconda-se!* Mergulhe embaixo das caixas de talheres ou daquelas mesas empilhadas de frigideiras de ferro. Esconda-se entre as toalhas de prato ou as pilhas de surpreendentes cafeteiras elétricas novas. Qualquer lugar, apenas... desapareça! Mas uma outra voz interior se revoltou. Por que deveria fazê-lo? Uma raiva furiosa ferveu em seu corpo. De que ele tinha de se esconder? O que havia feito? Chega um momento – olhou para a parede de brilhantes facas de cozinha – em que um homem tem de tomar uma posição. Não é? Agarrando a maior faca que viu – um comprido cutelo de açougueiro –, ele instantaneamente jurou que, se tivesse de morrer, levaria Mengele com ele. Esconda-se dos guardas, espere pelo filho da mãe e, com um único movimento ágil – decepe sua cabeça. Por Paula! Pelos oitocentos e cinquenta internos! Suando, agarrou o cutelo, imaginando o sangue de Mengele espalhando-se pela pirâmide de saladeiras de madeira, a cabeça quicando pelas escadas abaixo. Ele merecia. Não merecia? Não mereciam todos eles? Que prazer lhe daria ver seus corpos imundos contorcendo-se no chão. Não é?

No entanto, quando os seguranças da loja apareceram, lançando-se em sua direção, ele se viu recuando devagar. Se conseguir escapar, sua consciência perguntava, vai poder viver consigo mesmo, Willi? Se você se rebaixar tanto, a assassinato a sangue-frio? Mesmo um miserável como Mengele não merece justiça, como qualquer criminoso?

Soltando o cutelo, Willi lançou-se de novo para as escadas rolantes, ouvindo Mengele em alto e bom som mais uma vez: "Parem o ladrão!" Os seguranças da loja estavam apenas a alguns degraus abaixo quando ele saltou para o lado, na seção de móveis e decoração, no sexto andar. O fim da linha. Ele e Vicki haviam comprado os móveis de quarto ali. Ainda podia vê-la mentalmente, sentada no colchão, tateando com suas mãos brancas e macias. "Adorei este, Willi. Vamos dormir muito bem aqui." Sua mãe costumava mandar refazer o estofado dos sofás ali. "Ficaram como novos!" Onde estavam as malditas escadas de incêndio? Os corredores estavam atulhados de mulheres de quadris largos, recusando-se a se afastar um centímetro. "Que desaforo!" "Que falta de educação!" Os seguranças se aproximavam. "Segurança da Tietz, saiam da frente!" Se ele não fizesse alguma coisa, logo o pegariam. Do chão, ele saltou sobre uma mesinha de centro e dali para um sofá, depois para uma banqueta, para uma cama e uma poltrona, cortando os corredores em diagonal. Vendedores tentavam impedi-lo: "Senhor, isso é absolutamente proibido!" Clientes gritavam: "Ele está bêbado!" Os seguranças praguejavam, ficando para trás. Mas quando corria ao longo de uma fileira de espelhos de quarto, múltiplos reflexos deixaram bastante claro que os seguranças da Tietz não haviam desistido e que Mengele e os homens da SS também já estavam no andar.

Lamentou ter largado o cutelo. A saída de incêndio, se havia uma, estava completamente oculta por montanhas de penteadeiras, estantes, mesinhas de cabeceira, abajures. Que displicência por parte dos administradores. Alguém podia morrer! Dobrando uma curva, viu-se perdido em uma área de tapetes persas, centenas deles estendidos de suportes para exibição, em delicados padrões e cores brilhantes. Se ao menos pudesse achar um tapete mágico e sair voando dali. Mas o destino tinha outros planos.

Diretamente à sua frente, ele avistou uma figura gigante em um poncho mexicano, o brinco de ouro pendurado em uma cabeça loura de traços marcantes.

– Inspektor? – Kai estava junto à caixa registradora segurando um recibo, um longo tapete persa enrolado em cima do ombro. Em uma fração de segundo, ele pareceu avaliar o apuro em que Willi se encontrava porque deixou-o passar, em seguida deu um passo à frente e bloqueou o caminho. Arfando, Willi virou-se e viu Kai levantar o tapete em um dos braços e com toda a determinação de um antigo teutão atirá-lo como uma lança pelo ar, derrubando o primeiro segurança sobre os fregueses que vinham atrás e fazendo todos eles, Mengele inclusive, caírem como peças de dominó. Com ferocidade semelhante, Kai agarrou o braço de Willi e arrastou-o para a saída de incêndio.

– Você me deve trinta e cinco marcos! – gritou Kai conforme voavam escada abaixo. – Aquele tapete era para a minha mãe!

Trinta e cinco, Willi pensou.

Outra pechincha na Tietz.

31

Trovões ribombavam por toda Berlim. Clarões de luz ofuscantes de raios iluminavam os becos estreitos atrás da Alexanderplatz. Parecia que a cidade estava sob o fogo de artilharia. Willi estendeu a mão para proteger o rosto do vento cortante. A tempestade de neve só havia piorado, se é que isso era possível. A neve ofuscante era apenas um pequeno preço a pagar pela alegria da liberdade. Uma dor pequena comparada ao que o resto do meu corpo está sentindo, queixou-se consigo mesmo.

– Está ficando velho, Inspektor? – Kai viu-o mancar quando fugiam pela Kieber Strasse sob a neve, já a alguns quarteirões da Tietz. Que sorte o garoto conhecer todas as escadas dos fundos e os armários de vassouras da loja. Levaram vinte minutos, mas conseguiram despistar os filhos da puta. Era uma e meia agora, ele viu no relógio. Estava correndo desde que deixara a biblioteca ao meio-dia.

– Você nem imagina, Kai.

Aquele pulo para o bonde teria sido uma brincadeira na idade de Kai. Agora, cada cartilagem do seu corpo parecia esmagada. Entretanto, apesar da dor, ele mal conseguia conter o riso. Mengele devia estar se cagando nas calças ao saber que Willi escapara. De uma forma ou de outra – ele sentiu os contornos firmes do bloco de anotações ainda no bolso do casaco –, ele iria conseguir tirar aquela preciosa "pesquisa" do Reichstag. Daquele maldito país. E colocar em todos os jornais do mundo.

Chamá-lo de ladrão.

– Kai... – Agarrou o poncho do rapaz, ainda tentando recuperar o fôlego. – Preciso lhe pedir uma coisa... tenho um serviço para você. Realmente grande. Preciso de alguém em quem possa confiar.
– Tem a ver com o motivo de aqueles camisas-pardas estarem atrás de você?
– Sim. – Willi limpou a neve do rosto. – Tudo.
– Então, conte comigo, Inspektor.

O tempo naquele fevereiro estava violento. Tempestades de neve. Tempestades de granizo. Um frio cortante. Escondendo-se à noite na casa de Sylvie, Willi empenhava-se durante o dia, estudando as plantas baixas do Reichstag, preparando uma estratégia. Do calor de seu BMW, ele seguiu a rota do caminhão da lavanderia, observando como às dez de toda manhã, na entrada de serviço a sudoeste, dois funcionários uniformizados removiam sacos de guardanapos e toalhas de mesa usados no restaurante do andar superior do Reichstag, que continuava em atividade mesmo durante o recesso do Congresso. Saindo pelo portão de serviço sul na Sommer Strasse, o caminhão rumava para o norte, atravessando a ponte da Louisen Strasse e continuando até o prédio da lavanderia, na Invalieden Strasse, um trajeto de vinte minutos, dependendo do trânsito.

No terceiro dia de observação, ele notou um pequeno *Lieferwagen* Opel, preto, vários carros atrás dele, e instintivamente agarrou o volante com força. Poderia ser o mesmo que vira no dia anterior com o pneu preto e branco de reserva no estribo? Ele conhecia bem o modelo: a polícia de Berlim usava-o para veículos sem identificação. Ele dirigira um desses em uma viagem a Oranienburg há não muito tempo, com Gunther. Alguém o estaria seguindo?, perguntou-se de repente, enxugando o suor da testa. Sabia que poderia deixá-lo para trás facilmente. A velocidade máxima do Opel era de 85 km/h. Mas a última coisa de que precisava era de alguém no seu rastro. Contudo, buscando pelo espelho retrovisor, não avistou o pequeno carro preto em lugar algum. São só os nervos, concluiu.

Paranoia. Claro, lembrou-se da piada mórbida que seu primo Kurt adorava contar: só porque você é paranoico não significa que alguém não esteja realmente o seguindo.

De volta ao Reichstag, anotou com cuidado que a segurança do portão sul era feita por dois guardas durante o dia, mas apenas por um à noite. Se ele sequestrasse o entregador da noite e passasse por este posto de controle, calculava que até às nove e meia já poderia ter todas as caixas de Sachsenhausen carregadas no caminhão. Quando o pessoal da lavanderia começasse a suspeitar que alguma coisa acontecera ao caminhão, ele já estaria a caminho da Polônia.

Ele seguiria diretamente do Reichstag para o norte, por uma hora e meia, até Schwedt, ao longo do rio Oder, uma das fronteiras alemãs mais fáceis de atravessar, ele averiguara com discrição. Os guardas de lá ficavam felizes de estender a palma da mão para o lucrativo comércio do mercado negro. Uma vez do outro lado, ele continuaria por cinco horas para o nordeste, para a Cidade Livre de Danzig, onde despacharia as caixas por navio cargueiro via Le Havre para Paris.

Bem, nem todas. Algumas caixas ele pretendia deixar com Sylvie, apenas por segurança. No caso de ele ser capturado.

– Um lugar onde ninguém possa encontrá-las? – Ela vasculhou a mente. – Acho que posso levá-las para a casa de minha mãe. Não quer me dizer do que se trata?

– Coisas pessoais, Sylvie.

Ela franziu os belos lábios.

– Você está planejando ir embora. Como todo mundo.

– Não foi isso que você me aconselhou? Semanas atrás?

– Sim. Claro que sim. – Ela baixou os olhos.

Ele apertou sua mão para animá-la.

Mas suas próprias mudanças de humor estavam ocorrendo mais regularmente do que um metrônomo.

Esperança. Desespero. Confiança. Depressão. Milhares de infortúnios possíveis lhe ocorriam. E se houvesse mais guardas naquela noite? Ou o caminhão quebrasse? Ou se houvesse outra nevasca? Tinha de funcionar. O país inteiro dependia dele. O mundo inteiro.

Mas isso era tudo que ele podia fazer, lembrou a si mesmo. Ele era humano. No entanto... no entanto... quando pensava no que havia naquelas caixas e em Mengele solto de novo por aí... via que o mundo inteiro realmente dependia dele.

Com a aproximação das eleições, ele marcou encontro com Kai e finalizou os planos na segurança do sempre movimentado zoológico de Berlim. Stefan e Erich adoravam o lugar. Ele os levava ali frequentemente. Ou costumava levar. Levaria de novo, algum dia. Com certeza. Quando entrou, vindo da Budepester Strasse, passando por baixo do Portão do Elefante Chinês, uma lembrança nítida o acometeu de repente, reverberando como um gongo pelo seu cérebro, ecoando de volta para outro dia gelado de inverno, quando ele tinha dez anos, atravessando este portão com seu pai. Já naquela época, os elefantes esculpidos estavam ali há anos, suas longas presas de pedra escuras de fuligem. "Obviamente, estes sujeitos não escovam bem suas presas!", seu pai brincara, apertando seu ombro.

Foi provavelmente a última vez em que o viu.

Um coração tão fraco, apesar de todas as clínicas e os remédios, e quando a peleteria Kraus foi assaltada no dia seguinte, ele literalmente sucumbira. Willi respirou fundo. Não pensava nisso há anos. Uma brisa fria soprou do tanque das focas. Teria sido por isso que ele se tornara um policial? Para compensar a fraqueza de seu pai? Vingar-se dos bandidos que culpava por sua morte? Uma das focas ergueu-se da água, com um grito esganiçado. Willi riu, limpando uma lágrima. Por que isso nunca lhe ocorrera?

Ora. A pergunta mais velha do mundo.

A Casa dos Macacos estava apinhada, as pessoas ali dentro fazendo mais barulho do que os primatas que batiam no peito e coçavam a cabeça.

– O Reichstag? – O rosto cinzelado de Kai torceu-se enquanto se apoiavam na grade da jaula de um chimpanzé. – Por que não escolher um lugar simples e fácil, Inspektor, como o quarto de dormir de Hitler? – Soltou uma baforada de um Juno.

– Não estou fazendo isso por esporte, Kai. É onde estão as caixas.

Um dos chimpanzés, estendendo o braço pela grade, indicou que gostaria de fumar.

– Invadir uma propriedade federal é traição, sabia? – Kai fitou o macaco delinquente. Willi notou que o Garoto Rebelde não usava mais o brinco de ouro que era sua marca registrada, nem o poncho. Apenas um velho casaco de lã como todo mundo, a conformidade obviamente a última palavra em moda. – Mesmo na melhor das épocas, isso é um mau negócio, Inspektor. Mas agora – Kai esmagou o cigarro, apagando-o, para os berros furiosos do macaco – dizem por aí que mandaram limpar as guilhotinas.

Cabeças vão rolar, Hitler prometera.

– Eu nunca disse que não seria arriscado.

– Posso perguntar como planeja chegar do quarto de toalhas ao almoxarifado do Parlamento?

– Já lhe disse, fica bem em frente, do outro lado do corredor.

– Mas e a porta? Certamente estará trancada.

– Deixe isso comigo, Kai.

Você não podia ser um Detektiv sem ser capaz de pensar como um criminoso. E agir como um, quando necessário. Bem, era necessário, Willi sabia. Haviam-no transformado em um criminoso. Então, seria um.

Às cinco da tarde do dia anterior, ele esperara no frio cortante, na Entrada Seis da Superintendência de Polícia.

– Inspektor. – Ruta levou a mão ao coração. – Quase me matou de susto. – Ela tentou não demonstrar que estava verificando à sua volta para ver se não havia alguém olhando. – Meu Deus! Como vai? Não faz ideia de como sinto a sua falta.

– Posso lhe pagar uma bebida?

Ela respirou fundo, olhando rapidamente por cima do ombro outra vez.

– Sim, claro. Certamente.

Mais de uma vez ela deixara claro para Willi que estava disposta a fazer o que fosse necessário para ajudá-lo. Agora ele iria saber até onde ela falava sério. Levou-a ao Lutter & Wegner, o histórico *Weinstube* da cidade, fundado em 1807. Ainda podia sentir o gosto do primeiro gole de vinho que tomara ali quando criança. Rheinlander, extradoce.

– O conjunto de chaves mestras? – Ela tragou a bebida de uma só vez.

Por lei, toda fechadura em Berlim estava sujeita a uma das onze chaves mestras – um conjunto das quais ficava pendurado em um suporte acima da escrivaninha do comissário Horthstaler. Significaria ficar até mais tarde. Entrar furtivamente em seu escritório. E em qualquer circunstância garantir que o conjunto fosse devolvido ao lugar na manhã seguinte. Sem dúvida ela também ouvira rumores sobre guilhotinas.

– Posso tomar outra dose?

– Claro. A garrafa inteira, se quiser.

Ruta baixou os olhos, sacudindo a cabeça devagar.

– Willi. – Voltou-se para ele. Por um instante, pôde imaginá-la em provocantes trajes orientais, chutando uma das pernas em sincronia com trinta outras coristas no Wintergarden. – Mesmo sem nenhuma bebida... você sabe que farei.

Ainda atuante aos quarenta e nove. Ele adorava esta mulher.

Mas e Kai? Ainda haveria um rebelde nele?

O medo funcionava de modo diferente em cada pessoa.

Um dos chimpanzés estava ficando furioso, socando a parede.

– Ele quer o balanço de volta. – Kai sorriu. – Mas não é capaz de lutar por isso. Chimpanzés nunca o fazem. A menos que – seu sorriso definhou –, a menos que estejam absolutamente certos da vitória. Cinco ou seis contra um.

– O que está dizendo? Quer desistir, Kai?

– Estou dizendo que não acredito em mártires. – Kai acendeu outro Juno, os penetrantes olhos azuis fixos na jaula. – A primeira responsabilidade de um homem é consigo mesmo. Depois, com sua família. Você não pode ajudar ninguém se estiver morto.

— Há uma certa verdade nisso.

— Pense bem, Inspektor. Se me lembro bem, você tem dois filhos. Acertou em cheio. Ele tinha razão. Talvez fosse arriscado. Willi agarrou o corrimão de ferro com força. Talvez fosse suicídio. Talvez seus filhos tivessem de crescer sem pai, como ele. Mas uma coisa era certa: ele jamais poderia viver consigo mesmo se não fizesse tudo que fosse humanamente possível para denunciar o que acontecera em Sachsenhausen.

Kai virou-se. O chimpanzé que queria um cigarro estava alegremente catando percevejos na cabeça de seu amigo agora, e jogando-os dentro da boca.

— Não quero desistir, Inspektor. Só queria me certificar de que você não desistiria.

Na segunda-feira, dia 27, soprava um vento gélido, carregando pelo ar pequenos e afiados cristais de gelo que pinicavam a pele. Willi pagou um lauto jantar a Kai no hotel Excelsior. A última refeição de Willi na Alemanha. Ao menos... por algum tempo. Lembrava-se de Helga Meckel sob o Portão de Ishtar. As pessoas mudam de opinião. Os tempos mudam. E tiranos muito mais poderosos do que Hitler haviam caído sob a espada da justiça.

— Qual é o problema, Kai? — disse Willi, atacando uma codorna recheada ao molho de vinho. — Você está muito quieto esta noite.

O rapaz afastou o prato de rins à caçarola.

— Eu fui ao Nollendorfer Palast ontem à noite.

Willi lembrou-se dos frequentadores que havia lá no Dia de Ano-Novo: os tipo machões, os tipos efeminados. Os estudantes, com suas grandes gravatas-borboleta. Gunther perguntando se ele tinha de dançar. Pobre Gunther. Como ele iria se sentir infeliz na Gestapo.

— O lugar está inteiramente coberto de tábuas. O rosto de Hitler colado por toda parte.

E pobre Kai. Como ele iria se sentir infeliz no Terceiro Reich.

— Você pode fugir comigo, se quiser. Paris é uma ótima cidade.

— Acho que sou alemão demais para Paris, Inspektor.
— Como vai viver, então, na Nova Alemanha? Você já largou a SA. Acho que isso não o deixa em boa situação.
O rosto esculpido do rapaz iluminou-se estranhamente.
— Até este pesadelo acabar, estamos nos refugiando na floresta.
Willi franziu o cenho.
— É verdade. Eu e os rapazes já pensamos em tudo. Encontramos um lugar no meio da floresta, onde ninguém vai saber que existimos.
— Não está falando sério. Mas... o que vão comer? Como vão sobreviver?
— Em cabanas de palha, como nossos ancestrais. Comer o que caçarmos: javalis, coelhos. E quando pudermos, saquearmos o pessoal da cidade.
Willi viu que Kai tinha um olhar seriamente irracional. Quase uma resignação demente, como se ele soubesse que estava falando tolices, mas na verdade não se importasse. Era quase o mesmo olhar que Gustave tinha na última vez em que Willi o vira, como se ele soubesse que era um homem morto. Aquilo assustou Willi. Ele pediu licença:
— Preciso ir ao banheiro, Kai.
No espelho, ele examinou as longas feições semíticas e os brilhantes olhos escuros proclamando com o mesmo estardalhaço de qualquer cartaz na Postdamer Platz que ele não era um verdadeiro alemão. Onde quer que ele fosse neste planeta, isso era tudo que ele sempre seria. Alemão. Mas aqui, nunca.
Ao retornar do banheiro, parou repentinamente. Junto à sua mesa, estava uma figura barriguda em um uniforme cáqui da SA, o rosto coberto de cicatrizes de guerra não parecendo nada satisfeito. Willi agachou-se nas sombras. Ernst Roehm. Por que ele achou que o Excelsior seria seguro?, perguntou a si mesmo. Delírios adolescentes de invulnerabilidade, como Ava diria? Ou ele apenas imaginara que os nazistas eram uma classe baixa demais para comer em um lugar como este? Provavelmente, não paga sua própria conta. Sob a figura de Roehm, Kai parecia pálido, gesticulando como se tentasse se explicar. Sem dúvida, o Führer da SA não gostou de sua deserção.

Mas quando Kai sussurrou alguma coisa em seu ouvido, foi Roehm quem perdeu a cor. Sua mão se ergueu em uma saudação a Hitler e ele saiu. Willi voltou à mesa, orgulhoso de seu garoto.
— O que você disse a ele? Que tinha sífilis ou algo assim?
— Pior. — Kai deu um sorriso amargo. — Que agora eu trabalho para Himmler.

Escondidos entre as acácias desfolhadas ao longo do passeio às margens do Spree, quase tão congelados quanto o rio embaixo, eles avistaram o caminhão da lavanderia cruzando a ponte às 8:47. Mas onde estavam os rapazes de Kai? Sem eles, o plano estaria arruinado. Improvise, meu caro, ordenou a si mesmo. Improvise. Quando o caminhão parou no sinal, ele endireitou-se e caminhou para o lado do motorista.
— Encoste. — Apontou a pistola. Não precisavam ficar sabendo que não estava carregada. Os funcionários uniformizados da lavanderia ergueram as mãos.
— O que é isso? Uma piada? Vai roubar uma carga de toalhas de mesa?
— Cale-se. Faça o que eu digo e ninguém sairá ferido.
Eles saíram da iluminação da rua e pararam nas sombras. Willi fez os trabalhadores tirarem os uniformes, depois Kai os amarrou e amordaçou com guardanapos da traseira do caminhão.
— Ainda bem que estão carregados com guardanapos limpos, hein, amigo?
Se os rapazes de Kai não aparecessem, o que ele iria fazer com esses dois?, Willi se perguntou. Enfiá-los num saco de roupa? Mas exatamente quando ele estava se enfiando no macacão azul-marinho do empregado da lavanderia, ele ouviu o barulho de cascos de cavalos. Dois Apaches Vermelhos pararam em uma velha carroça fúnebre preta. Willi os fez erguer os prisioneiros para dentro de dois caixões de madeira na parte de trás da carroça e estendeu uma toalha de mesa sobre cada um.

– À meia-noite, vocês serão libertados – prometeu. – Sãos e salvos. – E eu estarei na Polônia, acrescentou silenciosamente. – Não esqueçam o dinheiro do táxi para eles voltarem para casa. – Deu dinheiro aos rapazes. Conforme o carro fúnebre se afastou puxado pelos cavalos, ele e Kai subiram no caminhão. Eram 9:02. Estavam atrasados.

O guarda no portão de segurança pareceu confuso:
– O que aconteceu com Rudi e Heinz?

Kai representou seu papel à perfeição, recitando o texto como se pertencesse ao Teatro Nacional Alemão.

– Tenho certeza de que você sabe – sussurrou tão sombriamente quanto qualquer grande Fausto – que ambos trabalham para a polícia secreta agora. Acho que esta noite eles estão por aí reeducando alguns dos nossos irmãos Vermelhos no norte de Berlim.

Willi viu o guarda ficar tenso, obviamente horrorizado, mas com medo demais para demonstrar, uma ilustração vívida do quanto o terror nazista era eficaz. Até uma simples insinuação.

– *Ach so.* – Exibiu um sorriso infeliz. Quando Kai gritou "Heil Hitler!", o portão abriu-se rapidamente.

O edifício cinzento e enorme do Reichstag assomava, escuro e estoico, a cúpula de vidro refletindo a luz prateada da lua. Todas as esperanças de Willi, todos os seus temores pareciam refletidos naquela luz. Eles viraram para o canto sudoeste e frearam na Entrada de Serviço Três. Tocando o sino, esperaram pelo vigia noturno, que os deixou entrar, aparentemente sem se importar por não ser a equipe de sempre. Empurrando dois carrinhos de mão empilhados de sacos de roupa, eles desceram o longo corredor, passando por uma escada de granito para o primeiro andar antes de chegar ao quarto das roupas de mesa. Willi abriu a porta com a chave pendurada no uniforme. Quando entraram, ele conferiu a hora: eram 9:05.

– Jogue os sacos aí, Kai. – Willi começou a tirar os sacos dos carrinhos. Ele ainda tinha de encontrar a chave que abria o depósito, localizar as caixas e escondê-las nos sacos antes de colocá-los de novo no caminhão. Não podiam levantar suspeitas demorando-se muito ali.

– O que foi isso? – Willi ficou paralisado.
– Não ouvi nada.
Willi ouvira. Vidro quebrado. No andar de cima.
Eles praticamente correram com os carrinhos de mão vazios por uma longa passagem ladeada de pilhas de toalhas antes de chegarem ao corredor seguinte. Pela escuridão, avistaram uma porta. *Almoxarifado dos Parlamentares.* Ótimo. Mas segurando a lanterna enquanto Willi tateava com as chaves mestras, Kai tremia de forma tão violenta que o efeito da luz estroboscópica parecia acelerar os movimentos como um filme antigo. Controle-se, Willi tinha vontade de gritar. Uma destas tem de funcionar. É de lei. Além do mais, estamos bem. São apenas 9:08. Mas que... cheiro de queimado é este? Alguém estaria cozinhando no andar de cima? Ao tentar a quinta chave, a tranca abriu. Amém. No instante em que empurrou a porta, dois estrépitos soaram em cima. Willi virou-se. Não havia a menor dúvida de que se tratava de tiros. No clarão da lanterna, ele viu filetes escuros de fumaça rastejando na direção deles.
– Espere aqui – sussurrou, resolvido a descobrir o que estava acontecendo. Como um velocista olímpico, ele desceu o corredor, parando nas escadas de granito. Estava completamente escuro. Grudado à parede, começou a subir, rezando para que o vigia noturno não aparecesse. Mas no meio da escada, parou. Alguém estava correndo lá em cima. Um ou muitos? Não saberia dizer. Tudo que ouvia eram ecos. Pés frenéticos. Depois, nada. O cheiro de fumaça, entretanto, era na verdade assustador. Chegando ao último degrau no topo da escada, ficou paralisado, atônito. Os tetos de madeira esculpida à sua frente estavam em chamas. Mais adiante no corredor, loucas gargalhadas. E sombras escuras dançando pelas paredes da câmara do plenário. Seria um homem – ou muitos? Não saberia dizer. Mas alguém estava ateando fogo ao prédio. Incêndio criminoso!
– Pare! – ouviu uma voz familiar ordenar atrás dele. Sentiu um aperto na garganta. Maldição! Seu estômago deu um nó. – Mãos ao alto.

Obedecendo, ele se virou devagar, notando uma Luger escura e de cano longo apontada para ele, o rosto pastoso de Herbert Thurmann aproximando-se.

– Ora, ora. – Seu bigode fino arqueou-se com verdadeiro deleite. – Sabia que você estava aprontando alguma, Kraus. – Conforme se aproximava, seu sorriso ampliava-se de contentamento. – Desde o momento em que o vi na frente da Superintendência da Polícia, quando você abordou sua secretária, eu o venho seguindo. Muito descuidado de sua parte não ter notado.

O Opel preto, Willi lembrou-se.

– Está perdendo o jeito, hein, judeuzinho? Devia ter deixado a Alemanha quando teve chance. – Todo o rosto esbranquiçado de Thurmann brilhava de triunfo. Como ele estava se divertindo. Como um gato alheio a tudo, exceto a alegria de atormentar a presa. Ele não prestou nenhuma atenção à figura indistinta que Willi notou à esquerda deles, correndo pelo restaurante do Reichstag. – Agora o jogo acabou para você. – Para todos vocês subumanos, Thurmann parecia dizer.

A arrogância, a euforia sádica, revirou o estômago de Willi. Que triste reviravolta. Não só para ele, mas para Ruta, que certamente agora seria presa também. E para todas aquelas caixas lá embaixo. E seus pobres meninos, Erich e Stefan, que jamais veriam seu pai de novo.

De repente, o restaurante explodiu em um vertiginoso caldeirão flamejante, o trabalho do incendiário realizado. Um enorme estouro de copos e talheres atraiu a atenção de Thurmann. Willi aproveitou a oportunidade. Usando a cabeça, ele golpeou o inimigo diretamente no estômago, derrubando-o e fazendo a Luger sair derrapando pelo assoalho encerado. Um repentino soco de revide no plexo solar drenou todo o ar de seus pulmões, lançando uma mortalha negra sobre seus olhos. Indistintamente, ele percebeu Thurmann levando a mão às costas para pegar uma pistola. Acabou, ele pensou. Fim. Para um deles. E do âmago do seu ser ele reuniu uma energia que não sabia que existia.

Saltando em cima de Thurmann, ele agarrou a garganta do sujeito, pressionando os dois polegares contra seu esôfago. A expressão de Thurmann mudou do divertimento para o choque e depois para o pavor. Com todas as suas forças, ele tentava arrancar aqueles polegares assassinos, mas a fúria de Willi tornara-se implacável. Isto é pela Paula!, pensou, repleto de uma bile negra de vingança, satisfeito de ver o bigode fino de Thurmann torcer-se em uma agonia de convulsões. E por Gina Mancuso e por todas aquelas pobres almas que vocês torturaram e mataram em Sachsenhausen! O rosto de Thurmann inchava, ficando azul, os olhos, tão arrogantes e hipócritas há poucos instantes, revirando-se para trás em sua cabeça. Willi só matara um homem antes em combate corpo a corpo, durante a guerra, quando enfiara a baioneta no peito de um soldado francês, tendo náuseas com o barulho do esmagamento da caixa torácica. Mas isto era diferente. Isto era justiça.

Este nazista tinha de morrer.

E quando as mãos do inimigo estremeceram pela última vez, a cabeça caindo imóvel para o lado, os olhos arregalados, Willi ficou feliz.

Saindo de cima dele, tentou recuperar o fôlego, até perceber que era fumaça que entrava em seus pulmões, não ar. Toda a parede à sua esquerda se transformara em uma cortina de fogo. Recobrando-se, ele cambaleou de volta pelas escadas, perplexo de encontrar Kai caí do de lado, todo o corredor um túnel de fumaça negra. Tinham de sair dali. Mas não sem aquela prova! Colocando o rapaz em pé com um puxão, empurrou-o para dentro do almoxarifado, lançando sem pensar a lanterna em todas as direções, à procura daquelas caixas. Von Schleicher prometera que estariam ali, com certeza sua única promessa acertada, Willi refletiu, lembrando-se morbidamente da afirmação do general de que "daqui a um ano você não se lembrará do nome de Hitler". Seu coração deu um salto. Elas estavam lá! A apenas cerca de doze metros do outro lado da sala, bem arrumadas em duas pilhas.

Reanimado pelo ar fresco, Kai ajudou a puxar o carrinho pela porta. Mas assim que conseguiram levá-lo para dentro do depósito, o teto inteiro iluminou-se como a parte inferior de um forno a gás. Willi virou-se a tempo de ver uma chuva de fagulhas encher o quarto das roupas de mesa, todas as prateleiras de toalhas pegando fogo. Partes do depósito começavam a se incendiar também. Tinham de sair dali. Qualquer demora significaria a morte. Mas como poderia deixar tudo pelo qual lutara com tanta dificuldade – começou a tossir –, pelo qual Paula morrera, todas as histórias de horror naquelas caixas virarem fumaça? Começou a ir na direção delas. "Papai!", ouviu seus dois filhos chorando, mas ignorou-os. "Willi, por favor", era Ava. Sua garganta ardia. Pequenas brasas o queimavam. Ele não prestava atenção, só via as caixas à sua frente.

"Pelo amor de Deus, o que está fazendo?" Não podia acreditar. Vicki! Ele não só a ouvia, como a via caminhando em sua direção através das chamas. Seus cabelos curtos e ondulados de permanente brilhando na luz do fogo. Seus olhos cor de avelã cintilando. "Essas oitocentas e cinquenta pessoas estão mortas, Willi. Seu pai está morto. Eu estou morta. Nada que você faça poderá nos trazer de volta."

Isso é tudo?, queria lhe perguntar. Toda a sua carreira, toda a sua vida – apenas um enorme esforço inconsciente para trazer os mortos de volta? Mas ela desapareceu. E em seu lugar seu primo Kurt surgiu, acenando entusiasticamente para ele. "Venha para Tel Aviv." Ele usava um traje de banho. "O pôr do sol no Mediterrâneo, Willi... magnífico. Você jamais sentirá falta de Berlim. Talvez da comida, um pouco."

"Deixe isso aí, Willi", Vicki ordenava. "Vá. Pelos meninos. Pelo futuro."

O ar crestava. Kai arquejava tentando respirar. As chamas se aproximavam insidiosamente. As caixas de provas estavam desaparecendo por trás de uma impenetrável cortina de fumaça. Não havia nem mais um segundo. Visualizou aquele homem caindo da sede comunista, agitando os braços contra a gravidade. Contra certas coisas não se podia lutar. Contra ciclones, contra terremotos não havia justiça. Foi o passo mais doloroso que ele já tinha dado. Dilacerando-se, como se deixasse metade de seu corpo, metade de sua mente, metade do que mais só Deus sabia, ele agarrou o rapaz e correu, conduzindo-o por um labirinto de corredores tão vazios e escuros quanto seu coração. Tendo memorizado as plantas baixas, ele ao menos sabia o caminho da saída.

Aos tropeções, saíram na Sommer Strasse, chiando e cobertos de fuligem. Estava escuro como breu. Gélido. No barulho e no caos, ninguém os notou. Sirenes de carros de bombeiros soavam de todas as direções. Espectadores horrorizados, com a mão na testa, apontando, os rostos vermelhos, cintilando, refletindo as chamas. Todo o Reichstag virara um inferno, longas línguas de fogo, demoníacas, projetando-se das janelas, do teto, do domo. Mas, parado bem próximo a eles, um grupo de aspecto sinistro, em capas e chapéus de feltro, parecia estranhamente animado.

– Finalmente – disse um deles com fervor, os olhos tão brilhantes quanto o edifício em chamas. – Chegou a hora tão esperada. Sua noite escura terminou, Alemanha. Estas chamas nos convocam: levante-se. Levante-se!

– A polícia e a SA auxiliar já estão a caminho, Führer.

– Quero que todo oficial comunista seja fuzilado... esta noite. Assistentes de comunistas. Amigos de comunistas. Social-democratas. Qualquer um que se interponha em nosso caminho.

– *Jawohl.*

– Amanhã começaremos a cuidar do resto.

Willi arrastou Kai para longe dali, querendo correr, voar e nunca mais olhar para trás. Mas a atração era forte demais e, como a mulher de Lot, ele virou-se uma última vez, transformando-se em uma coluna de amargura. As vigas de ferro que sustentavam a cúpula de vidro do Reichstag contorciam-se em uma agonia mortal, todo o belo símbolo de liberdade desmoronando com um rugido infernal. Era mais do que apenas um prédio em chamas, ele compreendeu melhor do que qualquer outra pessoa. Mais do que apenas as provas de Sachsenhausen.

Naquelas chamas consumia-se o futuro de milhões de pessoas.

32

Na escuridão antes do amanhecer, dirigindo para oeste pela Tiergarten Strasse até a Breitsheidplatz, sob a Igreja Memorial do Kaiser Guilherme – os sinos badalando a triste hora –, ele fugiu. Ao longo da Ku-damm, os enormes letreiros luminosos pendiam, apagados, das fachadas retilíneas dos prédios. Havia apenas um ou outro transeunte levando o cachorro para passear. Um bonde amarelo passou com um ruído metálico, o primeiro do dia. A edição matutina do *Berlin am Morgen* chegava às bancas de jornais. Dentro de mais uma hora, os carteiros estariam fazendo suas rondas, ele sabia. Cortinas seriam abertas em um milhão de apartamentos, travesseiros e cobertores colocados nos peitoris das janelas. Senhores estariam percorrendo as antigas trilhas imperiais no Tiergarten. Funcionários e secretárias jorrariam nas estações de U-Bahn e S-Bahn. A Tietz destrancaria as portas giratórias. Ruta moeria os grãos de café, e a polícia na Superintendência começaria seu trabalho. Tudo sem ele.

Estava entorpecido demais para se importar.

Na noite anterior, a caminhada de volta do Reichstag, de mãos vazias, foi o pior momento de sua vida. Pior do que a marcha de capitulação em 1918. Pior até mesmo, de modo diferente, do que a saída, em estado de torpor, do hospital quando Vicki morrera. Após entregar a Kai as chaves mestras para que ele as devolvesse a Ruta, ele teve de rastejar pela noite, sujo e coberto de fuligem, ainda no macacão da lavanderia, os olhos ardendo demais, doendo demais, para assimilar o que viam. Caminhões de camisas-pardas da SA correndo pelas ruas. Filas de prisioneiros ao longo das calçadas, mãos na cabeça, muitos ainda em roupas de dormir, alguns com cartazes pendurados no pescoço: *Eu sou um porco comunista*. Na sede do Partido Social-Democrata, máquinas de datilografar e escrivaninhas voando pelas janelas. Dobrando a esquina, em frente a uma floricultura destruída, um homem e uma mulher forçados a ficar só com as roupas de baixo, segurando maços de palmas-de-santa-rita e obrigados a gritar: "Sou um traidor Vermelho! Estas flores são para o meu túmulo!"

Ele podia ter evitado tudo isso. Podia ter salvado a nação. O mundo. Mas fracassara.

Sylvie o esperava quando ele entrou cambaleando, depois da meia-noite.

– Você tem de partir, Willi. Antes do amanhecer. E se considere um dos poucos com sorte.

No entanto, poucos minutos depois, souberam que partir tornara-se mais fácil de dizer do que de fazer. As fronteiras da Alemanha tinham sido fechadas, segundo o rádio. Ninguém podia entrar ou sair sem um visto da polícia, de acordo com o novo "Decreto para a Proteção das Pessoas e do Estado", que o Führer acabara de promulgar.

– *Nosso* Führer é como o estão chamando agora, no rádio – disse ela, torcendo as mãos.

Os partidos Comunista e Social-Democrata foram proscritos, suas publicações apreendidas. Os sindicatos foram fechados. Todos os jornais colocados sob rígida regulamentação de emergência. A liberdade de expressão e de reunião restringida. Willi percebeu que a teoria da reação em cadeia do sr. Oppenheimer mostrara-se absolutamente correta. Uma sensação estranha fez os cabelos de sua nuca se eriçarem. Assim como a profecia do Grande Gustave... um grande incêndio destruindo a Casa da Alemanha neste fevereiro. Tudo teria sido planejado há meses?

Os judeus, também – a voz do locutor elevou-se –, não passariam sem punição, já que obviamente eles haviam se beneficiado desse crime contra o povo alemão. O fato de eles também serem o povo alemão ou como podiam ter se beneficiado do incêndio do Reichstag não foi mencionado. Somente que no dia 1º de abril um boicote nacional seria iniciado contra todas as empresas e os serviços profissionais judaicos. Qualquer alemão que prestigiasse uma loja judia ou um médico judeu, um advogado judeu, um dentista judeu, um contador judeu, um alfaiate judeu etc. seria considerado traidor da pátria. Além disso, a Biblioteca Estatal Prussiana e a Universidade de Berlim seriam purgadas de todos os escritores judeus ou de pensamento não alemão, que há uma geração vinha poluindo as mentes dos jovens, inclusive degenerados como Heinrich Heine, Albert Einstein, Sigmund Freud, Thomas Mann, Máximo Gorki, Victor Hugo, Émile Zola, André Gide, André Malraux, H. G. Wells, Aldous Huxley, George Bernard Shaw, Ernest Hemingway, Sinclair Lewis, Helen Keller...

Sylvie desligou o rádio.

– Vou encontrar um jeito de tirá-lo deste pesadelo. – Ela agarrou o caderno de endereços e começou a examiná-lo.

Willi ficou deitado no sofá, esgotado demais para se mover. Sentia-se da maneira como se sentira depois do funeral de Vicki. Depois do funeral de seu pai, durante os rituais da semana de luto, quando estavam sentados na sala de estar, e fitando todos os objetos que ele vira toda a sua vida, percebera que nada lhe parecia familiar. Que todo o seu mundo desaparecera sob seus pés, como um deslizamento de terra.

Ouviu Sylvie finalmente desligar.

– Encontrei algo.

Seus lábios se moviam, mas ele mal conseguia compreender.

– Uma velha amiga de escola, Trude, mora na fronteira com a Bélgica. Eu não a vejo há muito tempo, mas ela é absolutamente confiável. Diz que pode fazê-lo atravessar, mas que você tem de ir o mais depressa possível. As coisas podem ficar muito mais complicadas.

Willi cerrou os olhos. Por dois mil anos, seus ancestrais tinham sido forçados a se exilar, de país a país, continente a continente, apenas com a roupa do corpo. Agora era a vez dele. Por que imaginara que este dia jamais chegaria? Não na Alemanha. Para ele. Um Inspektor-Detektiv. Merecedor da Cruz de Ferro de Primeira Classe. Ainda bem que havia limpado sua conta bancária. Mas e se não fosse suficiente?

– Quanto ela quer, Sylvie?
– O quê? Eu já lhe disse, Willi, ela é uma velha amiga. Além do mais, o marido dela é um homem de negócios fabulosamente bem-sucedido. Ela provavelmente vai esperá-lo com um banquete.

Alguma coisa estava soando fácil demais nesta história, pensou ele, dirigindo rápido pelas ruas tranquilas de Wilmersdorf e entrando no subúrbio de Grunewald. A casa de Fritz ficou claramente visível no topo da colina, suas paredes envidraçadas, longas e curvilíneas, brilhando ao amanhecer. Pela última vez, deixou seu 320 correr de maneira livre pela autoestrada Avus, levando-o à sua potência máxima... 120... 130... 140 km/h, o coração batendo desenfreadamente. Mas ao diminuir a velocidade na saída de Berlim via Potsdam, a melancolia voltou. Ninguém iria arriscar a vida para passar um completo estranho por uma fronteira fechada a troco de nada.

Se ele conseguisse chegar até lá.

Entretanto, pela Alemanha, de Berlim a Hannover, de Munique a Dortmund, descendo ao longo do Reno, nenhuma barreira nas estradas, nenhuma revista. Tudo que estragava seu progresso eram as lembranças. Agarrando o volante com os dedos crispados, o maxilar cerrado, a mente à deriva, ele não parava de ver imagens bruxuleando pelas telas de nuvens brancas, fazendo seus olhos arderem. Sua mãe, grávida de sua irmã mais nova, sentada à janela, olhando para baixo, para ele que brincava na rua, jogando um beijo. Vicki acordando, esticando o longo pescoço branco e bocejando. Os meninos saindo para a escola, pastas de couro afiveladas às costas, o mais velho insistindo em segurar a mão do mais novo quando atravessavam a rua. Antes que ele percebesse, o sol já estava se pondo. E ele havia chegado à pequena cidade de fronteira de Aachen.

Agora seria a hora da verdade. Como essa amiga tão confiável de Sylvie ia conseguir fazê-lo atravessar uma fronteira fechada? Viu-se conduzido por um campo escuro e deserto, sozinho, inquieto. Então, detido, apesar de tudo.

Assassinado com um tiro na nuca.

Mas a casa da amiga de Sylvie ficava na fronteira, como prometido. Literalmente em cima da fronteira.

– Um passo para fora da porta dos fundos, Willi, e *voilà*, você está livre. Pegue o ônibus para a estação de trem e em menos de duas horas, Bruxelas.

Incrível. Um passo – e a liberdade.

Não para ir para casa. Um homem sem país. Sem raízes.

Mas para a vida. Amor. Família.

– Tome um banho e jante primeiro. Deve estar morto de fome.

Sylvie estava certa sobre a generosidade de Trude, mas obviamente ignorava as dificuldades financeiras dele. Sua casa era muito bem mobiliada, mas gasta e surrada. Os tapetes puídos. Os cotovelos do suéter remendados. Sem dúvida, o "fabuloso" sucesso nos negócios havia definhado com a Grande Depressão, e Trude fora orgulhosa demais para contar à sua velha amiga de escola. A refeição foi simplesmente salsichas e couve. Ela se recusou a ficar com um centavo apenas.

– Qualquer coisa para ajudar. – Ela lhe serviu um segundo prato. – Esses nazistas me fazem ter vergonha de ser gente. – Ela consultou o relógio de pulso. – É melhor você ir, querido. Tem um ônibus daqui a alguns minutos.

Abrindo a porta dos fundos, ela exibiu um sorriso que parecia lhe dizer: *Você é um homem de sorte, Willi. Por ter conseguido. Quando tantos nunca conseguirão.* Willi sorriu também, sabendo que Trude tinha razão. Então, lembrando-se repentinamente de alguma coisa, enfiou a mão no bolso e retirou uma chave prateada.

– Por sua bondade. – Piscou para ela. – O pequeno BMW na frente da casa.

Entregando-lhe a chave, ele atravessou a soleira. A noite caíra. Fazia muito frio. Sentiu-se completamente nu, porém nunca tão desperto, enquanto abotoava a gola e entrava no exílio. De qualquer forma, pensou, olhando para a rua escura, depois para o céu, melhor ser um judeu errante – viu estrelas através da escuridão – do que um judeu morto. "Ponho diante de ti a vida e a morte, a bênção e a maldição." Uma citação do Deuteronômio veio à sua mente de algum lugar de sua infância. "Escolhe pois a vida" – ele continuou a andar, o queixo erguido – "para que vivas com a tua descendência."

Epílogo
OUTUBRO DE 1945

Menos de cinco meses após a queda do Reich de mil anos de Hitler, Willi cedeu a um terrível anseio e retornou. Haviam se passado doze anos, os mais sombrios da história humana. Cinquenta milhões de mortos. Vinte milhões de russos. Seis milhões de judeus. Ele lera sobre a destruição de cidades alemãs, vira fotos nos jornais, mas quando descia em Tempelhof, o primeiro vislumbre deixou-o sem ar.

Isto era Berlim?

Quarteirão após quarteirão, rua após rua, de casas, empresas, escolas, igrejas, tudo apenas cascas ocas. Quilômetro após quilômetro de campos abandonados, aqui e ali uma chaminé, uma parede erguendo-se do entulho. Lembrou-se de ter andado para o trabalho certa vez, durante uma greve de transportes, imaginando a destruição que outra guerra poderia trazer. Mas sua imaginação falhara, completamente.

Em sua nova casa, da sacada do quinto andar na rua Hayarkon, de frente para o mar, o Mediterrâneo azul-turquesa praticamente lambia seus pés. Atrás dela, espraiava-se a cidade branca de Tel Aviv, as largas avenidas arborizadas cheias de vida. Orgulhosa. Livre. E embora Deus soubesse que havia muitas dificuldades naquele deserto quente, ele tinha uma vida boa. Um bom emprego como inspetor da polícia municipal. Um apartamento de três quartos em um prédio elegante, projetado por um discípulo de Erich Mendelsohn. Uma adorável esposa e quatro lindos filhos. Mas ele precisava voltar – uma última vez. Para ver com os próprios olhos. E para pagar algumas dívidas de gratidão, se possível.

No trajeto do aeroporto para o centro da cidade, ele ficou ainda mais chocado do que ficara do ar. Longas correntes humanas de mulheres, turbantes sujos amarrados ao redor da cabeça, trabalhavam para tirar montanhas de entulho, de mão a mão, tijolo por tijolo – como insetos tentando consertar as colmeias destruídas. Famílias, em prédios de apartamentos sem paredes como casas de boneca, viviam completamente expostas para a rua, cobertores sujos pendurados para terem um pouco de privacidade. Crianças macilentas, pálidas, descalças brincavam em tanques carbonizados e baterias antiaéreas. Sua própria infância, um sonho em comparação. Rabiscados a giz em inúmeras paredes em ruínas havia recados: *Pai, Anna e eu estamos a salvo e vivendo em...*

Ele levou dois dias, mas pelos Correios conseguiu encontrar o endereço da antiga secretária. Sua casa em Berlim Leste não passava de um pequeno barraco em meio ao entulho, construído de persianas de aço e tábuas de madeira, um minúsculo canteiro de horta ao lado. Ela ficou chocada quando ele apareceu, feliz demais para nem sequer se envergonhar, ela disse, chorando em seus braços.

– Oh, Willi, você teve tanta sorte de fugir quando pôde.

– Um dia você arriscou sua vida por mim... agora eu quero ajudá-la, Ruta.

Ele lhe deu dinheiro suficiente para mudar com toda a sua família para o conjunto habitacional da Siemens, intocado por bombas e em segurança no setor americano. Ela não conseguia parar de agradecer-lhe enquanto ele afastava o cobertor rasgado e voltava para a luz do dia.

Agora, obviamente, ele compreendia que tivera sorte de ter partido quando o fez. E em ter fugido da França em 1938, um ano antes de ser tarde demais. Talvez, se nunca tivesse visto aqueles vidros com cérebros flutuantes, aqueles alojamentos repletos de prisioneiros deformados em Sachsenhausen, nunca tivesse se sentido impelido em arrancar sua família de casa mais uma vez e contrabandeá-la para uma terra desconhecida. Teria terminado como seu colega de infância Mathias Goldberg, o gênio dos anúncios de néon, o qual, quando a guerra foi deflagrada em 1939, foi preso pelos franceses por ser alemão e novamente em 1940 pelos conquistadores alemães, por ser judeu. Marcado com a estrela amarela em 1942, foi "reassentado a leste", com sua mulher e filhos, naquele mundo inominável presidido pelo Anjo da Morte – Josef Mengele.

O médico louco de Auschwitz.

O campo Sachsenhausen, como Mengele prometera, fora realmente reconstruído, um pouco mais ao norte ao longo do rio Havel, maior e melhor do que antes. Quase cem mil pessoas morreram ali, enquanto vizinhos mantinham olhos, bocas e narizes fechados.

Da casa de Ruta, ele tomou um táxi para a Tiergarten Strasse para ver se conseguia encontrar Sylvie – mas a pequena casa havia desaparecido. Nenhum novo endereço escrito a giz. Foi ao Adlon para ver se encontrava Hans, mas o chefe da recepção morrera num ataque aéreo. O hotel virara um monte de escombros.

Assim como o Kaiserhof. O Fürstenhof. O Palácio. O Excelsior.

Ernst Roehm e toda a liderança da SA haviam, é claro, sido exterminados na Noite das Facas Longas, em 1934, juntamente com Kurt Von Schleicher e sua mulher. Kai, Willi descobriu por meio de um obstinado trabalho de detetive, fora morto em Buchenwald com o resto dos Apaches Vermelhos. Gunther, na última semana da guerra, fora fuzilado como desertor.

Potsdamer Platz, um dia o pulsante coração comercial da cidade, também fenecera, suas artérias vazias, as paredes desmoronadas. O esqueleto desnudado da Haus Vaterland de Kempinski, um dia o "Lugar Mais Alegre de Berlim", contorcendo-se e dançando com um cata-vento de néon, doze restaurantes, cinquenta shows de teatro de revista, as famosas Garotas do Haus Vaterland, uma teia de vigas deformadas voltadas para o nada: apenas um marco assinalando a linha divisória entre os setores britânico e russo.

No distrito governamental, o Palácio Imperial fora reduzido a uma casca oca. O domo da catedral fora arrancado. O Portão de Brandemburgo virara um bloco de cinzas. Nem uma única árvore restou no Tiergarten. Nem um vestígio de grama. Aqui e ali, um Kaiser chamuscado ainda montado a cavalo observava sua capital. Na zona oeste, a Tauentzien Strasse, os cinemas ao longo da Brietscheidplatz, o café Romanische, a igreja do Kaiser Guilherme, toda a grandiosa Ku-damm, tudo carcaças carbonizadas. Na Alexanderplatz, a Wertheim desaparecera. A Tietz, quase inteiramente reduzida a escombros, o globo de vidro que era sua marca registrada dependurado no que um dia fora um magnífico átrio. Nada restara da Superintendência de Polícia. Apenas alguns batentes de portas levando a lugar nenhum. Seus olhos arderam quando ele viu no lintel de uma delas: *Entrada Seis.*

O Reichstag, cena da batalha final entre o Exército Vermelho e os fanáticos remanescentes da SS, se reduzira a um corpo sem vida, crivado de balas, em decomposição. Em sua sombra, um mercado negro florescia entre os poucos tocos de árvores que ainda restavam ao longo do passeio às margens do Spree. Onde um dia ele ficara observando as idas e vindas de um caminhão de lavanderia, civis com sapatos remendados e casacos rasgados agora avidamente apregoavam relógios, talheres, porcelanas, em troca de comida e cigarros dos soldados da ocupação. Duas meninas, os cabelos trançados com perfeição, vestidos esfarrapados, mas limpos, sentavam-se no meio-fio ao lado de pilhas de livros velhos que estavam vendendo por cinco centavos cada um. Quando Willi passou por elas, dois olhos escuros e hipnóticos saltaram da capa de um deles, estancando-o. Meu Deus. Sua garganta se fechou.

– Dois por nove – disseram as meninas com uma vozinha fina.

Olhando fixamente para a estranha expressão *kabuki* que um dia fascinara multidões, ele entregou-lhes um marco e pegou o livro.

Os dez segredos da vida, de Gustave Spanknoebel, Rei do Ocultismo. Berlim, 1932. Clairvoyant Ed. A editora do próprio Gustave, lembrou-se. A sensação do livro em suas mãos, o cheiro, o farfalhar de papel velho pareciam fazê-lo voltar no tempo, passando imagens coloridas diante de seus olhos... Paula exibindo suas maravilhosas pernas naquele vestido de noite, justo e cor-de-rosa. Gunther, repentinamente surgindo do nada, abraçando-o. Fritz acelerando o belo e lustroso iate. O pequeno BMW prateado. E Kai, o brinco de ouro brilhando ao sol, cercado por bondes acelerados, pelo vertiginoso tráfego, a louca agitação da Alex.

Tudo desaparecido com a antiga Berlim.

Pequenos tremores percorreram sua espinha quando ele virou o livro. A estranha sensação de ficar tão leve e flutuar acima do solo. De cartola e fraque, envolto em sua longa capa preta, o Mestre assomava da contracapa exigindo saber com aqueles olhos penetrantes: "Você já começou a viver, meu caro? Ou é apenas mais um sonâmbulo?"

Nota sobre exatidão histórica

Os sonâmbulos é uma obra de ficção baseada em fatos reais. Os detalhes das maquinações políticas que levaram à tomada de poder pelos nazistas são verdadeiros. Os locais são reais, exceto pela localização do cemitério de covas coletivas e do manicômio em Oranienburg, que foram inventados. O campo de concentração de Sachsenhausen foi criado em 1936, não em 1932. As experiências médicas dos nazistas em seres humanos – os transplantes ósseos, as esterilizações, as dissecações com seres humanos vivos e muito mais –, todas realmente aconteceram, porém uma década depois da época em que esta história se passa. Os médicos da SS são personagens de ficção, salvo Josef Mengele, o Médico Louco de Auschwitz, que só se juntou aos nazistas no final dos anos 1930. Grande parte do personagem do Grande Gustave baseia-se no verdadeiro Erik Hanussen, que escondeu sua identidade judia e se tornou o vidente de Hitler, até ser fuzilado, como descrito, pouco depois da tomada de poder pelos nazistas. Ernst Roehm e Kurt von Schleicher são figuras históricas. Ambos encontraram seu destino em 1934, como afirma o livro, durante o sangrento expurgo conhecido como a Noite das Facas Longas.

Este livro foi impresso na Editora JPA Ltda.,
Av. Brasil, 10.600 – Rio de Janeiro – RJ,
para a Editora Rocco Ltda.